高校主题出版
GAOXIAO ZHUTI CHUBAN

多元一体视域下的中国多民族文学研究丛书
The Series on Minority Literature: Perspectives from A Pluralistic and United Chinese Nation

丛书主编：姚新勇　副主编：邱　婧

国家出版基金项目
NATIONAL PUBLICATION FOUNDATION

凉山内外：
转型期彝族汉语诗歌论

Inside and Outside of Liangshan
Yi Modern Chinese Poetry in the Transitional China

邱　婧　著

暨南大学出版社
JINAN UNIVERSITY PRESS

中国·广州

图书在版编目（CIP）数据

凉山内外：转型期彝族汉语诗歌论/邱婧著 . —广州：暨南大学出版社，2017. 11

（多元一体视域下的中国多民族文学研究丛书）

ISBN 978 - 7 - 5668 - 2218 - 5

I. ①凉…　Ⅱ. ①邱…　Ⅲ. ①彝族—诗歌研究—中国—当代　Ⅳ. ①I207. 22

中国版本图书馆 CIP 数据核字（2017）第 253084 号

凉山内外：转型期彝族汉语诗歌论
LIANGSHAN NEIWAI：ZHUANXINGQI YIZU HANYU SHIGE LUN

著　者：邱　婧

···

出 版 人：徐义雄
策划编辑：武艳飞
责任编辑：黄少君
责任校对：彭　睿
责任印制：汤慧君　周一丹

出版发行：暨南大学出版社（510630）
电　　话：总编室（8620）85221601
　　　　　营销部（8620）85225284　85228291　85228292（邮购）
传　　真：（8620）85221583（办公室）　85223774（营销部）
网　　址：http：//www. jnupress. com
排　　版：广州良弓广告有限公司
印　　刷：广东广州日报传媒股份有限公司印务分公司
开　　本：787mm×960mm　1/16
印　　张：10
字　　数：183 千
版　　次：2017 年 11 月第 1 版
印　　次：2017 年 11 月第 1 次
定　　价：36. 00 元

总　序

　　本套丛书中刘大先先生的著作题名为"千灯互照"，本是形容中华多民族文学丰富多彩、交相辉映之态，现借以形容这套总数不过十本的丛书，自然太过夸张，但若以点出本套丛书之于中华多民族文学研究的多样性、丰富性，虽仍夸张，却并非漫无边际。至少我们的确可以罗列出本丛书相关的三五特点。第一，以主题、研究专题、研究领域为集结的文学研究丛书自然很多，但征诸不同地方的少数民族文学的研究者，将其成果集结起来，组成一套研究品质较为纯粹的丛书，且由国家出版基金资助，这样的情况恐怕还不多见。第二，本丛书的作者为中青年学者，有的已从事少数民族文学研究多年，成果丰硕；有的虽然才博士毕业几年，但已经显示出强劲的发展势头，其中更有几位已跻身于少数民族文学相关研究领域的前列。本丛书收录的十本著作中，或是博士论文、博士后出站报告，或是国家社科基金结项成果。这都保证了丛书的新锐性、前沿性、专业性与可靠性。第三，丛书的主题、领域、视角多样丰富，所涉族裔文学现象多样，时代纬度参差交错。有神话与史诗研究，民间口头文学及说唱文学研究，族裔文学个案剖析与多民族文学现象的互动分析，当下少数民族文学及少数民族文艺创作、表演现象的宏观扫描及理论概括，某一族裔文学、文化经典传统个案的诗学理论之内在结构、文本肌质、表演仪式、叙述模式的深度剖析与细致型构，某一族裔当代文学创作的文化转型、民族心理与时代张力的考察，族裔母语文学的考察或母语、汉语双语互动的分析，等等。第四，丛书名为"多元一体视域下的中国多民族文学研究"，这并非政治正确的口号，而是本套丛书研究特点的自然呈现，更是丛书作者之于中国多民族文学发展态势的敏锐观察与理论回应。而具体落实于本丛书上，则呈现为一个重要的共性——互文性。第五，互文性。中国多民族文学、文化的互文性，某一具体族裔文学、文化现象中的互文性，也为本丛书多数著作的特点之一。这既是研究者的理论自觉，更是中国多民族历史、文化、文学互动的自然结晶。比如神话研究，自新时期以来重新恢复生机，国外各种神话学理论渐次被介绍到中国，积三十多年的努力，中国神话研究取得了很大的发展。但是与此同时，神话所表征的民族或族群关系之"分"的趋势却日益明显，研究者、研究对象、接受群体的民族身份的"同一性"也似乎愈益强化。而《中国多民族同源神话研究》的作者王宪昭先生，在多年材料与研究积累的深厚基础上，有力地考辨了我国多民族神话"同源母题的作品占有相当高的比例"这一现象，不仅进行了数量可观的神话文本的互文性解读，也为中华民族多元一体关系增添了丰富多彩而又切实有力的论证。再如《锡伯族当代母语诗歌研究》一书，从书名上看，此书似乎只涉某一具体族裔的母语诗歌创作，但实际上，锡伯族的形成，它从祖国的大东北迁徙到大西北的历史本身就是一部波澜壮阔的宏伟史诗。因此在锡伯族的诗歌中，故土的大兴安岭、白山黑水，新家园的乌孙山脉、伊犁河畔，交相辉映；"大西迁"的刻骨铭心与"喀什噶尔"的深情咏叹，互为参照；族裔情感与国家情怀，水乳交融。满、汉、蒙、哈、维等语言因素都不同程度地结构或渗透于锡伯语中，因此，本书相当关注锡伯族母语诗歌创作与汉语之间的关系，也就再自然不过了。

《东巴叙事传统研究》一书，以更为纯正的理论品质，更为肌理性的文化、文本研读，从多角度、多层面探究了东巴叙事传统的成因、传承、流布、特征，并通过深描东巴叙事文本在祭祀仪式中的演述，揭示了口头文本、书面文本、仪式文本、表演文本在民众的生活与精神空间中的互文互构关系。作者还把东巴叙事传统与彝族、壮族、国外的史诗作了横向的比较研究，对当下的民间叙事学、史诗概念及类型作了深入的反思，表现出与国内、国际同行进行高水平对话的努力。

说到研究之间的互文性，对有心的读者来说，其实从本丛书的不同著作中也不难发现。比如说，丛书中有的研究主题相对比较封闭、形式化，所说、所论也容易被归为某一民族的特点，这尤其表现在那些神话或史诗研究中。而另一些有关当代少数民族文学创作的研究，则相对更注意"民族""民族文化""民族文学""民族意识""民族认同"的相对性、建构性。对其进行有意识的对照性阅读，或可互为弥补、相互启发。

比如《彝族史诗的诗学研究——以〈梅葛〉〈查姆〉为中心》和《凉山内外：转型期彝族汉语诗歌论》，所论文学现象皆属彝族，而前者着重于通过细读《梅葛》《查姆》揭示彝族史诗的诗学特征，后者则更敏感于新中国民族识别、少数民族文学工程的实施，之于整体性的彝族诗歌、彝族意识的生成、流变与转型的促动。这样，后者之于前者可能就对"彝族""彝族文学"的天然性、自在性多了质疑性价值，而前者则又可能提醒后者，彝族、彝族意识、彝族认同的建构，并非权力、他者的随心所欲。这样的互文性阅读，有可能突破本丛书有限的数量，更为宽广、丰富、深入地去理解、把握中国文学、中华民族的多元一体之复杂性。

　　当然，不管本丛书的认识价值与问题视野的可能性究竟有多大，其视域肯定是有限的，况且收录其中的著作质量并非齐一，也自然存在这样那样的缺陷。个中缺憾不知有无机会弥补。

　　感谢王佑夫、关纪新两位先生对本丛书的大力推荐，感谢丛书作者惠供大作，也感谢暨南大学出版社徐义雄社长的鼎力支持。

姚新勇

2017 年 7 月

于广州暨南园

序

时间过得真快，一晃七年过去了。七年前，邱婧刚刚考入暨南大学随我攻读博士时，或许阅读过几篇少数民族文学，或许对某几个少数民族作家有所耳闻，但她肯定谈不上了解少数民族文学，更不会想到有一天会从事少数民族文学的研究。如果说那时邱婧哪方面研究基础较好的话，应该是诗歌吧，而且应该是那种偏向于审美性的诗歌研究基础吧。然而，她却跟随我这个老师开始涉入少数民族文学的研究，而且这一研究对象，还有可能伴随她今后的整个学术生涯。

"老师"是一种责任的表征，也可能是一种亲近的师生关系的符号，但是它同时也可能意味着命令，乃至一种难以商量的"学术霸道"，我这个老师就是如此，尽管自认为属于随性、热爱自由的人。

20 世纪 90 年代中期，师从恩师许志英先生读博，先生建议我研究《阿Q正传》的接受史，从先生的话语中，我体味出了几分寄托未竟事业的郑重，可是我仍然对先生说想做当代文学的选题，比如说"知青文学"。先生——在我的眼中那样严肃甚至威严的许志英先生，没有多说什么，同意了我的研究意向。可是十几年后，当我自己带博士时，却给所有想随我学习的博士生申明，他们的博士选题，必须是少数民族文学，没有什么可商量的。相当不讲理、蛮横，是吧？不过，这种不讲理的深层，却与当年许先生的建议有着内在的接近。

我本人大约是从新千年起转向少数民族文学研究的。一开始，这一转向的专业性就不很纯粹，更确切地说，就不是那么文学，那么审美。促进这种转向的直接原因，是对家乡——新疆——的某种模糊不明的不祥感。所以，我既想通过对少数民族文学研究，帮助曾经被严重忽视的少数民族文学在中国文学领域、在中国的空间中被更多的人了解，同时，更想通过少数民族文学的研究，去了解、倾听少数民族的声音，了解中国的民族关系，并为中国、中国民族关系的未来做些实实在在的工作。所以，希望自己的博士生能够帮助我推进这一抱负，承担类似的责任，能够接着我已经展开的研究去做，去深化，或拓展新的研究方向。

不记得邱婧对我要求她研究少数民族文学有过什么不情愿或犹豫，以她的聪慧自然明白，既然不情愿也得接受，那就高高兴兴地接受吧。

研究少数民族文学，并非只是从相对比较熟悉的文学领域，进入另一个陌生的文学领域，还意味着知识结构的重新搭建，方法论的补充与再训练。其"补课"的进度快还是慢，虽然与导师的引导有关，但主要是看学生自己的努力与天资。记得我曾建议邱婧去读一本厚厚的英文著作——《杂糅的诗学》，当时多少有些担心，如此之厚的一本书，是不是会用掉她两个月的时间。没想到她很快就读完了，并且写了一篇评介文章交给我。读罢，感觉她把握住了这本书的基本内容，但是缺乏与中国问题的关联，于是给了她一些修改意见。但她并没有接受我的意见，只是在原来的基础上进行了一定的润色就投了出去。不久，一家核心期刊来了录用通知，邱婧有些兴奋地告诉了我。如今攻读博士，如果没有完成学校的要求，发表规定数量的核心期刊，就意味着得不到博士学位，而这也是我这些年来带博士生最头痛的事项。然而，我并没有怎样表扬她，还是说文章缺乏与中国现实的联系，只是介绍了该书所研究的现代英语诗歌的后殖民杂糅性，对于中国这样一个族群、文化多样的国家来说，对于当代汉语诗歌写作来说，这种"杂糅诗学"的研究方法，可能会有怎样的启发性，中国当代汉语诗歌写作又有怎样具体的杂糅性表现，这些问题她几无涉及。作为理论学习心得，为顺利毕业、获得学位，这样的文章还可以，但博士论文肯定不能这样写。不过，说归说，其实我知道，如果邱婧真的按照我的要求去修改的话，恐怕那篇文章未必能够发表，这是今天在中国进行学术研究很可能经常会遭遇到的悖论吧。

建议邱婧研究"转型期彝族汉语诗歌"，与我以前的彝族汉语诗歌研究直接关联，我希望邱婧一方面能够接续我的研究，考察90年代后期以来彝族汉语诗歌写作的变化与发展，更希望她能够跨过我的研究，返回去考察"十七年"时期的彝族汉语诗歌，去了解作为当代少数民族文学构成部分的当代彝族诗歌，是被怎样建构起来的。只有补充了这部分内容，才能够谈得上对80年代以来中国社会"转型期"彝族汉语诗歌的较为全面的研究。不仅如此，彝族这一当代建构性较强的民族，还有着其他少数民族所不大具有的同一族群跨文化地理空间的差异性。学界对当代彝族诗歌的原有研究，主要聚焦于凉山彝族的诗，而较少关注云南、贵州彝区的诗歌，更缺乏对它们之间的比较性研究。我希望邱婧能够通过她的博士论文，将上述几大方面联系在一起，做出综合而深入的研究。

这种设想听起来漂亮、宏大，但若想真正落实，又是多么的不容易呀，尤其是在短短三年不到的时间内，我甚至有点担心这样的构想，是否会把邱婧那纤细的身体压垮。还是不记得她有过犹豫，好像还是记得她眯起那双灵巧的小眼边点头边说，好的好的。很快，两年多过去了，这本《凉山内外：转型期彝族汉语诗歌论》就呈现在了我的眼前。

在这本书中，当代中国彝族汉语诗歌，第一次全面、系统、大跨度地呈现在了人们的面前。它不是我们在少数民族文学研究中常见的那种现象性的扫描，也很少那些常见的似是而非的望文生义或观念硬套，虽然由于研究时间的限制，还有一些问题没有得到充分的发掘，有些解释还显得不足，有些方面涉及不足或还没有真正涉及，与我理想的目标尚有一定的距离，但它的确可以说是一本集灵气、资料、理论和跨学科视野于一体的较为成功的小书。更重要的是，对于邱婧来说，正是通过这本书的写作，她才真正初步具有了研究少数民族文学所必备的综合性、跨学科的研究能力，真正较深刻地体悟到了从事少数民族文学研究所特有的难度、意义与快乐。

不过这些肯定性的评论，有一些是我今天对邱婧再认识的结果。自她入学跟我学习起，我就担心她会因聪明而浮躁，沉不下心来。所以虽然很少批评她，却也很少表扬她，尽管她的进步、成绩都是明显的。读博期间，她先后获得省级和国家级奖学金，毕业后又获批一项省社科项目和两项国家级课题，并且顺利地评上了副教授，但我都没有给予她多少表扬，反而时常提醒她要注意，太过顺利可能会潜在危险，甚至当她考驾照一连三次失利而有些气馁时，我还半安慰、半开玩笑地说，人不可能所有的事情都样样顺利。

半年前邱婧给我发来一篇"延边纪行"，读后，我突然意识到，邱婧所取得的进步是那样沉稳而扎实；她毕业后所写的几篇文章（其中一篇已经放在本书后记中）也显示出，她正在成长为一个有抱负的复合型的学术工作者。

姚新勇
2017 年 7 月 5 日于广州暨南园

目 录
CONTENTS

导　言

　　本书的研究对象是转型期彝族汉语诗歌。如果进一步明晰研究对象，从时间跨度来看，本书研究的是 20 世纪 70 年代末 80 年代初至今的彝族汉语诗歌。近三十余年，中国进入社会转型期①，无论是经济模式，还是文化生产，都发生了巨大的变化。当代文学的生产与这次转型息息相关。尽管当代文学的发展脉络及进程并不可能完全等同于社会政治、经济发展的脉络和进程，然而文学不可避免地受到了中国社会转型期的冲击。因此，本项针对彝族汉语诗歌的研究，可从一个侧面透视转型期中国社会少数民族话语的流变、集结和多声部共振。

　　从地域空间来看，彝族诗人的汉语诗歌是本书的主要研究对象。20 世纪 50 年代，中央政府进行了一次大规模的民族识别和划分。本书所研究的诗人群体来自此次民族识别中被统一认定、命名为"彝族"的族群。彝族主要分布于云南、四川、贵州、广西，人口约 776 万。其中广西彝族人口约 7 000，四川彝族人口约 178 万（分布在凉山、峨边、马边等地），云南彝族人口约502.8 万（分布在楚雄、红河、石林、禄劝等地），贵州彝族人口约 84.28 万（分布在毕节、六盘水等黔西地区）。本书所涉及的彝族写作，包括生长在云南、贵州、四川大小凉山、广西等地区的彝族诗人的写作。他们在地理空间和居所方面分布不一——甚至由此导致了一定的文化心理差异②，如凉山地区

---

　　①　本书所提到的"转型期"定义参考自姚新勇在《寻找：共同的宿命与碰撞：转型期中国文学多族群及边缘区域文化关系研究》（北京：中国社会科学出版社 2010 年版）中提到的观点。在当代文学研究领域，许多学者使用"新时期"来定义 70 年代末至今的文学，而笔者认为"转型期"的定义更为明晰地指涉 70 年代末 80 年代初的中国当代文学进程。

　　②　这样的说法是有根据的，在彝族同一族群内部，即可分为六大方言区、五大次方言区、口语尚且不同，行政区划也不尽相同，在历史上凉山地区彝族和云贵地区彝族与中原的互动关系亦不同，那么文化心理的差异在所难免。有关方言的数据引自易谋远：《彝族史要》，北京：社会科学文献出版社 2000 年版。

彝族诗歌写作与云南、贵州彝族诗歌写作之间的差异性。同一族群内部的共性或许被许多评论家注意过，但是他们之间的民俗文化以及创作的差异性却鲜有学者研究，本书的研究会有所涉及。

从语言范围来看，彝族诗人用汉语创作的诗歌是本书的重点研究对象。1949 年以后涌现的彝族诗人，大多数用汉语写作诗歌（仅具备用汉语写作的能力），少部分从事彝汉双语诗歌创作或是纯粹的彝文创作。因此在当代彝族文学史的语境下，囿于笔者语言能力所限，本书仅研究彝族诗人书写的汉语诗歌。①

20 世纪 70 年代末 80 年代初，在汉族文学书写中，宏大叙事被逐渐解构，取而代之的是对个体价值的重视和书写。在少数民族文学创作中，主线则由对社会主义民族大家庭的歌唱转向了对本民族的歌唱和书写。世纪之交，在少数民族的文化生态被现代工业化社会的洪流冲击得愈加严重之时，少数民族文学创作者也几乎在同时做出反应。传统的乡土社会逐渐土崩瓦解，承载两重边缘化角色的少数民族的"原乡"也渐渐消逝，而诗歌作为一种能够表达少数民族知识分子情感的文学形式，既活跃在转型期少数民族文学的大舞台上，又给我们对于转型期中国社会的观察提供了参照。

转型期彝族汉语诗歌便是一个典型的例证。原因有三：首先，转型期的彝族诗歌在中国少数民族汉语诗歌创作中极具代表性，通过这项考察，我们能够清晰地看到转型期中国少数民族诗歌的创作趋向和特征；其次，对转型期彝族诗歌的考察，能够以一个地处西南边疆的人口众多的少数民族的角度透视出中国自 80 年代以来社会思想文化的大转型；最后，出现于 21 世纪的彝族汉语诗歌的多元化写作能够反映转型期中国彝族社会出现的诸种问题和现状。因此，这项研究是迫切而必要的。

为了全面进行转型期彝族汉语诗歌研究，本书将围绕以下五个主题展开：第一，对转型期彝族汉语诗歌发展阶段和总体创作情况的考察。第二，对不同内容和风格的转型期彝族汉语诗歌，以及四川、贵州、云南几大彝区之间由于历史、地理原因造成的创作差异性的分类考察。第三，对彝族诗歌的多重生产机制和评奖机制的考察，本书将从公开出版的期刊、民间诗歌期刊、网络发表情况、高校诗歌社团等方面进行分析。第四，对彝族汉语诗歌中折射出的文化民族主义和民族本位性趋向的剖析。第五，对转型期彝族汉语诗歌生产、运作和驱动力的概述。

---

① 这并不影响学术的严谨性，因为单独使用母语创作却不会汉语创作的彝族诗人很少。原因在于，本书的研究对象是 20 世纪 70 年代末以后的彝族诗歌。这一部分诗人几乎都是在 1949 年以后接受过汉语教育的彝族人，他们更擅长汉语写作而非彝文写作。

第一章　当代彝族汉语诗歌的创作谱系

　　尽管本书是基于对转型期彝族汉语诗歌的考察而作的，然而为了更加明晰研究对象，我们有必要重新返回到历史现场，对 1949 年以后的当代彝族汉语诗歌①的发展概况进行梳理和区分，展示当代彝族汉语诗歌的历史流变和同时期的社会语境，由此建立的参照系能使得本书内容更加全面。

　　关于彝族当代文学的分期问题，学术界众说纷纭。可以肯定的是，关于彝族当代文学及当代彝族汉语诗歌的第一阶段的时间划分，学术界基本达成共识。② 如李力在 1994 年版的《彝族文学史》中将彝族当代诗歌划分为两个阶段，其界限为十一届三中全会；姚新勇亦在 2010 年版的著作《寻找：共同的宿命和碰撞：转型期中国文学多族群及边缘区域文化关系研究》中几番提及少数民族文学以及彝族诗歌的时间划分问题，他以 1980 年为界将少数民族文学和彝族诗歌都分为两个时间段，③ 认为"同总体中国文学一样，彝族现代诗歌随着中国社会的全面转型，从 20 世纪 80 年代起开始转型，由传统的社会主义民族文学，逐渐转向全新的彝族精神家园建构之咏唱"④。当然，在诸多研究者关于彝族当代诗歌的历史分期观点之中，有些分期方法不够细致，

---

　　① 所谓"当代"，即等同于文学史学科划分规则中的"当代"——指 1949 年以后的文学创作。所谓"彝族汉语诗歌"，是指 20 世纪 50 年代少数民族身份识别过程中被认定为"彝族"的中国公民用汉语创作的诗歌。

　　② 柳爱江的《彝族青年诗人创作管窥》（发表于《贵州民族大学学报》2009 年第 3 期）认为，1980—1990 年是第二个阶段，1990 年至今是第三个阶段，笔者对此持商榷意见，事实上新兴的诗歌编选组织和多元化的民族诉求是 2000 年左右才出现的。柳爱江将"60 后"诗人作为一个分期，"70 后"和"80 后"诗人作为另外一个分期，笔者不认可此种观点，即使在社会学研究中，1980 年以后出生的"80 后"也向来被当作独立的研究对象，他们和"70 后"的生命体验大相径庭。

　　③ 姚新勇：《寻找：共同的宿命和碰撞：转型期中国文学多族群及边缘区域文化关系研究》，北京：中国社会科学出版社 2010 年版，第 48 页。

　　④ 姚新勇：《寻找：共同的宿命和碰撞：转型期中国文学多族群及边缘区域文化关系研究》，北京：中国社会科学出版社 2010 年版，第 127 页。

有些过于注重肌理而不够立体、全面。

笔者认为，当代彝族汉语诗歌可大致划为三大分期：第一分期为 1949 年到 1980 年（彝族当代诗歌的建构时期）；第二分期为 1980 年至 1995 年，这一时期的诗歌产生于建构时期宏大叙事的延续和民族意识萌芽的交互作用；第三分期为 1995 年至今，这一时期的彝族诗歌体现出强烈的集结性、杂糅性以及多声部共振的话语形态。

具体来看，当代彝族诗歌发展的第一阶段止于 20 世纪 70 年代末 80 年代初，在某种程度上等同于主流文学分期中的"十七年文学"加上"文革"时期的文学，这是彝族当代诗歌建构的时期。当时的少数民族诗歌都曾受到同时期主流意识形态——国家话语和解放话语——的高度影响，彝族诗人的创作也几乎不例外地包含着此类印记。比起强调自己的族群身份，彝族诗人们更注重表达的是"奴隶"和"奴隶主"① 之间的阶级话语②，这与同时期少数民族文学中所强调的"社会主义民族大家庭""全世界无产阶级兄弟"的话语是相一致的。

20 世纪 80 年代初，当代彝族汉语诗歌进入第二个分期，以吉狄马加为代表的彝族诗人改变了之前受国家话语高度影响的"阶级诗歌"，开始将本族群的文化传统与新诗的体裁相结合，民族意识开始觉醒。1985 年以后，四川凉山地区、云南、贵州的诸多彝族诗人创作了大量汉语诗歌，掀起了彝族汉语诗歌的创作热潮。

20 世纪 90 年代中期，诗歌的审美水平和艺术水平比以往有所提高。21 世纪以来，彝族诗歌的多元化写作渐渐形成，新一批的彝族诗人、作品、民间的彝族诗歌编选组织开始涌现，诗歌的发表机制也不断更新，不再仅限于单一的公开出版物刊出。21 世纪的彝族诗歌写作有着多元化、多声部的发展趋势和不同表现形式的民族本位性诉求。

---

① 之所以将"奴隶"加引号，是因为彝族文化传统中的阶级分类与西方理论中的"奴隶社会""奴隶"等术语有一些差异，尽管 1949 年以后诸多民族工作者强调凉山地区实行的是"奴隶"制度，但是这种说法并不严谨。很多时候，"奴隶"属于半长工半仆人的角色。

② 吴琪拉达（汉名吴义兴）堪称彝族当代汉语诗歌的开创者，他在 1950—1980 年间创作了大量作品，如《孤儿的歌》，目前可见资料有西南民族大学刘光焗藏油印本。又如其创作的《奴隶解放之歌》（北京：作家出版社 1959 年版）。

第一节　建构的开端：1949—1980 年

文学史的界限向来都不是泾渭分明的，虽然将 1949 年当作彝族当代诗歌的第一个分期的开端，然而彝族人用汉语创作现代诗歌的历史却早于这个时间节点。除去明清时期云贵地区彝族诗人的古体诗歌创作之外，20 世纪 30 年代之后，李乔、李纳、苏晓星、熊正国、普飞、戈隆阿弘（汉名施友万）、吴琪拉达、普梅夫、龙志毅、替仆支不（汉名韦革新）、阿鲁斯基（汉名卢兴全）、涅努巴西、张昆华等彝族诗人均开始了汉语诗歌的写作。①

1949 年到 1980 年间，彝族诗歌作品总体来说并不算多，而且这些诗人分布和生活的地域几乎都在云南与贵州。② 值得一提的是，日后彝族现代派诗歌大潮的兴起之地——大小凉山，在这一阶段的创作却很少。③ 彝族诗人创作大潮的地域转换是十分值得思考的，而这个成因几乎成为本节论述的主体部分。

另外值得注意的是，当代彝族文学的建构基础是彝族人的族群认同。这与 20 世纪 50 年代初的民族识别密不可分。作为现代中国 56 个民族之一的彝族，其文学史建构是在民族身份确定的基础上发生的。下面将云南、贵州的彝族汉语文学和四川凉山地区的彝族汉语文学分开阐述，能够使这个事实更加明晰。

一、云贵诗人群的源起

诗人的语言使用能力从来都与其生存的土壤密不可分。云南、贵州诗人早在明代就扬名于汉语诗坛，高乃裕、高程、禄洪正是那一时期的彝族代表诗人，清代又出现了那文凤、鲁大宗、余家驹、余昭、安履贞、余珍、李云程、安健等用汉语创作的彝族诗人。诸多彝族诗人拥有精妙的汉语写作能力。

元明两朝的中央政府均在云南和贵州"边民"聚居地区设置土司制度。元朝灭亡后，明洪武十四年（1381），朱元璋派傅友德"征南将军，帅左副将军蓝玉、右副将军沐英，将步骑三十万征云南……由永宁趋乌撒，而自帅大军由辰、沅趋贵州。克普定、普安，降诸苗蛮……得七星关以通毕节。又克

---

① 部分资料参考李力主编的《彝族文学史》（成都：四川民族出版社 1994 年版）。
② 仅有一个特例：彝族诗人韦革新出生于广西，广西的彝族人口不多，现有 7 000 人。
③ 彝族诗人吴琪拉达是贵州阿孟人，在凉山工作，其生平将在下文合适的部分提及。

可渡河，降东川、乌蒙、芒部诸蛮。乌撒诸蛮复叛，讨之……水西诸部皆降"①。至此，朱元璋的中央政府得以控制云南、贵州的彝族社会，并设立土司和流官制度。诸如高乃裕、高程这样的土官家庭（姚州土同知），必须习汉文、读汉书，在此环境下积累了深厚的汉学功底，"祖孙三代皆诗人"②。据此不难想象云南、贵州彝人作汉诗的悠久传统。

与此相比，四川凉山地区的汉语书写出现的时间要晚得多，当然，凉山地区内部各地域的汉化程度有所差异。俄国人顾彼得的《彝人首领》③讲述了他在20世纪30年代末游历凉山西和北方向的汉源、甘洛、越西、西昌一带的经历，详尽地描述了自身对彝族各阶层的了解和印象，并提及在外求学的凉山彝族土司岭光电和曲木藏尧④，这几处地方比起凉山的其他地区来说，与汉族接触相对较多。

林耀华在《凉山夷家》中所进行的民族学调查时间是20世纪40年代，他于1943年夏考察的地域是大凉山黄茅埂两边的雷波和美姑，当时这两地的彝族社会很少有汉人长期定居，基本保持着完整的传统家支体系和本族宗教文化，亦保持了本族语言文化，掌握汉语的彝人很少。总体上，直到20世纪50年代之后，凉山地区才渐渐接受汉族文化的大幅影响，因此，彝族当代诗歌的第一个分期里鲜有生长于凉山的彝族诗人亦在情理之中。

1949年到1980年间，云贵诗人群体创作了不少汉语诗歌。从个人创作来看，有吴琪拉达的《孤儿的歌》和《奴隶解放之歌》，童嘉通的长诗《金色的岩鹰》⑤，替仆支不的《我握着毛主席的手》《石磨歌》《奴隶的女儿》，阿鲁斯基的《为国争光》《滇池游记》，涅努巴西的《南诏国的宫灯》，普阳的《红河之歌》⑥等。值得一提的是，这一时期对彝族古代典籍、长诗、经书的汉文翻译和编选结集数量很大，如《阿诗玛——彝族民间叙事诗》⑦等。

---

① 《明史》列传第十七。

② 李力主编：《彝族文学史》，成都：四川民族出版社1994年版，第458页。

③ 顾彼得著，和锊宇译：《彝人首领》，成都：四川文艺出版社2004年版。

④ 岭光电和曲木藏尧是表兄弟，因土司身份和特殊时间际遇而在外求学，前者拜20世纪30年代任川康边防司令的羊仁安（汉人）为义父，民国二十二年（1933）考入国民政府中央陆军军官学校，并以彝族青年身份面见过蒋介石；后者毕业于南京军政大学。

⑤ 由四川民族出版社于1977年出版。

⑥ 部分资料参考自芮增瑞：《彝族当代文学》，昆明：云南民族出版社2002年版。

⑦ 云南省人民文工团圭山工作组搜集整理，中国作家协会昆明分会重新整理：《阿诗玛——彝族民间叙事诗》，北京：人民文学出版社1960年版。

二、凉山地区——诗人的培养

彝族当代诗歌的第一阶段又几近等同于汉族主流诗歌的"十七年文学"和"文革"文学时期，这一时期的诗歌有着明显的国家话语痕迹。如果说1949年以后云贵诗人群的创作是由彝族源远流长的文学传统和国家话语之合力促成的，那么，凉山地区的汉语诗歌创作就带有政府主动培养的意味了。

上文提到，1949年前后四川凉山地区能够熟识汉字并具有写作能力的彝族人很少，但在彝族诗歌的第一个分期，凉山地区依然产生了数部以民歌、歌曲集形式公开出版的诗选。这些作品的绝大部分是由当时的汉族文艺工作者收集、整理、编写的，如高缨（天津籍）编写的《大凉山之歌》①，梁上泉（四川籍，部队文工团）编写的《歌飞大凉山》②，亦有雷显豪（重庆籍）参与编写的《万颗珍珠撒凉山》③，作家出版社编辑、出版的《凉山山上映红光——少数民族跃进歌谣》（文艺作品选·第四辑）④。这些诗歌与云南、贵州的汉语诗人的个人作品可以一并作为1949—1980年间的彝族诗歌作品呈现在中国少数民族文学的大舞台上。袁向东曾经对《人民文学》1949年到1966年间刊登的少数民族诗歌做出统计，在这一时期刊登的454首诗歌中，有朱叶的《高山彝族和尼苏》（500行的史诗）、方纪的《逃亡的奴隶》、高缨的《大凉山情歌》和《彝家有了钢铁厂》等几首诗歌，并没有彝族身份的诗人的作品刊登。⑤ 究其原因，当时掌握汉语的彝族诗人本来就不多，而被《人民文学》刊登的文学作品几乎都是高度契合当时的意识形态的，所以没有彝族诗人作品被刊登也在情理之中，取而代之的"彝族诗歌"则是由汉族诗人代言完成的文学作品。

当然，在汉族文艺工作者为彝族"代言"的同时，政府也开始大量培养彝族本民族的诗人，吴琪拉达便是其中一个典型的代表人物。他1936年生于贵州福泉县，在参加了县少数民族文化补习班、初中民族班之后，于1954年到1956年在成都的西南民族学院（现在的西南民族大学）学习，其后长期在四川凉山地区工作，曾任《凉山日报》记者、副总编，因此他的诗歌题材大多是关于凉山地区的"奴隶"解放。他于1956年开始发表作品，著有诗集

---

① 由作家出版社于1958年出版。
② 由人民文学出版社于1976年出版。
③ 由四川民族出版社于1977年出版。
④ 由作家出版社于1958年编辑和出版。
⑤ 袁向东：《民族文学的建构——以〈人民文学〉（1949—1966）为例》，广州：暨南大学出版社2011年版，第160页。

《奴隶解放之歌》《吴琪拉达诗集》，长诗《孤儿的歌》《阿支岭扎》《金沙江畔发生了什么事情》《山歌唱给毛主席》《歌飘大凉山》《写在山水间》《故乡情诗》《玛蒙特衣》《游思集》《怀念领袖毛泽东》。①

几部有关彝族文学史的论著都提及诗人吴琪拉达的创作，其代表作《孤儿的歌》几乎成为这一时期彝族文学的标志性作品。这首长诗所写的故事发生在凉山地区的"奴隶制"社会，拉仟是一个孤儿，自幼被奴隶主驱遣使唤。"拉仟啊哭啼啼，/走进主人的家里，/给主人当娃子，/一生掉进虎口里。"在这首诗的结尾，当"主人"带着一帮人将出逃的拉仟逼到悬崖边上的时候，悲愤交加的拉仟做出了与"主人"同归于尽的选择："拉仟猛力扑来，/双手抓住主人的胸口；跟来的人吓得直发抖，/拉仟抱着主人跳下岩头。/一个炸雷如劈悬崖，/随来的人个个吓呆，/乡亲们悲叹着拉仟，/泪水如雨，叨念他的遗言。/从此阿伙山上，/留下拉仟的怒吼：/'这世间不自由，/来世切莫做牛马！'"

这首长诗在彝族当代文学史上，被称作具有先驱意义的现代长诗，是当代凉山彝族地区发表时间最早的汉语诗歌。不同版本的少数民族文学史和彝族文学史均将吴琪拉达认定为具有开创性的彝族当代诗人，而他自身的言说更加能够证实身份与创作的关系。他的家族经验中并没有"奴隶制"社会的直接经历，他1956年来到凉山时"刚大学毕业……就创作出了《月琴的歌》（1956年9月《草地》）、《孤儿的歌》（1957年《星星诗刊》创刊号）等具有浓郁的生活气息和较高艺术水平的诗篇"②。

在这里，笔者并非一味强调家族经验和民族经验的重要性，而是客观地指出，在此时期，国家话语和文学创作的关系在少数民族地区同样存在，甚至更加强化。李亚璇在《十七年彝族作家文学研究》中认为，意识形态"导致他们在创作的过程中的使命感和责任感往往表现得过于直露和简单，通过直接的呐喊和阶级立场鲜明的指向性诉求去迎合当时文学的政治要求"③。

无独有偶，替仆支不的《我握着毛主席的手》也是国家话语的典型范式，蒙古族诗人纳·赛音朝克图同样作有《我握着毛主席的手》一诗，此外人民文学出版社于1960年还出版了《我握着毛主席的手——兄弟民族作家诗歌合集》一书。这个相似度颇高的选题实质上消解了少数民族写作和汉族主流文学的异质性，各民族文化传统的差异性在"十七年"少数民族文学创作大潮

① 阿索拉毅：《中国彝族现代诗人档案》，未出版，电子资料，2012年。
② 朱朝访：《吴琪拉达印象》，http://blog.sina.com.cn/s/blog_59d58b290100am0p.html。
③ 李亚璇：《十七年彝族作家文学研究》，华东师范大学硕士学位论文，2009年。

中几乎被忽略不计，绝大多数诗歌创作都同时具备"颂歌"和"阶级斗争"的双重议题。当时彝族、藏族、壮族、蒙古族等诸多少数民族的文艺工作者或者诗人创作了大量以"阶级"和"解放"为题材的诗歌，上述如《孤儿的歌》一类的作品应运而生，从而模糊了各民族民俗文化之间的差异性。

综上所述，1949 年到 1980 年间的彝族汉语诗歌的创作主体大多是云南和贵州的彝族诗人以及为凉山彝族地区"代言"的汉族诗人，凉山地区的彝族汉语诗人还处于培养阶段。与此相比，1980 年之后的彝族汉语诗歌创作则有更多的精品出现。

第二节　延续与发轫：1980—1995 年

发星，一位在凉山地区长大的汉族诗人，自称彝族，倾其精力收集、整理、研究边缘族群的诗歌。他如此描述彝族诗歌创作大潮的兴起："在 20 世纪伟大 80 年代催生的中国现代艺术复兴运动中，诗歌作为先锋激进的文化之剑，刺穿并撞响了边缘民族文化个性的现代诗写作，以吉狄马加、俄伍拉且、阿苏越尔、阿库乌雾……为代表的大凉山彝族现代诗群，扳荡着 20 世纪 80 年代至 90 年代的边缘现代诗潮。"[1]

没有人能够否认，这一时期的彝族诗歌创作起源于大凉山，始于吉狄马加。[2] 彝族诗人吉狄马加，1961 年生于凉山彝族自治州昭觉县，1980 年开始写作，出版有诗集《初恋的歌》《一个彝人的梦想》《罗马的太阳》《吉狄马加的诗》等。正是由于其汉语诗歌的陆续发表，当代文坛才开始一睹彝族诗歌的风采。

吉狄马加在其诗歌《自画像》中充满激情地写道："我——是——彝——人！"这首诗的产生标志着当代彝族诗人民族意识的自觉，此后不断引来许多彝族诗人激情澎湃地传诵和模仿，如阿索拉毅的《我是彝人》和玛查德清的《自我介绍》。

可以说，从吉狄马加开始，"我是彝人"的呼声才正式出现在彝族诗歌中，而彝族诗歌的创作从特殊时期专注于"奴隶"阶级纷争，正式转向了对民族本位性的正视和认同。随后大量彝族诗人开始创作，标明"彝族意识"，

---

① 摘自阿索拉毅主编的《中国彝族当代诗歌大系》（成都：四川民族出版社 2015 年版）的序言。

② 这基本是少数民族文学界和彝族诗歌研究领域的共识。

并将彝族的古老传说、史诗、日常习俗、地方性知识有意地运用到诗歌之中，以学者型诗人阿库乌雾为代表的诗人还将彝族母语口语的词汇注入其诗歌创作中。至此，彝族当代诗充满了杂糅之美。

当代诗人伊沙曾撰文研究吉狄马加的民族意识，并发现：吉狄马加有关民族意识的写作，不单单由于他的彝族身份，而是他作为少数民族诗人，适逢其时，有国外诗歌资源的哺育、80 年代中国社会思想解放的环境、民主化大潮在世界的兴起，以及本民族文化传统的积累。①

事实上，吉狄马加并不是唯一一个恰逢 80 年代社会思想解放大潮的彝族诗人。在发星工作室编写的《当代大凉山彝族现代诗选（1980—2000）》里，几乎囊括了这一时段绝大多数极具代表性的彝族诗人——吉狄马加、倮伍拉且、阿苏越尔、霁虹、巴莫曲布嫫、牧莎斯加、马惹拉哈、阿黑约夫、吉狄兆林、克惹晓夫、阿彝、倮伍沐嘎、阿库乌雾（汉名罗庆春）、玛查德清、石万聪、吉狄白云以及编者发星②。发星收录的这些诗歌，一部分写于 20 世纪 80 年代，一部分写于 90 年代，均为大凉山地区彝族诗人所作。有一点需要指出，发星并没有将同时代在汉语诗坛扬名的吉木狼格收入这本诗选，理由是其"不存民族之根"③。颇有意思的是，悉尼大学 D Dayton 所撰的 Big Country, Subtle Voices：Three Ethnic Poets from China's Southwest 一文，恰恰选择了吉木狼格的诗歌作为彝族诗歌研究的对象，并占据了整篇论文的三分之一。

在彝族当代诗歌的第二阶段，以凉山彝族诗人为代表的民族意识觉醒的创作大潮已经形成，正如姚新勇所言："这批诗人，既具有共同的彝族文化根性和相近的诗歌品质，同时又各具特色，显示了一个成熟的诗歌流派应有的风格一致性与丰富多彩性……他们大都起步于西南民族学院这一彝族现代诗人的摇篮……拥有自己的民刊杂志……彝族诗人们创造性地实践了古老的传统诗训……通过精湛的艺术之思，为彝族、为彝族现代诗歌，发现了独特的灵魂之根，并让其深深地蕴含、弥散于一套丰富多彩的诗歌意象谱系中。"④

在这一时期，同样具有生命力的还有云贵地区的彝族诗人。在云南，彝

---

① 伊沙：《永远是诗人——吉狄马加简论》，http：//www. poemlife. com/showart - 56710 - 1268. htm。

② 既然编者发星自称彝人，并且将自己的诗作列入大凉山彝族诗人诗选中，在此应尊重编者自己的选择。

③ 发星工作室编：《当代大凉山彝族现代诗选（1980—2000）》，北京：中国文联出版社 2002 年版，第 426 页。

④ 姚新勇：《寻找：共同的宿命和碰撞：转型期中国文学多族群及边缘区域文化关系研究》，北京：中国社会科学出版社 2010 年版，第 129 页。

族诗人有普驰达岭、阿卓务林、李骞、李智红、米切诺张、王红彬、李阳喜、柏叶、野岛、李毕、刘存荣、张仲全、杨昭、罗玉才、白应成、周平、陈国鸿等人，他们在公开出版刊物上发表了数千首诗歌，① 如王红彬的《初恋的红峡谷》《中国情人》，柏叶的《飞翔的天空》《彝山恋歌》，李阳喜的《野山情》，野岛的《乌蒙男人》，李毕的《鹰的传人》，刘存荣的《黑土地·红村歌》等。② 在贵州，有阿诺阿布、鲁弘阿立、禄琴、程韵等彝族诗人，尽管从总体来看，贵州诗人与作品的数量少于四川凉山地区的彝族诗人和诗歌，但他们同样于二十世纪八九十年代开始对地域、民族的诗性做出思考。

总而言之，从 1980 年到 1995 年，彝族当代汉语诗歌开始呈现出一个新的面貌，自在的地理空间——大小凉山、乌蒙山等风景与象征——开始频繁地出现在对民族意识的构建中。这为之后彝族诗歌多声部的创作大潮奠定了基础。

第三节　多声部共振：1995 年至今

1995 年以后，彝族汉语诗歌创作进入了成熟时期。正如彝族诗人俸伍拉且所言："大凉山的新诗创作所呈现出的繁荣的景象引起诗歌界广泛的关注……证明了这样一个事实——当代大凉山诗歌创作步入了成熟的繁茂时期。"③

笔者将这一时期的彝族诗歌创作分为两个小阶段：一是 20 世纪末的数年；二是 21 世纪以来的十余年。在第一阶段，既有吉狄马加和俸伍拉且的持续创作，亦有阿苏越尔极具浪漫主义色彩的抒情长诗，还有女诗人巴莫曲布嫫杂糅了人类学和彝族宗教仪式的浓墨重彩的诗篇，更有牧莎斯加的神话式写作——《神话与历史》组诗……凉山地区的彝族诗人在中国西南大地上爆发出了惊人的文学活力，发星本人事实上已经对这个创作高潮做出了如是论断："大凉山本土生长的彝族诗人们已经形成中国现代诗中的特殊一支，他们运用汉语言的流畅性以及彝民族文化的根脉性……先是文化根性在现代转换

---

① 他们先后在《诗刊》《人民文学》《民族文学》《当代》《十月》《星星诗刊》《诗歌报》等全国有影响的文学刊物上发表了数以千计的优秀诗作。

② 李骞：《拓荒者之歌——论八、九十年代的云南当代彝族诗歌》，《民族文学》2000 年第 8 期。

③ 俸伍拉且、李锐：《大凉山新诗潮的缘起与意义——当代大凉山诗人简论》，《凉山文学》2008 年第 4 期。

上给我们一种先锋姿态……使得汉语有了一种再造与血性激荡的可能。"①

诗歌创作的成熟繁茂时期不仅仅限于四川大凉山的彝族地区，云南和贵州的彝族诗人们同样开始了成熟的创作时期。如王红彬的《初恋的红峡谷》、禄琴的《面向阳光》获全国少数民族文学创作"骏马奖"，柏叶的《彝山恋歌》、阿卓务林的《耳朵里的天堂》、李军的《我的村庄》获云南省文学艺术创作奖……

发星曾论断，云南、贵州两地在"几百年的汉化时光中，族称的符号只是一种符号"②。他并不完全肯定云贵地区彝族诗人作品中"民族意识"的成分，然而客观地说，这一时期，云贵地区诗人们在诗歌的色调上并不逊于凉山地区彝族诗人所咏唱的那种民族、古老文化传统的厚重感。如普驰达岭的《祖灵之舞》、阿卓务林的《回收灵魂的松林》、施袁喜的《黑哀牢》等诗歌，分别从宗教、记忆等富有民族生命力的因素入手创作，有着鲜明的彝族印记。

在第一阶段，彝族当代汉语诗歌的创作出现了前所未有的辉煌时期，对主流汉语诗坛来说，这也是一股新鲜的血液；而作为地域写作，西南地区的彝族诗人呈现出强劲的创作态势，并将民族文化作为高扬的诗歌大旗和创作元素，以其杂糅的美感获得学术界和批评界的盛誉。

如果将吉狄马加等首先倡导民族意识觉醒的诗人的诗歌视为彝族当代诗的第一次大转型，那么在21世纪第一个十年已然结束的当下，第二次彝族当代诗的大转型已经形成，并为彝族当代汉语诗歌注入了新鲜的血液和多元的思考方式——它透露出了少数民族在当代以诗歌为媒介的民族本位性诉求。这也是第二阶段的诗歌发展方向。

2000年之后，新一批的彝族诗人和彝族诗歌不断涌现。这一时期的诗歌创作十分繁荣，其来源途径亦相异于传统的编选机制，以发星、阿索拉毅、普驰达岭等人为代表的诗歌编选团体不断涌现。20世纪末由发星主导的边缘族群诗歌的编选在近年来已经演绎为诸多彝族诗歌组织的齐心协力，如彝诗馆和彝人传奇工作室等，而诸多彝族诗人亦投身于彝族诗歌的收集、编选中。表面上看，这并非一件值得在诗歌研究中探讨的事情。然而，有意识的编选与编选自身倡导的"族性"恰恰成为一个值得引起注意的节点。可以看出，这一时期的诗歌编选有着地域整合的意味。

---

① 发星工作室编：《当代大凉山彝族现代诗选（1980—2000）》，北京：中国文联出版社2002年版，第5－6页。

② 发星工作室编：《当代大凉山彝族现代诗选（1980—2000）》，北京：中国文联出版社2002年版，第5－6页。

　　慕俄格曾经是彝族先民的文化政治经济中心，历史上曾两次毁于战火。《第三座慕俄格——21世纪彝人诗选》的编委会由四位本族诗人①组成，他们在前言里明确说明了"本书入选者都是标明彝族身份的彝族诗人。在他们的话语体系中，可以鲜明地发现彝人气质……希望在精神层面重新树立一座慕俄格，一座高度张扬彝族文化的慕俄格"。这四位诗人并非出自凉山彝族，而是云南和贵州的彝族诗人。这不同于以往大凉山诗人对彝族诗歌编选的偏爱，云南和贵州的彝族诗人也希望借此机会重新构建彝族的共同体。

　　2011年，发星在其撰写的《21世纪中国彝族现代诗23家》（修订版）的序言里同样写道："当他们由于历史的原因用汉语写作现代诗时，依然充满自己文化语言的个性与张力与差异之美……这是中国现代诗史不应该遮掩，必须写进的活力篇章。"作为毕生致力于边缘民族文学整理工作的他，极力认可"彝族意识"存在的必要性。这种"民族性"的倡导在彝族诗歌选集工作中如影随形，很难否认这种倡导对年青一代诗人的正面影响。

　　纵观这一阶段的彝族诗歌创作，继吉狄马加这代诗人的创作高峰期之后，70年代、80年代出生的诗人跻身于彝族汉语诗歌第二次转型的创作大潮之中，充当着彝族民族文化的歌者与"民族意识"的先锋者。本书主要的研究材料大多由彝族诗歌编选者们提供，除2009年作家出版社出版的《第三座慕俄格——21世纪彝人诗选》外，还有阿索拉毅主编的《中国彝族当代诗歌大系》。此外，罗庆春主编的《彝脉：第二母语的诗性创造》收集了西南民族大学彝学学院历届校友的汉语文学创作，其中涉及一部分2000年以后创作的彝族诗歌。②

　　由此可见，21世纪以来的彝族诗歌选集或民刊数量比20世纪大大增多，较20世纪80年代的思想解放引起的民族意识觉醒大潮不同，当下少数民族对本族文化传统的思考和诉求呈现出多元化的态势。除了诗人、选集、编选组织群体不断壮大，近十年来彝族诗人写作的内容亦呈现出多元化趋势，他们的写作不再单单沉醉于集体记忆的重构，而是更加关注彝族乡土社会的变迁。在吉狄马加、倮伍拉且等诗人开始写作的年代，打工者、空巢的乡村、城市底层、吸毒等问题尚未大规模地在彝族社会出现，随着彝族外出务工人

---

①　这四位诗人是主编鲁弘阿立，编委阿诺阿布、普驰达岭、施袁喜，四人均是彝族较有名望的诗人或学者。这本诗集出版于2008年5月，编委名为"彝人传奇工作室"，这是彝族诗歌团体之一。

②　罗庆春主编：《彝脉：第二母语的诗性创造》，沈阳：辽宁教育出版社2011年版。

数① 逐年递增，彝族诗歌写作也几乎在同时增添了新的内容。

举例来说，吉布鹰升、阿克鸠射、麦吉作体、阿索拉毅、鲁娟、吉洛打则、沙也、吉尔色尔、陈晓英等青年诗人，从内容、诗歌形式等不同角度扩展了彝族当代诗歌的边界。如阿克鸠射，这位青年诗人一方面关注本族群语言文字的问题，另一方面又将观察视角指向打工者和城市。更特别的是，他在这般的叙事中大量使用母语，用于置换汉语中的一些词语。又如吉布鹰升，他的大多数作品是乡土散文，但因写作打工题材而被发星及其团队发现。在《〈彝风〉创办 10 年纪念专号（1997—2007）》里，发星赞赏了吉布鹰升，他认为这个年轻人"填补了这个空白……使我们看见这片土地上是光明（彝文化精华等）与黑暗（现实臭恶、贫穷……）并存的"②。

再如阿索拉毅，这位青年彝族诗人既是彝族社会活动家，又是诗歌编选组织者。他主编的《中国彝族当代诗歌大系》共四卷本，达 160 万字，收集了 310 名来自全国各地彝族诗人的诗歌作品，这些作品的创作时间跨度长达 82 年，既收录了普梅夫、吴琪拉达、替仆支不、涅努巴西等老一代彝族诗人的作品，也展示了彝族诗人的中坚力量如吉狄马加、罗庆春、倮伍拉且、吉木狼格、李骞、禄琴、沙马、阿苏越尔、普驰达岭、鲁弘阿立等人的诗歌。另外，此书还收集了大量青年诗人的作品，而他们具有"90 后"、打工诗人、在读学生等各种身份，充分展现了彝族诗歌多元化的创作特征。《中国彝族当代诗歌大系》展示了十位较有代表性的母语诗人及其彝语诗歌作品，比如西南民族大学彝学学院教授罗庆春的彝语作品。

阿索拉毅本人也从事写作。他在写作中更偏向彝族传统"经书"的方式，并未为乡野的现实做太多的白描，其长篇诗歌《星图》，长达 56000 多字，被其自命为"当代史诗"。③ 具有民族色彩的元素在诗中随处可见，如"黑色""鹰""刀剑""分支""招魂"等词语。

21 世纪以来彝族诗人们笔下屡屡出现史诗巨制般的长篇诗歌，这是一个值得关注的现象。除了《星图》以外，长诗作品还有阿索拉毅的十四行诗《佳支依达，或时光轮回的叙述》，阿苏越尔的长诗《阳光山脉》，女诗人陈

---

① 参考自楚雄彝族自治州人民政府门户网站、中国民族宗教网、凉山新闻网站等官方网站的新闻及统计数目。

② 摘自发星编：《〈彝风〉创办 10 年纪念专号（1997—2007）》，民刊。

③ 阿索拉毅曾自称是"彝族现代史诗的开创者"，事实上，他本身所做的工作即对古老的彝文资料的收集整理，也有充分的可能去承继和模仿彝族史诗，开拓其"当代史诗"，这对于边缘族群来说是一个值得努力的方向。

晓英的《山岗》等。①

　　同样值得一提的还有几位云南和贵州的年青一代诗人，如罗洪达汗、阿景阿克、赵磊、罗逢春等。比如生于 1993 年来自云南的彝族诗人罗洪达汗，他的很多首诗歌见于网络论坛，总体来说其诗歌品质有待于时间的磨炼，不过亦有少量佳作，如《在故乡，我看见秋风》② 等抒情诗。此外，需要注意的是，"80 后"彝族诗人并不倾向于清晰的地域观念，他们更注重"彝族"这个共同体本身的重量。凉山彝族诗人拉马文才认为，在他的日常经验中，青年彝族诗人尤其热爱强调"彝民族"的概念，③ 这与 80 年代吉狄马加等诗人强调"我"与大凉山之间的互动关系是有所差异的。这种观念的流变显然和 50 年代"彝族"的民族划分和身份认同的时间越来越久有密切的关系——这个议题留待后文详细讨论。

---

① 这几首长诗的篇幅没有《星图》那般巨大。
② 此诗发表于彝族人网，http：//www. yizucn. com/thread－11227－1－1. html。
③ 此观点出自 2012 年 4 月笔者在中山大学对诗人拉马文才进行的一次私人访谈。

第二章　审美和重构的历程：彝族诗歌分类考

诗歌是彝族文学中极其重要的组成部分之一，20 世纪 80 年代以来的彝族文学更加充分地体现了这一点。上一章将当代彝族诗歌创作划分为三个阶段，其中后面的两个阶段共同构成了转型期彝族汉语诗歌。

需要指出的是，如果将彝族诗人的写作当成一个固化的整体文化现象去研究是不恰当的——这很容易陷入类似于后殖民批评的圈圈之中——在一个庞大的族群内部，无论是诗人们的写作风格和修辞，还是他们言说背后的精神特质，都会有所分化。正如吉尔兹在《地方性知识》中运用他的阐释人类学对伊斯兰诗人的艺术实践进行考察一样，在这些需要厘清的问题面前，唯一的路径便是从诗歌本体入手来看待转型期彝族汉语诗歌的审美形态与话语特征。第二章将尽可能完整地呈现这一点，并以分类考察的方式进行。

若是沿着时间顺序考察，不难发现，在当代彝族诗歌的第一和第二阶段，不管是主流意识形态导向的创作还是民族意识觉醒初期的创作，都能感受到一种合力的存在，但在诗歌演进之后的第三阶段，彝族诗人们的创作明显地出现了多元化的倾向。一个族群的集体记忆逐步分化、模糊，呈现出另外的分支和裂变，新一代诗人中的一部分会选择承继以往的写作类型，延续着上一时期的合力，而另一部分则选择了其他的书写方式。值得一提的是，这不仅是彝族当代诗歌发展的基本走向特征，亦是其他少数民族当代诗歌发展中所呈现的一般特征。

总体来说，本章的第一节和第二节将自 20 世纪 80 年代到 20 世纪末的彝族汉语诗歌定义为抒情诗的范畴，并且对抒情诗的两种类型进行区分和考察，即以吉狄马加、倮伍拉且等人为代表的具有民族寓言色彩的抒情诗和以阿库乌雾、牧莎斯加、巴莫曲布嫫等人为代表的带有宗教复魅色彩的抒情诗，当然 21 世纪以来的抒情诗作品也将分类出现在这两节中；本章的第三节将 1995

年以来呈现多元化发展的彝族诗歌分为两个大类——写实诗歌的发生和长诗的兴起，这两类是除了抒情诗以外的诗歌裂变的分支；本章的第四节着重考察地域诗歌的细微差别，即云南、贵州、四川三地彝族诗歌创作的异同。这样的分类，在诗歌研究中并非完美，然而适合尽可能地展示出具有时间序列、空间结构、地域差异的转型期彝族汉语诗歌的全貌。在大的分类之中，将会穿插一些细微的分支，诸如有些诗人将母语运用到汉语诗歌之中，有些诗人的作品模仿古代叙事诗等，在本章当中都会尽可能全面地展现。

第一节　作为民族寓言的抒情诗

2006 年，彝族诗人吉狄马加在韩国首尔的一场诗会上引用了沃尔科特的一句话："要么我谁也不是，要么我就是一个民族。"①

这句话在某种程度上能够概括转型期彝族汉语诗歌的主流创作群体的诉求，比起"文革"和"十七年"期间的彝族诗歌来说，转型期的彝族诗歌更加具有民族寓言的性质。如果寻找这个源流，则必须从 20 世纪 80 年代初说起。

一、族性回归的拓荒者

前文提到，转型期彝族汉语诗歌始于大凉山，先驱者是诗人吉狄马加。这位 1961 年出生于凉山的彝族诗人，1982 年毕业于西南民族学院汉语言文学系，同年进入《凉山文学》编辑部工作。那个时候的西南民族学院，已经开始孕育彝族诗人，吉狄马加便是其中一个，他在大学期间开始诗歌创作，并在此后出版了多部诗集。

为了更加深入地考察转型期彝族抒情诗，首先来看一节吉狄马加的诗。他在《自画像》中如是写道："我是这片土地上用彝文写下的历史/我是一千次死去/永远朝着左睡的男人/我是一千次死去/永远朝着右睡的女人……/其实我是千百年来/正义和邪恶的抗争/其实我是千百年来/爱情和梦幻的儿孙……"②吉狄马加的"一千次死去"的男人和女人似乎是表达着"死亡"的主旨，这种死亡是惨烈的、具有时间性和不言而喻的空间性的，发生在

---

① 此材料参考自伊沙：《永远是诗人——吉狄马加简论》，http：//www. poemlife. com/showart - 56710 - 1268. htm。

② 吉狄马加：《吉狄马加的诗》，成都：四川文艺出版社 2004 年版，第 65 页。

"古老的""田野"和"这片土地"上。而"儿孙"——生生不息、代代相传的人类学特质则展示了一种传承与递进关系。虽然死亡是一种真实，但是诗人使用动态的词汇来呈现，如"抗争""梦幻"等词汇。"朝着右睡的女人"亦有寓意。在彝族传统的葬礼中，女人通常是朝右睡的，因为"她还要用自己的左手，到神灵世界去纺线"①。

这里需要说明的是，"死亡"堪称彝族古老文化传统之中的一个重要符号，而吉狄马加刚好在现代诗中杂糅了这个带有民族色彩的主题。同样的主题在吉狄马加笔下屡屡可见。他在《母亲们的手》一诗中这样写道："就这样向右悄悄睡去/多么像一条美人鱼/多么像一弯纯洁的月牙/多么像一块沉默的礁石/她睡在土地和天空之间/她睡在死亡和生命的高处/因此江河才在她身下照样流着/因此森林才在她身下照样长着/因此山岩才在她身下照样站着。"②

关于死亡的场景，在他的《死去的斗牛——大凉山斗牛的故事之二》中同样能够看到："在一个人们/熟睡的深夜/它有气无力地躺在牛栏里/等待着那死亡的来临/一双微睁着的眼/充满了哀伤和绝望。"③

吉狄马加用感伤的语调来摹写民族的葬礼，营造了一个古老的神话般的幻境，即"母亲"向右睡去，"江河""森林""山岩"等自然景观都在"她"的身下，继续保持着原来的样子。在这里，正如学者姚新勇所言："彝诗正是通过现代与传统的相互渗透，才形成了自己苦难而甜蜜的民族品性，才拥有了忧伤而温暖的诗歌品质。"④ 吉狄马加的诗歌中更多的是质朴的回忆和感伤。他从民族诗人的角度将自己的民族、神话、葬礼、消逝等要素融入诗歌当中。诗中"纯洁的月牙""沉默的礁石"的修辞意义更倾向于彝族的自然观——自然与人同一，将人与山川河流并置的意象证明了这一点。他将葬礼的意境诗化，这个葬礼中的"母亲"并非个体形象，而是一个民族的身影。自然景观的固化和民族内在精神的衰落之间有着无法化解的冲突，吉狄马加看着自己的民族传统正走向没落，但是又无力去将其逆转，只能通过歌者的方式去表述传统——"睡在死亡和生命的高处"。

他的诗歌常以本民族的传统和习俗为表征（如打猎、斗牛、口弦、纺织、葬礼等），进而渗透民族的内在精神和社会伦理，以表达对古老民族传统的依恋以及渴望回归的诉求。吉狄马加在《黑色狂想曲》中，复述了族群的集体

---

① 吉狄马加：《吉狄马加的诗》，成都：四川文艺出版社 2004 年版，第 65 页。
② 吉狄马加：《吉狄马加的诗》，成都：四川文艺出版社 2004 年版，第 75 页。
③ 吉狄马加：《吉狄马加的诗》，成都：四川文艺出版社 2004 年版，第 77 页。
④ 姚新勇：《"家园"的重构与突围（上）——转型期彝族现代诗派论之一》，《暨南学报》（哲学社会科学版）2007 年第 5 期。

记忆："让我成为空气，成为阳光/成为岩石，成为水银，成为女贞子/让我成为铁，成为铜/成为云母，成为石棉，成为磷火/啊，黑色的梦想，你快吞没我，溶化我/让我在你仁慈的保护下消失吧/让我成为草原，成为牛羊/成为獐子，成为云雀，成为细鳞鱼/让我成为火镰，成为马鞍/成为口弦，成为马布，成为卡谢着尔/啊，黑色的梦想，就在我消失的时候/请为我弹响悲哀和死亡之琴吧/让吉狄马加这个痛苦而又沉重的名字/在子夜时分也染上太阳神秘的色彩。"①

在这里，吉狄马加展示了一幅古老的图景，从选取的这一节诗歌来看，尤其是最后一句，诗人不仅试图走近民族传统，而且变得十分焦虑。黑色是整首诗歌的色调，也是彝族人最为崇尚的颜色，事实上，吉狄马加的诗歌铺陈了诸多的彝民族传统元素，为后来者提供了诗歌创作的导向。

值得研究的议题在于，以吉狄马加为代表的转型期彝族诗人的诗歌对以往的彝族汉语诗歌进行了剧烈的颠覆，这种颠覆在某方面和 20 世纪 80 年代汉族诗歌转型几乎同步——彝族诗歌完成了从阶级控诉到歌唱彝族文化传统的剧变。为什么彝族诗歌的剧变从吉狄马加这里开始呢？

从诗歌的审美角度来看，吉狄马加浪漫和感伤的诗歌品质与他创作的年代密不可分，80 年代朦胧诗和先锋诗歌的登场在某种程度上给予了他诗歌创作的灵感。基于他本人的诗歌以及文字可以得知，他的诗歌中透露出了三重维度：新诗传统的内置，西方现代诗的承继，以及本族文化传统的高扬。②

如果对吉狄马加的创作进行拆解，首先，他的写作无疑是用现代诗的形式而非传统诗歌来建构彝族传统（即以"反传统"来建构"传统"）；其次，他是用汉语写作的彝族诗人——尽管笔者无比希望避开以各种"后"理论为工具的危险境地——他的语言已经被汉语习得和彝族口语混杂了。当然，其后即将提到的阿库乌雾的诗歌更契合这个论点，但吉狄马加作为彝族当代汉语诗歌的先驱者，也必然难以摆脱此种境况。在 20 世纪 80 年代那个思想复苏与解放的大语境下，这位彝族诗人和其他汉族诗人一样开始试图颠覆上一个禁锢时代的写作范式，同样现代诗的习得继汉语习得之后注入吉狄马加的写作之中。这种混杂是双重的，而绝不是单一的。这个论断需要更有说服力

---

① 发星工作室编：《当代大凉山彝族现代诗选（1980—2000）》，北京：中国文联出版社 2002 年版，第 43 页。

② 关于吉狄马加的诗歌，见笔者发表于《青海社会科学》2011 年第 5 期的《世界的民族诗歌 民族的世界诗歌——聂鲁达与吉狄马加的诗歌比较研究》，此文详尽探讨了吉狄马加写作的诸种可能性，虽然不免有疏漏和谬误，但该文是从学术研究的角度来看待一位作为先驱者的少数民族诗人在多重文化语境中的创作态势的。

的例证：加勒比诗人路易斯·班尼特用克里奥尔语写作，为此她塑造了民族神话中的一个故事形象阿南西，以方言写作——与她相比，吉狄马加的混杂性显然没有那么明显、纯粹。

80 年代，吉狄马加的写作首先颠覆了颂歌式的阶级话语的彝族诗歌写作，此时他作为"彝族"诗人的自我意识唤醒，将对纯文学的诉求与民族性话语杂糅在一起，彝族民族性的表述从"十七年"和"文革"时期的简单阶级划分转向对文化传统的重新建构，即一个古老民族的甜蜜而忧伤的传说、习俗、文化表达。事实上，重构民族想象的做法并不仅仅发生在彝族、在中国，在其他时刻的其他土地上也时有发生，如果我们将目光聚焦在文化民族主义浩如烟海的史料中，就很容易找到同样的例子。帕尔塔·查特吉曾经分析过班吉姆·钱德拉的书写，并称之为"激进的重建民族文化的幻想"①。尽管彝族的历史进程与印度大相径庭，但是古老文化的被消解抑或被遮蔽是一种真实，本族群的精英知识分子在反思中书写，表达对传统文化消解的痛心和重构传统的意图。

当然，在民间诗歌研究者发星看来，这其中还不乏诗人所处背景的原因。他认为，吉狄马加读大学的时代，"是中国现代诗潮最猛烈的时期。许多优秀的民刊与诗人皆是在学校中成长。他们也不例外。当时成都及周边的'非非'、'莽汉主义'、'整体主义'、'大学生诗派'、'巴蜀诗群'、'现代汉诗'等中国重要的民间诗歌诗派风起云涌。所以自吉狄马加始至俄尼·牧莎斯加终，其写作语言都是……以现代诗风之影响血液，在自身根系文化的传递上寻找自己的表达方式。当然，吉狄马加……作为中国的边缘民族诗人，他是第一个敢吃螃蟹的人"②。

吉狄马加所进行的诗歌实践，和他同时期或者略晚进行创作的诗人也同样进行着。俸伍拉且，四川凉山冕宁人，曾任凉山州编译局编辑、凉山州文联副主席、《凉山文学》主编、四川省作协副主席等职务。他于 1982 年开始发表作品，1995 年加入中国作家协会。著有诗歌集《绕山的游云》《大自然与我们》《诗歌图腾》，长篇报告文学《深山信使王顺友》，出版文学作品6 部。③

---

① 帕尔塔·查特吉著，范慕尤、杨曦译：《民族主义思想与殖民地世界：一种衍生的话语》，南京：译林出版社 2007 年版。

② 发星：《当代大凉山彝族现代诗群论》，http：//www. literature. org. cn/Article. aspx？id＝12526。

③ 其中俸伍拉且的组诗《大凉山抒情》和诗集《绕山的游云》《大自然与我们》分别获第三、第四、第五届全国少数民族文学创作"骏马奖"。

在发星编选的《当代大凉山彝族现代诗选（1980—2000）》中，选取了倮伍拉且的 28 首诗①，这些诗歌都是言语简洁的抒情诗，并且透露出并不明朗的忧伤。如其中的一首诗《遗失的词》："这片密密的森林/有一些树木已经消失/消失的还有一些/纯净的词/这块茫茫的大地/有一些动物已经绝迹/绝迹的还有一些/神圣的词/这个圆圆的地球/有一些声音已经遗失/遗失的还有一些/珍贵的词/那些词哟/日夜撞击我们胸膛/如果想要吐出/就会遗失在口腔。"这些诗作基本能代表倮伍拉且本人一贯的创作特色，即较短的篇幅和简洁抒情的词汇。

在诗人写作的年代，已经能够看到这样的场景："有一些树木已经消失""有一些动物已经绝迹""有一些声音已经遗失"，诗人想象着自己民族的生存环境和文化传统，慢慢消逝的感伤充分地在诗歌中呈现出来。再如他的诗歌《白牛》，"有一座山/有一头白牛/白牛啊山的心脏/不落的月亮/有一个人/有一头白牛/白牛啊人的灵魂/不落的太阳/每一个人都有一座山/都有一头白牛/永恒的天空/左耳挂着月亮/右耳挂着太阳"，在这首诗里，比起沉重的集体记忆，我们更容易看到民歌的色彩。很多评论家和学者着重就倮伍拉且的"大山情结"诗歌创作做了细致的考察和研究，如彝族诗人、学者阿库乌雾，将这首《白牛》分为三个向度，认为其第一节写"山的白牛"，亦是"有形的精神实体"；第二节写"人的白牛""灵魂的白牛"，可视为"无形的精神生命"；第三节写"山"与"人"合一，象征"人的宇宙"和"自然宇宙"在某种无处不在、无时不有的"白牛"（精神理念）的作用下融为一体，并将倮伍拉且的这首诗定义为具有"与宇宙共存的生命哲学观"。②

这样的分析不啻为一种诗歌研究的尝试，然而在笔者看来，诗人并非注入了相对复杂的哲学命题，而是水乳交融般将民歌体裁、神话意象以及对凉山地区现状的思考连成一体。如果持续考察倮伍拉且的创作生涯，可以发现，其前期诗歌更具有生命力，在这一点上吉狄马加的诗歌也一样，他们的行政职务或多或少使得他们除了诗人这一重身份外还具有另一重身份，而这样的后设的社会身份又会影响到其本人创作的诉求和指向。这里可以举诗集的序言为例予以比较。倮伍拉且在《凉山当代文学作品选》的序言里这样写道："新中国以前的凉山就更落后了，从社会形态来看，整整落后一千年。解放前的凉山社会形态被认定为奴隶社会……新中国成立后，凉山各族人民和全国

---

① 这 28 首诗歌都出自倮伍拉且的个人诗集《诗歌图腾》（成都：四川民族出版社 1997 年版）。

② 罗庆春：《灵与灵的对话——倮伍拉且诗歌创作述论》，《西南民族学院学报》（人文社会科学版）1999 年第 6 期。

人民一道迈进了社会主义社会。1956 年……凉山彝族代表……提出了'一步跨千年'这个观点。受到毛泽东、周恩来等中央领导的赞扬……共同祝贺彝族人民跨越千年的伟大进步……所以我说，凉山的作家文学或者当代文学与新中国同行。"①

在这里，不妨对比一下发星在《当代大凉山彝族现代诗选（1980—2000）》序言中所言："在汉语表达的彝文化特色的诗歌语言中，许多感觉与文化深度与想象是大凉山彝人文化独具的优势，也说明着只有一个民族保留了古朴的文化方式与深厚底蕴，它的现代文化表达形式才具有特色与风味……大凉山的彝族诗人们都是在汉族老大哥的现代诗歌中冲决出来的，今天我们依然感谢那个举国复苏的 80 年代……"② 可以看出，两者同样指向当代凉山丰富而优美的现代诗歌，也同样承认汉族主流文化在彝族诗歌发展中所扮演的角色和地位，然而前者是从意识形态和政治性的层面来看待彝族文学的发展，后者则是从文学发展和文化交流层面来述说的。

比较后来彝族现代诗歌势头强劲的创作浪潮而言，拓荒者们起到了很好的导向作用，对家园和集体记忆的咏唱引起了后来者的效仿甚至被超越，而其本身早期诗歌的生命力仍在延续着，散发出耀眼的神性光芒。

二、意象的主体化

继吉狄马加充满开拓性的民族意识觉醒的写作之后，更多的彝族诗人投入到当代汉语诗歌创作之中，他们纷纷化用自然风景或者日常生活中的意象，将其注入对族性意识的思考之中。把风景作为民族景观来呈现，而不是被动的装饰性的所指，是在 20 世纪 80 年代之后出现的事情。诗人们认为，笔下的这些地理景观不仅是诗人自己的生存地，也是整个民族共同体的生存地，能够象征民族的身体，因此，将意象主体化是转型期彝族汉语诗歌的一大重要表征。

阿苏越尔就是这一时期将意象主体化的代表诗人之一。他是一位于 1966 年出生的彝族诗人，毕业于西南民族学院，1986 年读书期间开始写诗，并曾创办了在当时大学生诗社中影响较广的《山鹰魂》诗刊。曾出版诗集《我已不再是雨季：留在雪地上的歌谣》《阿苏越尔诗选》等，获得第三届四川省少数民族文学创作奖。

---

① 俣伍拉且主编：《凉山当代文学作品选》，成都：四川民族出版社 2009 年版，第 3 页。
② 发星工作室编：《当代大凉山彝族现代诗选（1980—2000）》，北京：中国文联出版社 2002 年版，第 13 页。

在发星工作室所编的《当代大凉山彝族现代诗选（1980—2000）》里，阿苏越尔有 21 首诗歌①入选，其中 18 首的题目带有"雪"字。这并不是一个奇怪的现象，在彝族诗人的书写中，"雪""黑色""火塘""死亡""苦荞"这些词汇的色感和意味常常会出现。《当代大凉山彝族现代诗选（1980—2000）》还收录了诗人马惹拉哈 7 首题目中含有"雪"字的诗歌，并统一命名为"雪族系列"组诗；阿黑约夫的 11 首含有"雪"字的诗歌被收录，并统一命名为"雪族"组诗；克惹晓夫入选的组诗"明天的雪"，也包括 11 首诗。

在阿苏越尔的《雪祭》中，他描绘了这样一幅场景："而我，而我们是/九十九片之后孤独的一片/而我们，而我是/由下而上历经磨难的一片/头上葬着黄金/胸中淤积泪水/而我，我是与生俱来的爱情/羊头骑在腋下/双脚微微发紫/两滴墨水涌出眼眶/有人说，生命气息/泊于雪谷的唇际/雪谷在年龄之上，发出冷冷的光/这是第九十九片雪降临的征兆/这是时间/成功地塑造我们/不停地行走/雪尸分裂/很多年以后/悬着的心没有了/母亲没有了/只是这消息/被遗弃的盲婴带回。"②

彝族的先民具有人类源于水或源于雪的观念。在凉山彝文古籍《勒俄特衣》中有雪源十二种的记载，认为包括人在内的十二种动物都出自雪中，彝语中"人"的直译便为"雪人"。③

姚新勇认为在阿苏越尔的笔下，"雪已经完全具有了生命的主体性，她不仅与诗人，也更与彝族的存在、灵魂成为一体。她的迷惘、她的痛苦、她的流浪、她的温暖……都是一个眷恋着本民族的诗人的自述，是彝族的自述"④。可以说，这种对"雪"的诗歌观察是十分贴切的，诗人如是写道，"我们是/九十九片之后孤独的一片"，将"自我"等同于雪，从而赋予描述对象主体化的地位。"我"和"我们"，一个是指代具象的、孤独的自述者，另一个则是指代这个族群共同的呼声和诉求。"我"和"我们"都是经历了迷惘和磨难的"雪"，母亲已经消失，而我们不过是"被遗弃的""盲"的婴儿。迷茫、焦灼和激情几乎同时在诗歌中迸发，而且背景具有浓烈的彝族色彩。

关于不断的"行走"，在少数民族汉语诗歌中也十分多见，或许诗人们习

---

① 这些诗歌都出自阿苏越尔的个人诗集《我已不再是雨季：留在雪地上的歌谣》（成都：四川民族出版社 1994 年版）。

② 发星工作室编：《当代大凉山彝族现代诗选（1980—2000）》，北京：中国文联出版社 2002 年版，第 89 页。

③ 普驰达岭：《彝族古地名"玛纳液池"考释》，《民族语文》2001 年第 6 期。

④ 姚新勇：《寻找：共同的宿命与碰撞：转型期中国文学多族群及边缘区域文化关系研究》，北京：中国社会科学出版社 2010 年版，第 155 页。

惯于用这样的动作表述内心的孤独和迷茫。跳出彝族诗人之外来观察，藏族诗人列美平措也曾经写过"行走"的诗歌，《圣地之旅》是他的一部组诗。在第一首中，他写道："我行走在一条没有慰藉的道路/那曾属于我的一切都已远去/如今在我孤独的时候/除了附在耳边细语的诗歌/我一无所有了 留给我的/惟有旅途漫无边际的黄沙和风雪……独自行走高原的边缘和腹心地带。"①

在这首诗里，"行走"是列美平措写作的基本结构，在这种结构中"诗人与高原"的模式得以建立，并构成了整个藏民族的行进、朝圣之旅。诗人对"我"的定位十分独特——列美平措笔下的"我"，首先阐明了独特的、个体的、诗歌的行旅之目的地，同时，那些深层的、民族性的、文化性的东西，却已经固化，并封存在内心深处。随着"我"这圣地之旅的行进，"我"是带着这种温暖的族群记忆，独自行走在孤寂的旅程中的，目的地并不明确，类似于无休止的行走。除了列美平措的诗歌之外，藏族诗人伊丹才让的《通往大自在境界的津渡》、阿来的《三十周岁时漫游若尔盖大草原》也表述了"行走"的概念。当然，彝族诗人阿苏越尔这里，除了"行走"以外，诗歌的末尾部分还有"带回"一词，这样的漫游事实上构成了一个环形闭合的自我经验。

在讨论了"雪"和"行走"的意象之后，似乎可以触碰到彝族诗人们热爱将意象主体化的创作特征了。大量运用并将其主体化的意象并不止这些。如上文所提及的吉狄马加的《死去的斗牛——大凉山斗牛的故事之二》，"斗牛"也已经被主体化成了一个族群的缩影，"牛"在牛栏里充满了哀伤和绝望，但是抗争的能动性和合法性已经被抹去了。从这种主体化的修辞当中，能看到诗人的忧伤以及对文化传统流失的痛惜。

克惹晓夫亦是西南民族学院毕业的彝族诗人，他曾写过一首名为"最后的阳光"的诗，这首并不算短的诗歌中有三小节最值得一读，分别分布在此诗的前、中、后段："太阳出来/掉下许多阳光/一条道路就是一线阳光/布满田垄"，"太阳出来的日子/举首向天/那阳光/一颗接着一颗/油油地密密地"，"不用睁开眼睛/就能看见/大片大片的阳光被刈倒/而且 很快地死去"②，阳光似乎能够成为某种主体，并且具有个体经验的独特性，从"太阳"那里迸

---

① 色波主编：《前定的念珠》，成都：四川文艺出版社 2002 年版。色波选取了这一组诗的第一首、第三首、第四首、第九首、第十二首、第十七首、第二十三首、第二十五首、第三十首。

② 发星工作室编：《当代大凉山彝族现代诗选（1980—2000）》，北京：中国文联出版社 2002 年版，第 236 页。

发，从而"布满田垄"，这里应该是意指金黄色的稻田，而在诗歌的最后一节，大片的阳光却"很快地死去"，这样的主体性非但没有削弱诗歌的艺术性，反而更加震撼地表达了诗人的伤感情绪。

同样作为诗歌意象被主体化的词汇还有很多。如"鹰""五色旗""羊皮经书""锅庄""瓦板屋"等带有强烈彝族色彩的词汇，都曾被诗人浓墨重彩地注入诗歌创作之中。它们不仅被诗人主体化，还扮演着另外一个重要的角色——对共同体记忆的诗性重构。

三、共同体记忆的诗性重构

安东尼·史密斯在《民族主义：理论、意识形态、历史》的第一章中对"民族主义"的概念做出阐述，同时提到："人文知识分子——历史学家和语言学家，画家和作曲家，诗人、小说家和导演——不成比例地在民族主义运动及复兴中扮演着代言人角色……"[①] 对于彝族的知识分子（尤其是诗人）来说，他们始于 20 世纪 80 年代的诗歌"运动"，实际上也印证了这个"复兴"中的"代言人角色"——对彝族共同体的诗性重构贯穿了 20 世纪 80 年代至 20 世纪末期的近二十年，并且在 21 世纪的彝族汉语诗歌发展中还有延续的趋势。

所谓"诗性的重构"，第一重意思是指：彝族诗人们以诗歌的形式来完成对彝族共同体的重新构建和想象；第二重意思是指：这种想象是诗歌化、审美化的构建，尽管能在创作中窥见族群生活的原貌，但实质上是一种带有抒情性的提升——这种现象不仅在彝族诗歌中出现，而且在 20 世纪末的少数民族汉语诗歌中尤其常见。

诗人霁虹曾写过一首《我们的太阳》："身披擦尔瓦头扎英雄结的人/在一个早晨里走到了一个山顶/此时/他的英雄结上长出了一枚/硕大的金橘/他的耳环坠子　以及/他一身所有的饰物/都放射着光芒/我们的太阳/它为每一个英雄的人闪光/它高挂在天上/它甚至像一只雄鹰/扇动巨大的翅羽/覆盖我们所有感知过的土壤/这个时候/土地上就疯长出成片的粮食/这个时候/土地上就成长起一群又一群人/这个时候/所有的马群都在奔跑/这个时候/产生了神话产生了歌谣/产生了爱情/我们的太阳/自我们出生的那一刻/就进入我们的

---

① 安东尼·史密斯著，叶江译：《民族主义：理论、意识形态、历史》（第二版），上海：上海人民出版社 2011 年版，第 7 页。

体内/在我们的血脉里奔跑/使我们的一生/仿佛在燃烧般充满了热情。"①

　　这首诗歌首先提及了一个人物形象——"身披擦尔瓦头扎英雄结的人"，这是彝族男性服饰特有的象征物，而诗人接下来赋予了这个人物神圣的色彩：太阳。他的周身是光芒四射的，而这样的人物却不是一个，而是一群。"英雄""雄鹰""太阳"被放弃了可限定的理解性，而是成了一个民族的象征物。在前一层的赞颂还未消散之际，后一层的意象铺陈又呼之欲出了："成片的粮食"在疯长，"一群又一群人"在成长，"所有的马群"在奔跑，体内奔涌着"我们的太阳"，诗化的族群象征成为这首诗的全部内容，与此同时，颂歌式的对族群的想象占据了诗歌的空间。可以说，这首诗之于"共同体记忆"的重构，是一个典型的案例。首先，诗人铺陈了民族的外部特征，如服饰和装扮；其次，诗人将族群的象征——披着擦尔瓦和扎着英雄结的彝族男性，与一系列阳性的名词如"太阳""雄鹰"等并置，同时全诗自始至终出现的第一人称均为"我们"，而并不像其他诗人般由"我"向"我们"过渡，这意味着诗人的写作意图直指对共同体的抒怀和构建，将个体升格为群体的修辞明显无遗地流露出来。

　　如同霁虹的写作一样，吉狄白云也在诗歌中表达了同样的主题。在《穿过那一片森林》里，他写道："我渴望/我的痛苦我的绝望我的悲哀/长出一双双金色的翅膀/穿过那片森林/（唯有我才为它流泪才为它自豪的森林）/老猎人的叹息凄凄的狼嗥/已从春雷的伴随中死亡/松涛沉吟一个古老淌血的故事/于是　我悔恨我的名字出生于一个并不是梦的梦里/那是母亲将苦涩的乳汁染蓝了的天空/我没发现父亲背影牵着一块巨岩石/一块沉默黑色的岩石/在这块写满爱与恨的土地/有一个湿漉漉的灵魂/以为悼念一切苍白的记忆/以为拾回那只父亲失落的"鹰爪杯"/将泪水流成月光苦苦地喷洒/以为擎起鲜红的"英雄结"/以为弹响响亮的口弦/随同太阳悲壮地跋涉/然而，有一天/我仿佛听见曾失去的恋人的歌声/那是一支能醉倒一百个男人能使一百个女人哭泣的歌声/多少次将煎熬着爱的心同忧伤抠出/凝炼成无穷的灵感/在死亡的路上/回声不再凄凉/天空不再阴沉/老人的叹息不再沉重/石磨磨出的故事不再酸涩/……"②

　　在这首诗作中，诗人全景式地展现了一个族群的集体记忆：森林、口弦、男人的捕猎、女人的哺育等存在于彝族先民日常生活中的意象。与汉族相比

---

① 发星工作室编：《当代大凉山彝族现代诗选（1980—2000）》，北京：中国文联出版社2002年版，第119页。

② 发星工作室编：《当代大凉山彝族现代诗选（1980—2000）》，北京：中国文联出版社2002年版，第302页。

较，几大彝族的生活方式——尤其是凉山彝族——因囿于地理环境的单一而长久以来保守和封闭，因此在长期不变的生活方式之下，集体记忆自然也变得较为坚固，即某种固定的生活图景，如打猎、纺织、燃火、跋涉等，而题目本身——"穿过那一片森林"就含有"回望"之意，诗人试图还原过去的社会生产和生活方式的原貌，尽管这种还原带有美化的色彩。

　　玛查德清是一位于1952年出生的彝族诗人，也是彝族当代文学创作者中资历较深的一位。他曾经创作了一首《鹰魂红黑黄》：黑色的河流／是彝人苦出来的泪水／从鹰的血管里膨胀／长为远古的洪荒／长为传奇的故事／支格阿鲁／就这样牵着黑色的深层／黑色的庄严／黑色的稳重／黑色的悲壮／在有彝人的地方／筑起三色的锅庄／烧烤湿润的梦／烹煮失落的希冀／兹兹菩乌／堆积着朝天的墓穴／属于彝人的漫长踪迹／绵延着千万年的悲凉／在黑色的山里／神鹰的后代们在追寻阳光的热点／一双不屈的眼睛／发射出骁勇的火焰／属于彝人的道路／充满了鲜红的鹰血／金黄的阳光／黑色的潜流／野性的欲望／深层的凝视／都是红黑黄的结合／积淀已久的信念／托起无数次的憧憬／无数次地放飞属于鹰的梦／红黑黄的碰撞／混合为鹰的图腾／虎的旗帜／被挣脱的锁链／是一束束的阳光／生长为黑色的山寨／红色的渴望／金黄的果实／传统母亲的脐带／淌着三色和血／泥土被润泽／道路被开通／婴儿的哭啼牵扯着希望／老人的叹息暗示着成熟／崇拜三色的彝人／用碗碗酒泡制胆略／用砣砣肉养育激情／用兰花烟驱逐邪气／用牛角号唤醒鹰魂／故土的神灵／召唤着失去的梦灯／沉沉的悔恨／湿漉漉的希望／那些斑驳的胎迹／那些传统的骑士／那些丰满的女人／那些疲惫的老人／那些天真的顽童／被红黑色的鹰魂包围着／苦涩的记忆／发烫的愿望／都出自鹰魂红黑黄。[①]

　　比起前几首诗来说，这首诗更包含着史诗的意味。诗人从传奇开始述说，这种"原乡"的想象显然是充满着激情的艺术重构。祖先的迁移，黑色的象征物，三色"红""黑""黄"的"锅庄""鹰""火焰"，这些词汇尽管一次次在彝族当代诗歌中重现，然而如此密集地交织和重复在一首诗中并不多见。诗人试图用这些词语的重复和叠加表达一种对祖先的绵延敬意。赋予了神话和史诗色彩的族群记忆，通常会是被美化的产物。安东尼·史密斯曾经就这个现象做出评价："英雄们的开拓奋进、各路先贤和传奇故事都在这块土地上发生……有哪种民族主义会不对为各路神灵所保佑的，'我们自己的'山川河

---

　　① 发星工作室编：《当代大凉山彝族现代诗选（1980—2000）》，北京：中国文联出版社2002年版，第288页。

流、湖泊平原的独特壮美称颂备至？"① 事实上，彝族诗人们同样践行了这一点，玛查德清的这首诗，是对彝族先民生活的摹写，也是毫无过渡地进入一块彼此相距遥远的领地的诗歌尝试，这正是彝族诗歌所具有的现代诗与本族特色的杂糅性。

马惹拉哈的《先辈在雪花之上舞蹈》也是一个共同体重构的典型案例。"我们回去的路一直通往天空/雪在树上成为我们的花朵/我们在雪里爱恋/我们在雪里生死/我们都要经过这条路的/撩去雪幔/我们可见天空/那个石姆额哈湛蓝的地方/我们见过和未见过的亲人/谈论着过去和现在/他们相亲相爱不食烟火/滴血的宝剑/和剑外不愉快的心情/都在葬火中成为远空的云/再度感受雪是件满含泪水的事情/今年岁末的雪/在阳光中无暇美丽/在特补老黑石故乡的年祭中/先辈从那条路上纷纷回到村庄/四世同堂　五谷丰登　牛羊壮美/所有的寨子浸泡于一片祥和之中/所有的膀胱压满祖辈沉甸的祝福/我们知道在我们出生的同时/这条路已伸延到我们的脚边/我们的周围雪光暖和/我们的头顶轻云烂漫/在这梦幻星辰般的时刻/我们聆听来自雪花之上/祖辈舞蹈的声音/那是一种迎接我们狂欢的舞蹈/那是一种对我们幸福生活的歌唱。"

在一位彝族青年的新浪微博里，笔者看到了一幅油画，而这幅油画所描述的画面几乎与这首诗中满溢的浪漫主义色彩和幸福感情绪完全一致，我们可以将这幅油画所蕴含的内容和这首诗中诗人试图表达的颂歌式的感情进行比较。② 这幅画中展现了一个祥和、富足的彝族家庭的生活图景，戴有天菩萨和英雄结的中年男性、衣着盛装的女性、抽烟的慈祥老人、朝气蓬勃的彝族少女……他们的生活是传统式的，图中有彝区特有的漆器、山地日常生活中的背篓等，而后面大幅的多重彩色背景似乎给人以不真实的感觉。转载这幅油画的彝族青年吉木拉惹表示，"希望现实能跟得上这张图片"，也从侧面证明，这幅油画里所描绘的彝家生活，或许存在于过去，但肯定不是真实的当下。

---

① 安东尼·史密斯著，叶江译：《民族主义：理论、意识形态、历史》（第二版），上海：上海人民出版社 2011 年版，第 35 页。

② 彝族青年吉木拉惹的新浪微博，http://weibo.com/u/2091261880? topnav=1&wvr=3.6&topsug=1。

（转引自吉木拉惹的新浪微博）

在这个结论下，我们回头来考察这首同样满溢幸福的诗歌，从表面来看，似乎诗人的写作方式与五四时期的浪漫主义诗歌创作有着一致性，例如郭沫若诗歌中的狂欢，然而仔细考察一下此诗，仿佛其中蕴含的并非狂放的激情，而是平静自如的、充满梦幻的一种理想化的图景——这并不同于郭沫若笔下的激情和热量——正如这幅油画所示。诗人所描述的这种安静、祥和、雪花、丰收，加之其所述"回去的路"，共同创造了一种幻觉，"回去"是族群的回归么？先辈们在雪花中舞蹈的幻象，与真实的距离恐怕相差很大。然而这种安宁的图景究竟喻示着什么呢？或许诗人试图找到一种回忆的方式，即诗性地重构祖先们的日常生活和记忆。然而对于读者而言，遥远的现实并不能唤起共鸣，诗人的颂歌和礼赞是私人式的、隐秘的，显然是对一个族群的礼赞和颂歌。发星曾经对马惹拉哈的诗歌做出一个中肯的评价——"纯洁了诗歌语言的晶莹性"①——因为他热爱写"雪"的图景；而学者姚新勇对马惹拉哈的评价是"玉石俱焚"②。无论是何种评价，都指出了诗人试图将族群记忆"提纯"的努力。第四章将继续深入探讨诗人和族群记忆书写的关系。

---

① 发星工作室：《当代大凉山彝族现代诗群论》，《地域诗歌》，香港：银河出版社 2006 年版。

② 姚新勇：《寻找：共同的宿命和碰撞：转型期中国文学多族群及边缘区域文化关系研究》，北京：中国社会科学出版社 2010 年版，第 156 页。

第二节　原乡的复魅和招魂

彝族诗歌长于抒情，然而宗教传统也从未在诗歌中缺席。究其深层原因，要从彝族人的宗教信仰和历史说起。彝族地处中国的西南边疆，其支系众多，美国的研究者将彝语分为八个大类，[①] 其中六个在中国境内。在这六个彝语区内，台湾学者黄季平做了一项关于彝族文献分布和数量的统计，[②] 其中有三类文献"传说""民间故事""彝文典籍"在六个彝语区都存在，前两者在其他南方民族中也有存在，但文献典籍却很少留存，事实上，比起其他南方民族的古典文献，彝族古代文献典籍是保存最为完好的。六大彝语区的文献典籍，以贵州地区最多。究其原因，是由于明清时期，中央政府在贵州水西等地区实施了土司制度。较为开放和完善的制度，除了使得彝族地区的古文汉语创作数量大增之外，还使得典籍得到了良好的保存、修订和流传。正是由于这样的文献基础，彝族的宗教审美一直以来得以完整地存留于文学作品之中，成为一道不可或缺的光芒。

在这些存留的古代文献典籍中，毕摩曾经承担了一个重要的角色，其身兼神职人员和知识分子的双重身份，能够将经书、典籍整理、注解并且流传下来。本节所涉及的"复魅"和"招魂"，意义有二：第一重意思（原意）是指毕摩的宗教实践；第二重意思是指现代诗人们借助抒情诗歌中的宗教话语来重构自己对原乡的想象。在本议题所讨论的彝族当代诗歌中，尤其是抒情诗的部分，除了记录族群的集体记忆以外，一些诗人还选择性地在创作中杂糅了本族群的宗教信仰和神巫传统，使得抒情诗更加丰满。

一、学者的宗教审美实践

如果对转型期彝族汉语诗歌中的宗教抒情诗进行考察，一个无法绕过的灯塔式人物便是诗人阿库乌雾，他所进行的宗教审美实践，影响了诸多后来者的诗歌创作。阿库乌雾，汉名罗庆春，1964 年生于四川凉山州的冕宁，1986 年毕业于西南民族学院。现任西南民族大学彝学学院院长、教授、硕士生导师，美国俄亥俄州立大学东亚系客座教授，中国社会科学院民族文学研

---

① 此处参见 GRIMES，BARBARA F. Ethnologue：languages of the world. 15th ed. Dallas：SIL International，2005。

② 此处参见黄季平：《彝族文学史的建构过程》，《政大民族学报》2008 年第 27 期，第 35 - 64 页。

究所特约研究员。长期从事当代少数民族文学理论研究，先后出版有彝、汉双语诗集《冬天的河流》、《走出巫界》、《虎迹》（该诗集由美国俄亥俄州立大学教授马克·本德尔译介，俄亥俄州立大学出版社出版，即 *Tiger Traces*）、《阿库乌雾诗歌选》、《密西西比河的倾诉》、《神巫的祝福咒——阿库乌雾人类学散文集》等文学作品和理论编著共 19 部，发表具有影响力的民族文学研究学术论文 50 余篇。其作品曾获四川省第一、第二和第三届少数民族文学奖。不难看出，阿库乌雾不同于大多数彝族诗人，他具有学者和诗人的双重身份，对彝学的研究和诗歌创作基本同时进行，而且他在接受访谈时曾坦陈"受到过以毕摩信仰为核心的彝族传统母语文化的严格熏陶，还由衷地认可或相信毕摩及其民间文化表现形式和原生人文精神书写方式的合情性、合理性和合法性，甚至它本身具有先天的巫术科学性"①。并且，阿库乌雾一直坚持双语创作诗歌，在彝族诸多当代诗人中，精通彝语并且能够使用彝语创作诗歌的人并不多。

除了阿库乌雾以外，还有一位彝族诗人同时拥有体制内的学者身份并且从事彝族宗教研究，即巴莫曲布嫫。她 1964 年出生于凉山昭觉，博士，现为中国社会科学院民族文学研究所研究员，中国社会科学院研究生院教授，出版专著《鹰灵与诗魂——彝族古代经籍诗学研究》，田野图文报告《神图与鬼板：凉山彝族祝咒文学与宗教绘画考察》等，她对凉山地区的毕摩文化进行了多次田野调查，并且熟悉多种彝族传统的宗教仪式。

这两位学者身份的诗人，在诗歌之中注入了本族群特有的宗教审美元素。如阿库乌雾的诗歌《行咒》："以彝人特有的方式/割断公山羊凸露的喉头/让利角远走/撑开另一幕纷繁草木的世界/血液　语言一样流淌/巫师把玩着语言的魔方/在日月的鼓沿上/在女人的头帕上/在扫帚的哀鸣里/在断蒿的伤痕里/面对时流面对浩宇/用低沉而悲怆的节奏/独自行咒/箭簇沉入时代的海底/刀枪垂落历史的枯林/只有语言的龙虎/卷起狂飙/卷起灵魂的毡叶/卷起时间的遗孀/卷起一切生老病死的余音/高高地　飘扬/行咒　逃离语言的樊篱后/不再伤害他人/于是　不再伤害自身。"② 在这首诗歌的开头，诗人在缓慢地叙述一个仪式，即毕摩的作法和行咒，这是彝族特有的宗教仪式，彝族人相信万物有灵，无论是诗中提到的"公山羊"，还是"日月""草木"，都具有神性，

---

① 参考阿诺阿布：《文化诗学：对话与潜对话——阿库乌雾访谈录》，中国艺术批评网，http://www.zgyspp.com/Article/y6/y53/200802/10527_2.html。

② 发星工作室编：《当代大凉山彝族现代诗选（1980—2000）》，北京：中国文联出版社 2002 年版，第 223 页。

能够介入人的日常生活之中。抛却表面的意象，诗人似乎在隐约地表达着什么，这仅仅是一个毕摩日常所举行的仪式吗？"哀鸣""伤痕""悲怆"这样的词汇构成了一幅近乎昏黄的图景，仿佛是一首凄婉的歌谣，这却是毕摩和万物的互动，毕摩念念有词，从而圆满地完成这个族群的精神诉求。

以上这首《行咒》由发星选自阿库乌雾 1995 年出版的诗集《走出巫界》。然而，发星敏锐地发现，1995 年是阿库乌雾创作转型的一个时间节点，在此之后，他完成了独特的写作风格的蜕变，开始"显露原族在现代文明中被扭曲与异化之痛……对应了一个城市边缘民族学者（诗人）为保留与传承文化母根重要性的诗意呐喊"①。或许在阿库乌雾 1995 年之后的类似于散文诗的作品中，可以看到另外一种"复魅"和"招魂"。

他在《缝隙》一诗中如是写道："那些四通八达的城市敏感的神经封锁着我们的方向；那些若隐若现的城市无序的声音控制着我们的感觉；那些如梦如幻的城市迷人的气息麻醉着我们的身心。我们是失去流向和出口的地下河，我们是被群山压抑地心的火山湖。我们生性狂放不羁的品行，在城市虚假的石头缝里犹豫不决，我们自古刚正果敢的性格，在城市金属冰冷的骨质间开始徘徊不前。我们是天神不腐的发丝失落大地形成的森林，我们是天神温暖的泪珠掉进泥土后生长的谷物，我们是荞麦，却长期受困于饥荒，我们是江河，却时时焦渴难抑。"②

通过这样特殊形式的"诗歌"，似乎可以看到阿库乌雾在形式上的改变和在内容上的更新。如果说 1995 年以前的阿库乌雾，是通过叙述他者的方式来寻找毕摩传统的话，那么他晚近的诗歌创作便是直接践行了毕摩咏唱和行咒的传统，或者说他以"行咒"的方式来唤醒一种族群的集体记忆。在这首诗中，诗人不仅坦陈了对城市的态度，还提醒了族人"刚正果敢的性格"是值得传承的，更不能忘却族人们是"天神不腐的发丝失落大地形成的森林……是天神温暖的泪珠掉进泥土后生长的谷物"。然而，诗人同时指出，这样的传统日渐消失在城市的水泥森林中，族人越来越多地被"麻醉"和受困其中，这时，知识分子的角色让诗人担当起一个"招魂"的身份，诉说对传统消失的焦虑和痛心。

事实上，我们不得不惊叹于两位学者对现代诗歌形式的改造和创新。在巴莫曲布嫫的作品中，有一首组诗《图案的原始》③。全诗分为五节，每一节

---

① 发星工作室编：《2012 年大凉山彝族现代诗 32 家》，《独立》第 19 期，民刊。
② 发星工作室编：《2012 年大凉山彝族现代诗 32 家》，《独立》第 19 期，民刊。
③ 此诗出自发星选集，选自巴莫曲布嫫的诗集《图案的原始》（成都：四川民族出版社 1992 年版）。

的前面写着"领唱"或者"合唱"，在诗歌的开头还写着"日纹"和关于日纹的解释。① 这似乎是一个无法辨认年代的剧本，或者说描写的是上古的彝族社会，给人以极大的陌生感和震慑感。

先来看这首诗的全貌："领唱：赤脚走在烈日下/你可记得支格阿鲁/七天喊日，昼夜混沌/山毛榉没有一片叶子/只听见忧郁正在降落/躁动冰凉的小手/ 触摸清浊二气/合唱：十二兽舞蹈，祭祀/铺陈开十二道场/ 节奏　若有若无/十二神签排列为森林/法铃　晃动出生灵的长鸣/椎牲如白绸/我们如细浪相汇一山/十二面诺苏人的旗帜/以血衅书画出太阳/我们都是黑虎的子孙/领唱：混沌未分　混沌未分/ 黑虎肢解化为天地万物/左眼作太阳/右眼作月亮/须毛化阳光/白牙化星星/脊背化高原/合唱：高原如龙蟒/ 奔腾于云雾翻滚的黑水河/太阳　如澄镜向荒野倾泄/ 倾泄我们瀑布般的泪水/这深沉的信仰　在黑夜/使每一粒苏麻化作辉煌的星辰/照耀我们绵绵不绝的繁衍/领唱：赤脚走在荆棘上/你要记住　自己的祖先/走过的险象环生和漫长的艰辛。"②

诗人在这首诗歌中注入了大量的彝族古典文献和神话史诗的元素，譬如彝族神话古典长诗《勒俄特依》中的支格阿鲁③ 的故事，还有彝族地区特有的图腾黑虎，有六祖迁徙的典故，有凉山彝族地理区域内的黑水河，有彝族自称"诺苏"子孙的传统……在对日纹的解读中，诗人还提出了"十二兽历"和"十月太阳历"等彝族习俗，这首诗歌所包含的信息量是巨大的，甚至是晦涩难懂的——对于外族的研究者来说。

在第二节的合唱中，诗人展示了一幅祭祀的场景，法铃是彝族的毕摩首要使用的工具之一，由于彝族人笃信万物有灵，因此法铃可以"晃动出生灵的长鸣"，"十二"在彝族文化中也是颇为重要的数字，诗人呈现了"十二兽舞蹈""十二道场""十二神签""十二面诺苏人的旗帜"等场景。

在第三节的领唱中，黑虎肢解为天地万物，这是彝族人民族文化心理所信奉的图腾。在第四节的合唱中，太阳、荒野、黑水河这样浓重的意象在诗人的笔下剧烈倾泻，仿佛有着排山倒海的创世气势，在收尾部分又归于沉寂——"照耀我们绵绵不绝的繁衍"，很难想象这是出自一位女诗人的手笔。诗人是一位研究人类学的学者，因此将诗歌变形成一个颇具宗教原色的仪式。

---

① 巴莫曲布嫫几乎在自己的作品中都会注明图腾的纹义，比如日纹、鸡冠纹、水纹等。

② 发星工作室编：《当代大凉山彝族现代诗选（1980—2000）》，北京：中国文联出版社 2002 年版，第 112 页。

③ 支格阿鲁是彝族历史上的创世英雄，也是射日英雄，和汉族神话传说中的后羿、盘古担任的角色类似。云南、四川、贵州彝区对他的姓名称呼略有不同，但指的都是同一个人，在此巴莫曲布嫫用的是四川凉山彝区的称谓。

这在其他诗人的作品中很难见到，而且诗歌自身所勾勒的宏大景象使得诗歌品质增色不少。

二、高扬不息的纸幡

在大凉山的宗教抒情诗独树一帜的时候，云南彝区也有诗人，心怀着同样甚至更深重的忧虑。嘎足斯马，云南昭通的诗人，曾经对自己所在区域的最后一位毕摩发出这样的感伤："磅礴的大乌蒙，群山环绕绵延起伏/点燃了远古彝人的歌舞，歌舞出獐子/狐狸、野人的疯狂……今天，苏毕摩/他愿意失去黄金失去生命，他不愿/失去经书和彝文典籍。他不愿/失去夜夜咬他的黑色文字。他不愿/失去老毕摩亲手传给他的/曾经熊熊燃烧的火把。那曾经相信了/多少代人，曾经传授给陇氏土司的/神秘的象形文字和经文/说到他头戴叩牢洪他就激动/说到他腰挂维庹他就激动/说到他手持卧通切他就激动/说到他吟诵酒香飘动的经文他就激动/他老泪纵横，他鹰一样盘旋的雄风犹在。"[1]

这首诗的名字是《听苏毕摩一席话》，毕摩在诗人的笔下，是一只饱含失落的雄鹰。这里可以区分一下云南、贵州、四川彝区毕摩文化留存的现状，诗人所讲的乌蒙山区，是云南和贵州交界处的主要山脉之一，和凉山地区相比，这里的彝族诗人同样会为传统文化的消逝感到深深的忧虑。

这样的忧虑，在凉山女诗人鲁娟的笔下，呈现出另外一种诗歌的创新，套用毕摩诵经和解咒的形式，来实现现代主义的杂糅之美。2005 年她的一首《解咒十四行（一）》写道："'如何启开一张中咒而失语的嘴'/智者不语，敲响十面古旧的羊皮鼓/第一面鼓唤回迷失于三岔路口的魂灵/第二面鼓唤回被一只只鹰叼走的灵感/第三面鼓唤回混于杂草荒芜中所有美的元素/第四面鼓唤回久久遗失埋葬于山岗的辞藻/第五面鼓唤回经苦难和泪水洗涤的悲悯/第六面鼓唤回石头和阳光暴跳如雷的力/第七面鼓唤回漫漫古道部落马帮绵长的耐心/第八面鼓唤回秘同情人快马私奔的激情/第九面鼓唤回怀胎十月的母马旺盛的生殖力/第十面鼓唤回冥冥中神指引一切的方向/当十面古旧的羊皮鼓被依次敲响/火光中一张模糊的脸逐渐清晰起来。"[2]

"十面古旧的羊皮鼓"，是凉山彝族"苏尼"[3] 作法的器具，他们一般使用羊皮鼓"者"和法铃"子尔"。这是一位青年女诗人的手笔，在发星所编

---

[1] 阿索拉毅主编：《中国彝族当代诗歌大系》，成都：四川民族出版社 2015 年版。

[2] 阿索拉毅主编：《中国彝族当代诗歌大系》，成都：四川民族出版社 2015 年版。

[3] 苏尼是与毕摩相提并论的彝族民间神职人员的称号，一般译作巫师。此类资料见《毕摩文化·第三乐章》，第四届国际彝学研讨会，http：//iel. cass. cn/yistudies/bmwh/3 – 6. htm。

的《独立》第 19 期中，有论者对鲁娟的诗歌做出这样的评价：她"弥漫着彝族黑色文化的神秘气息，她把女性细腻的思想触角伸进彝民族的文化心理的深处层面进行揭秘式写作"。一般意义上，鲁娟是兼具了双重身份的——边缘民族和女性，她的诗作往往精妙地切换这两重身份。然而本书所选择的这首诗却很难寻找到一个女性隐秘的生命体验的影子，女性的标签在这里消失得无踪无迹。诗人仅仅展示了作为彝族人的单个身份，叙述了一个关于招魂的仪式，或者可以这样考量，这种仪式是对整个族群的召唤，为了找回久远的集体记忆，诗人注入了"魂灵""鹰""杂草""山岗""苦难""阳光""马帮""情人""母马""神"这些彝族文化心理中固有或者曾经拥有的词汇，从而激发族群的集体记忆，和上节所探讨的抒情诗殊途同归。正如姚新勇所言：她"一边体味、欣赏着来自女性身体的冲动与绝望，另一边又以接近传统的方式描绘着彝人的速画像"[1]。

牧莎斯加的诗歌，同样以另外一种方式践行了宗教审美。《之五：毕摩子额莫的命运》："毕摩始祖阿子额莫携两儿到人间超度行善，不慎被刀划破手指……——题记"，"那把刀，那把刀/才给毕阿子额莫的手指/一个轻轻的吻/一个滴血的吻/便让我们付出了这么多/便让我们束手无策/眼睁睁地望着/仁善的雨露/从我们中间/消失。毕阿子额莫真的/走了。两个儿子作证//只留下那么多的悲剧/令我们连准备都来不及/支嘎阿龙被海水淹没了/嘎茉阿妞被烈火吞没了/英雄与美丽的光环/总是镀满挽歌泪花/以至轻轻唱起/三伏天裹紧披毡也冰冷/以至微微抖动/迎亲的日子笑容也苦涩"。[2]

这是牧莎斯加《神话与历史》组诗中众多诗歌里的一首，组诗分为《之一：天神恩体古兹》《之二：灵柱掉落在阿伽加勒》《之三：哥哥呀！仁笛朔夫》《之四：酿酒的色色帕尔》《之五：毕摩子额莫的命运》《之六：穿时装的 3 月 28 日》《之七：遥远的红土地》《之八：查尔牧嘎的智慧》等，其中《之五：毕摩子额莫的命运》里所讲的是几个彝族史诗中的人物：毕摩始祖阿子额莫，还有英雄支嘎阿龙和他的爱人——美女嘎茉阿妞。

分析这首诗之前，有必要介绍一下这个 1970 年出生于四川甘孜的诗人的背景。他在一次访谈中曾说道："我在彝人的生活中，堪称是毕摩的后代。因为我母亲那方的外公是远近闻名的大毕摩，而我父亲这方来说，祖上顺着家

---

① 姚新勇：《"家园"的重构与突围（下）——转型期彝族现代诗派论之二》，《暨南学报》（哲学社会科学版）2007 年第 6 期。

② 发星工作室编：《当代大凉山彝族现代诗选（1980—2000）》，北京：中国文联出版社 2002 年版，第 144 页。

谱向上追述起来，也是毕摩世家。"①

正因出生于这样的家庭背景，牧莎斯加在诗歌中很容易找到类似的灵感。在这首诗中，他融入了相当多彝族古典文献之中的典故，如毕摩始祖，还有彝族神话里的英雄。诗歌在很大程度上表达了对毕摩始祖死去的感伤，烈火和海水，英雄的消逝……然而，在读完全诗后发现，宗教、史诗和经文似乎只是一种符号，这个历史也只是被抽空的历史，诗人是要借此表达另外一重含义，而不是对历史的重述。

这样的现象不只出现在牧莎斯加的诗歌中，很多彝族诗人都在杂糅着宗教审美的抒情诗中试图表达另外的东西。如普驰达岭的《诵词与玛纳液池有关》："所有的太阳　就算在星回节的夜晚/重蹈而来　七月的洛尼山顶/依然会有厚厚的雪躺着/布与默　尼与恒　武与乍/会潜藏着石儿俄特之雪脉/举起毕摩冥冥的谣词/凝视水的源头和归祖的方向/再次上路　或开始或结束/迁徙中的旌旗总会以水的姿态/一次次越过昭通垭口/抵达玛纳液池/河流的宁静还是高原的驰远/总有夷人成片的光芒　在玛纳液池/无法释怀　就像归祖路上迁徙的羊群/在前方等你　等你携带祖灵和经书/鹰语与经诵　浩瀚而来/在阳光之外　在洛尼山以东　在朱提以西/每一片雪花都将恪守指路行移于归祖/每一个漂灵都将留守聆听候游迁祖训/每一句毕诵都将繁盛神旨浩荡之定式/在玛纳液池　荞麦还原为荒凉的时刻/阿达逐渐衰老　远方漂泊的灵魂/穿越河流　再次移行/在去往玛纳液池的路上　水落石出/所有摇曳在归祖路上的魂灵/都将抵达玛纳液池　放置/风蚀的眼睛　风沙的耳朵/干枯的手指　龟裂的嘴唇　'阴间水昂贵　渴也喝三口　不渴喝三口'/抵达了玛纳液池/审视归祖之路渐渐冷却/当忽略疼痛与阳光之一刻/所有的生命都将俯身于沉默之间/我也将接承祖训/'阴间水昂贵　渴也喝三口　不渴喝三口'。"②

普驰达岭同阿库乌雾、巴莫曲布嫫一样是体制内的学者，汉名普忠良，1970 年 11 月生于云南禄劝县云龙乡，1993 年毕业于西南民族学院民族文学系，现为中国社会科学院民族学与人类学研究所副教授、彝族人网总编、中国少数民族作家学会会员，主要从事社会语言学（文化语言学）、藏缅语言、彝族古文字及其历史和文化等方面的研究。

在他的诗歌中，"玛纳液池"是一个核心的词汇。这是一个彝族的古地名，也是云南、贵州、广西、四川四个省份的彝族古籍《指路经》中共同提到的一个地名。而《指路经》又是彝族祭祀活动"撮毕"（即送灵）仪式上，

---

① 参考《俄尼·牧莎斯加：诗歌，始终给予我希望和力量》，《凉山日报》，2012 年 2 月 6 日。
② 阿索拉毅主编：《中国彝族当代诗歌大系》，成都：四川民族出版社 2015 年版。

"由彝族祭司毕摩念诵以超度亡灵（魂灵）顺利回归彝族祖先居住地的一种经文。毕摩念诵经文以引导亡灵（魂灵）沿着祖先（家族）迁徙的路线回归最早的祖先居住地。经文中的山名、水名、地名是彝族古代家族迁徙线路的记录。《指路经》就是一个彝族家支或家族的迁徙史"①。

通过上面的背景资料，不难看出，诗人的创新在于集合了彝族各个地域和分支的集体记忆，这点是凉山诗人并没有试图突出表达的。普驰达岭是一位云南的彝族诗人，他选择的题材是《指路经》，这样的宗教仪式不同于其他仪式的一点是，它指出了祖先迁徙的路线，具体来说，就是彝族"六祖分支"的传说。诗歌直指彝族各个支系共同的祖先和记忆。

通过宗教的外壳来表达对共同体的整合，这在凉山彝族诗人中亦有出现，比如的惹木呷的《天菩萨·传说之一：木洪玛尼乌》："木洪玛尼乌，木洪玛尼乌/渴了喝一口，不渴喝一口/巍峨的木洪火菩山上原本没有泉水/巍峨的大地上原本没有日月运行无常/我们的圣智者端坐在巍峨/的木洪火菩山上静默如一棵修行千年的老树／等到太阳挣破黑暗步入天空/我们的圣智者回神过来手指轻轻一点/一泓清泉从此流芳百世/一泓清泉从此坐在巍峨的木洪火菩山上/像一只眼睛清清明明看着世界像一个孩子/在慈祥的笑容里走走停停/木洪玛尼乌，木洪玛尼乌/渴了喝一口，不渴你也喝一口。"②

诗人复述了一个彝族传说中的典故：智者毕阿史拉则和他幼小的女儿为驱邪逐魔来到海颠滋莫家，翻了三十三篇经文，作了三天三夜法事，而海颠滋莫心生歹念，不许比他聪明的毕阿史拉则和他的幼女活着离开，然而机智善良的海家女仆人告诉了毕阿史拉则，随之他们离开这个是非之地。本书选取的一节是诗歌的最后一节，诗人用类似于经文的方式转述。

这里诗人的身份显然更令人感兴趣。的惹木呷，1979 年 11 月生于凉山孙水河边，1999 年游学于新疆，2008 年供职于《凉山日报》，2010 年 1 月开始专题"徒步寻访彝人迁徙之路"，至今仍在路上。在其网络博客③里，的惹木呷上传了自己重走彝族迁徙之路的图片和文字叙述，每一篇的开头均引用了《指路经》，由此可见，云南彝族诗人普驰达岭和凉山彝族诗人的惹木呷都运用《指路经》来作为族群集体记忆的有效例证，并且写入诗中。如果说宗教经文入诗是丰富了转型期彝族汉语诗歌的内容的话，下面将要讨论的长诗则

---

① 玛纳液池的注释参考自普驰达岭的论文《彝族古地名"玛纳液池"考释》（《民族语文》2001 年第 6 期）。

② 阿索拉毅主编：《中国彝族当代诗歌大系》，成都：四川民族出版社 2015 年版。

③ 的惹木呷新浪博客，http://blog.sina.com.cn/ddisse。

是改造了诗歌的形式。

三、长诗的重写

彝族是个诗歌的民族，而这个源头来自丰富的文献长诗。黄建明在《彝族古籍文献概要》中，将彝族古籍分为若干大类，如宗教、历史、天文地理、政治军事、文学艺术、科学技术、伦理哲学教育、语言文字八个大类，其中每个大类又分为若干小类，如历史类分为历史神话、史实记载、谱牒等类别。① 这些繁杂的分类古籍著述，有四种书写形式：一是诗歌的形式；二是无署名的著述；三是前人著述后人不断地续写；四是彝族父子连名的谱牒纪年。② 在这四类古籍文献经典中，诗歌是一种主要的创作、留存形式，且多为五言或七言长诗的形式。

在转型期彝族汉语诗歌创作中，彝族的知识分子和诗人们不仅试图通过种种关于宗教的叙事来重述本族群的集体记忆，还试图通过形式上的改变来抵达原乡——重写长诗。21 世纪以来，彝族诗人们的笔下屡屡出现史诗巨制般的长篇诗歌，这是一个值得关注的现象。这些作品，有阿索拉毅的《星图》、十四行诗《佳支依达，或时光轮回的叙述》，阿苏越尔的《阳光山脉》，麦吉作体的《独步孙水河畔》等，本书试图从"长诗热"里追问当代长诗与古代长诗的关联，以及这一关联存在的必要性。③

在这里，首先选取阿索拉毅的诗歌开始对"长诗重写"的考察。阿索拉毅，彝族，1980 年生于四川小凉山峨边县，2003 年开始创作诗歌，代表作有长篇史诗《星图》（共 1584 行），为民刊《独立》主编之一，致力于彝族民间公益活动和诗歌编选工作。

值得一提的是，这位边缘族群的诗歌爱好者，有着与大多数彝族诗人不同的工作。阿索拉毅是一名彝族社会活动家、诗歌编选组织者，还是某青年爱心组织的发起人。这样的多重角色恰好能够帮助我们更好地感知彝族诗人的"焦虑感"。事实上，诗人角色的阿索拉毅在写作中更偏向于经书和史诗的临摹，而并没有选择为彝族社会现实做太多的白描。他的长篇诗歌《星图》，自命名为"当代史诗"。

暂且在这首长诗中选取一小节来考察阿索拉毅作为诗人角色的"史诗

---

① 黄建明：《彝族古籍文献概要》，昆明：云南民族出版社 1993 年版。
② 东人达：《彝文古籍与彝族史学理论评述》，《史学史研究》2005 年第 1 期。
③ 彝族的民间长诗文献资源丰富，有部分专家学者对古代彝族诗歌做过一定的收集和研究，如罗曲、曾明、杨甫旺著的《彝族文献长诗研究》等。然而我们需要考虑晚近的彝族诗人热衷于创作长诗或者说"亚史诗"与史诗本身之间的关联。

创作"：

　　我的昨天是古老的月亮，我的脸庞脱销皱纹/我的今天是年轻的太阳，我的慧浆补课活跃/不愿让妩媚妖艳的雌雄性别们争执喝醋/不愿让伏跪的平原向崛醒的高岗铭记鞠躬/依次捧起先祖在分支仪式时摆满的九十九碗烈酒/试问我在前世背叛过我的鼻祖吗?!/反问我在今生弃义过我的宗族吗?!/而举行分支依式的地区兹兹普亚依然显露着/神性的光辉，以火的图腾之光照耀着族人/前进的步伐，以梦的结构剖析着麻风病人的/思维空间。"九十九条牦牛冲破时间的阻藏"/分支，分支，黑族的战士走向大地的四方/黑族的鹰旗插在九十九座冷峻的山峰高高飘扬/黑族的刀剑插满敌人心脏，悲痛留给对手/但一路奏响的凯歌成为招魂场上的回家指南/但一路经历的险恶成为族人永远宝贵的财富

　　此外，阿苏越尔的长诗《阳光山脉》也有一万余字，这里选取其中一节与阿索拉毅的《星图》相比较：

　　树木和村庄的奔跑仅限于山路精疲力竭的腰际/在群山的额头上，抚摸着无限的困惑睡去/头顶竹编斗笠的毕摩穿越祭祀的经文坐到光的屋脊/从一个家支到另一个家支还有多少天的旅程呢？/天哪，鬼怪也能够进入那个叫石姆恩哈的天堂/躲藏在亲人间的不息的忧伤剖开火的胸膛/疏密不一的光辉于事物之间，逶迤蛇行/这时有短暂的人神交流，使我们彼此珍惜/世俗的山头旁，擅长叙说的老者放弃欲言又止的忧伤/为前辈报仇雪恨的青年穿梭于深夜的豪言壮语/于光明的景色中又一次惊醒仇人/死于弹地而起的一粒荞籽和冤家械斗有所不同吗？/提醒你在短暂的一生中寻找到所有的荣誉/并且，在迎着枪声一跃而起时舞动贴身的披风/密集的吼叫声击退又一轮不幸的遭际/趋灾排难的鸡鸣已经越过高山，越过河流/于异地他乡风雨交加的夜晚埋葬梦魇和咒语

　　两首长诗的相同之处比较明显，即植入的问句、重述的历史、为民族的感叹。阿索拉毅的《星图》铺陈了大量具有民族色彩的元素，如"黑族""鹰""刀剑""分支""招魂"等带有彝族文化精髓的词语，而阿苏越尔则用相对来说较舒缓的语调将一个并非有着明晰时间性的故事娓娓道来。

　　从他们的长诗中可以看出，这并不单单是一个旁观者对彝族社会生活的白描，也不是一个发思古之幽情的文人的感伤，而是一种"超我"的声音回响在篇幅巨大的诗歌之中。诗人的发声位置发生了微妙的变化，他们不仅仅

是代表自己发声。如果引用主流诗坛在 20 世纪 80 年代兴起的朦胧诗派做例子，就不难理解这种"发声"：在那个刚刚思想解放的年代，诗歌中第一人称的日常表述，通常融入了宏大叙事的元素。评论家们通常认为，朦胧诗的一大特征是主体的膨胀，即写作者本身所代言的精英性质与状似呓语的全知广阔视角。而这样的事情恰恰在多年后发生在彝族诗歌中，这不能说是一种偶然。笔者曾经在论述梁小斌的诗歌时说道："他徘徊于自我和超我之间，这时的诗人或许带有觉悟者的激情，但依然不乏主体的自我克制与不断的自我代换。"① 在这里，彝族诗人所面临的创作生态恰恰也是如此，从自我言说到精英言说，仿佛诗人化身成了毕摩，抑或是将自己想象成代言人的身份。

然而，我们需要继续寻找长诗"复兴"的原因。首先，前文中提到，历史上的彝族是家支社会，而大量的家族叙事、传说、创世故事、英雄、军事历史均以诗歌的样式书写并流传下来。② 这给当代的彝族诗人提供了一个厚实的创作土壤，由此各种抒情和叙事长诗的出现具备了可能性。其次，"家支"概念在彝族这个相对封闭的社会共同体的价值观中是至高的，正因为家支至上的原则，彝族社会事实上是一个相对松散的共同体。③ 这种境况随着时代的变迁而改变。20 世纪 50 年代的民族划分，使得西南四省有着不同语言，基本信仰和神话传说一致，自称诺苏、撒尼、纳苏等的族群共 700 多万人，统一划归"彝族"，他们的政治身份由此变更，对"彝族"的认同感也随着代际逐渐增强。当下的彝族诗人们，面对着转型期彝族社会的现状，焦虑地试图重构、凝聚这个共同体，而重新开始长诗创作也成为知识分子为之努力的一部分。实质上，这种焦虑感和忧心如前文所言，是与 80 年代诗人吉狄马加"我是彝人"的呼唤以及其他彝族诗人的创作一脉相承的。

第三节　写实的发生

在谈论了以上三类抒情诗之后，本节即将开始对彝族写实诗歌的考察。

---

① 邱婧：《一把悬而未决的钥匙与其他——重读梁小斌的诗歌》，《名作欣赏》2012 年第 28 期。

② 在考察这个问题的时候，笔者参考了《中国少数民族古籍集解》，里面提及的彝族古代典籍几乎都是诗歌的体裁。

③ 在考察古籍中史诗经书的时候，很容易发现：一部史诗就是讲一个或者几个家支，并没有将现代国家和中央政府在 1950 年以后划分的"彝族"当作至高无上的共同体的倾向——例如《阿哲源流》《阿细的先基》等，有些史诗还曾经讲述上天造人并分为彝、汉等诸多民族。与伊斯兰教的古代经书相比，后者显然偏重于真主阿拉的子民，一神制更容易左右共同体的建构。

事实上，这个族群并不擅长写实，这是一个长于抒情和歌唱的民族。在彝族古代浩如烟海的文献长诗中，只在几部创世史诗中能找到叙事和写实的意味。而在 20 世纪 80 年代以来的彝族汉语诗歌中，写实的倾向随着时间的推移而逐渐明显起来，在 2000 年之后，更有一批年轻诗人，或是结合了前辈们的抒情色彩，或是完全摒弃了彝族诗歌尤其擅长的咏唱传统，直接指向现实的书写。因此，本节按照时间节点展开讨论，首先梳理 20 世纪末彝族诗歌中的写实踪迹，继而讨论 2000 年以后诗人们的写实诗歌。

一、20 世纪末彝族诗歌的叙事尝试

不可否认，2002 年出版的《当代大凉山彝族现代诗选（1980—2000）》之于 20 世纪的彝族汉语诗歌，具有高度代表性。而在这本诗集中，又很少见到叙事诗歌或者写实元素的身影。由此看来，20 世纪彝族汉语诗歌中的写实现象并不多。

当然，沿着这种相对的缺失继续追寻，似乎可以找到有限的例外。首先要讨论的一位诗人恰恰是被发星编选《当代大凉山彝族现代诗选（1980—2000）》时有意忽略和排除在外的，即彝族诗人吉木狼格。吉木狼格，彝族，1963 年生于四川省凉山彝族自治州甘洛县，1982 年开始诗歌写作，"非非主义"和"第三代人"代表诗人之一，著有诗集《静悄悄的左轮》《月光里的豹子》等，2000 年后开始小说写作，现居四川。从诗人的个人资料上看，彝族身份和居住环境都无可置疑地证明他是一位彝族诗人，然而发星在其后记中特意提到自己将吉木狼格排除在外的理由："因其诗歌追求方向不存民族之根，只得放弃。"[①]

一个矛盾的事实便是，这个被排除在"彝族性"之外的诗人被一位国外研究者选为彝族诗人的代表人物进行考察。这位研究者就是悉尼大学的 D Dayton，他在其所撰写的学位论文 Big Country, Subtle Voices：Three Ethnic Poets from China's Southwest 中，选取了三位中国少数民族诗人及其作品作为研究对象，对"大国家"之中的"微妙之音"做出透视和思考，其中的一位彝族诗人便是吉木狼格。这样的矛盾激起了笔者对吉木狼格其人及其诗歌研究的兴趣。这位诗人的作品究竟有着何等的混杂性，使得两位诗歌研究者有着截然不同的视角呢？

姚新勇曾经在彝族诗歌研究中特意关注了口语写作和彝族身份的关系，

---

① 发星工作室编：《当代大凉山彝族现代诗选（1980—2000）》，北京：中国文联出版社 2002 年版，第 426 页。

他以吉木狼格为例，并如是写道："他身上所拥有的纯朴的彝文化因素，校正了主流口语诗歌的痼性。但是吉木狼格很少以彝族题材入诗，他一般不被视为彝族现代诗派中的一员，但是从本土文化的多元互动性来说，绝不应该忽视吉木狼格之于彝族现代诗歌、彝族文化重构的重要参照价值，而且理应将他看作是彝族现代诗歌中不可或缺的一分子。"①

这段话除了强调彝族诗人吉木狼格诗歌的价值之外，还有一个重要的发现，彝族身份和口语写作的混杂。这样的写作显然更倾向于叙事和写实的元素——比起大部分彝族诗人在 80 年代以来的抒情诗创作大潮而言，在这位诗人有趣的自述《我与非非》之中，很容易发现当时彝族诗人的创作倾向：西昌的诗友曾问他，非非主义能不能写彝族题材，诗人反问彝族人能不能穿西装。②

为了贴合本书最初的议题，笔者试图从吉木狼格的非非主义现代诗歌创作中寻找一些具彝族元素、叙事风格的诗歌。他曾写过一首《毕摩来了》，较为贴近彝族的日常生活。"毕摩来了/妖魔鬼怪将被降服/人畜兴旺家庭和睦/有名的毕摩都很忙/在其他村寨/同样的声音/敲打着宁静的夜晚/哪怕外来文化/像傍晚的牛羊/纷纷进入山寨。"③

这里截取的一节是全诗的最后一节，然而短短的诗行中却透露出大量信息。首先，毕摩神巫传统在彝族乡村社会之中的存在感还在持续；其次，毕摩一如既往地繁忙，被邀请到有需要的家庭举行法事；最后，外来文化闯入了宁静的山寨，但是并未影响毕摩传统。在同时期的彝族诗歌写作中，对外来文化闯入的书写还不多，吉木狼格便是一个例子。

另外，他所书写的毕摩传统并不是一首抒情诗，而是用旁观者的视角看待彝族的日常生活，在诗中他写道："毕摩坐在上首/一边照规矩扎草/一边和蔼地闲聊/他的跟前放着一碗白酒/羊被牵羊的人牵着/神色安详而老练。"④ 这里的毕摩既不同于吉狄马加笔下的宏大图景，也不同于巴莫曲布嫫笔下的经文和咏唱，只是普普通通的一个人，吉木狼格的非非主义使得彝族元素的宏大叙事降格，变成了个体经验和日常生活。

这样的尝试曾经多次在吉木狼格的诗歌中出现，其《西昌的月亮》也是如此。"如果我说西昌的月亮/像一个荡妇/正人君子会骂我流氓/如果我说西

---

① 姚新勇：《寻找：共同的宿命和碰撞：转型期中国文学多族群及边缘区域文化关系研究》，北京：中国社会科学出版社 2010 年版，第 154 页。

② 杨黎：《灿烂》，西宁：青海人民出版社 2004 年版。

③ 吉木狼格：《毕摩来了》，《西部》2011 年第 6 期。

④ 吉木狼格：《毕摩来了》，《西部》2011 年第 6 期。

昌的月亮／像一个流氓／人们会笑我胡说／皓月当空的时候／我站在（坐着也行）／月光下看一本书／连标点符号都清晰可见／西昌的月亮什么也不像／它只是很大。"①

西昌在地理意义上来说是四川省凉山彝族自治州的州府所在地，然而很少彝族诗人在诗歌中描述西昌（此后即将讲到的 21 世纪写实诗歌除外），毕竟诗人们在重构集体记忆的时候，西昌作为行政区划并没有被纳入文化的共同体之中，甚至被当作"中心"而有意边缘化了。然而吉木狼格对"西昌"的处理方式，却出人意料。

他首先写到月亮，在其他彝族诗人的笔下，关于万物有灵的信仰使得他们必定赋予"月亮"以神圣、隐秘、忧伤等抒情色彩，而在吉木狼格这里，"西昌"的"月亮"像一个"荡妇"，这是口语诗和彝族现代诗碰撞之间的异质性。非非主义产生于四川，而彝族诗人同样生长在这个环境里，非非主义的口语诗歌中，诗人们"主张对崇高、抒情、理想等的放逐"②。而吉木狼格因其特有的彝族身份和彝族经验，除了选择对汉族生活和宏大叙事的放逐之外，还独辟蹊径地对地方性知识进行转换和放逐，譬如对毕摩、对"西昌的月亮"。讨论至此，笔者忽然发现，吉木狼格和其他彝族诗人一同构成了转型期彝族诗歌的整体——这并不是一句无用的话——他本人填补了诸多彝族诗人"恰好"忽略的东西。当其他彝族诗人关注凉山州的边缘而非中心的时候，他关注了"西昌"；当其他彝族诗人进行边缘民族的宏大叙事的时候，他选择了对崇高的放逐和解构；当其他彝族诗人试图集合力量在诗歌中重构民族认同的时候，他选择了反叛和自我流放。当然，在其他诗人选择抒情的时候，吉木狼格恰恰在进行某种意义上的写实。

在同时期书写日常生活的诗人，不止吉木狼格一人。吉狄兆林在自己的诗歌中也有过同类的尝试。吉狄兆林，1967 年生于四川凉山会理县小黑箐乡火草尔村。1987 年开始发表作品，1988 年毕业于凉山民族师范学校，曾加入凉山州作家协会、中国少数民族文学学会、四川省作家协会。著有诗集《梦中的女儿》、散文集《彝子书》。

他在《卖力气的拉铁》中写道："从工作的地点向东／只需要十分钟就能坐上公共汽车／花半元人民的币就能到达火车站／从那里就可以去成都／去北京／甚至去美国／卖力气的拉铁知道／／天气渐渐热了／又渐渐地凉了／这个十字

---

① 鲁弘阿立主编：《第三座慕俄格——21 世纪彝人诗选》，北京：作家出版社 2009 年版。

② 姚新勇：《寻找：共同的宿命和碰撞：转型期中国文学多族群及边缘区域文化关系研究》，北京：中国社会科学出版社 2010 年版，第 153 页。

路口匆忙赶路的人还是这么多/卖力气的拉铁就开始不明白/不明白他们究竟失去了什么/要那么着急地去找寻/就想用彝语轻轻拉住他们/向他们表示同情/卖力气的拉铁至今还只失去过父亲/但他已经到了可以失去父亲的年龄/卖力气的拉铁是我的好兄弟/好兄弟拉铁说他经常/感到身后有座山。我说/我看得见/我确实也曾经看见//那是一座普通寻常的山。立着。像/极了一位心里太多感叹的彝族老头/挺着胸脯眯着/双眼。那挺着的胸脯仔细一看/已经皮包骨/那眯着的双眼他就是/不闭上。"①

吉狄兆林在某些方面和吉木狼格有相似之处，那就是口语化写作。在这项转型期彝族诗歌的梳理和考察中，笔者发现口语化写作的现象鲜有发生，这或许是由于笔者局限于专注彝族诗歌选集，而诗歌选集编撰者的导向必然会影响到诗歌的整体面貌。吉狄兆林的诗歌，总体上偏向口语化。在上文引用的这首诗里，他描写了一个彝族人在城市的经历。"我"的一个好兄弟，他已经不年轻了，然而还是做着苦力活，虽在城市之中迷茫地寻找着方向，却还是坚守着一个彝族人的心理，工业化社会的洪流已经冲击到这座城市，时间观念成为一个固有的习惯，而这和彝族人的文化心理并不相符。在诗歌的末尾，"身后有座山"有着深刻的含义，一个彝族老人在风烛之年，瘦骨嶙峋，但是依然张开双眼，这是不忍，还是对现代社会无力的抵抗呢？或许，诗人在喻示着一个族群的兴衰，以及他们与现代社会之间隐秘的矛盾和反抗。

二、唤回母语

通过对诸种彝族当代诗歌选集的观察，不难看出诗人们对于母语的焦虑。他们已然在现代社会的洪流中观察到了母语和汉语之间的矛盾性。对于诗歌的写实来说，关于母语的思考也是一个相当重要的素材。俄狄小丰的诗歌《汉字进山》便是一例。先来看这首诗歌："汉字 鱼贯而入/冲破寨子古老的篱笆墙/淹没寨子/载自异域的水生物和陌生的垃圾/漂浮在上面/汉字 纷纷爬上岸/首先占领我们的舌头/再顺势进入我们的体内/争噬五脏/等到饭饱酒足/便涂脂抹粉/从我们的口齿间转世/成为山寨的声音。"②

俄狄小丰，汉名蔡小锋，凉山彝族诗人。2003 年毕业于西南民族大学，现在政府部门工作，兼任地方作家协会主席。2001 年出版诗集《城市布谷鸟》，2002—2009 年写成长篇小说《祖辈如虎》。在《星星诗刊》《民族文学》

---

① 发星工作室编：《当代大凉山彝族现代诗选（1980—2000）》，北京：中国文联出版社 2002 年版，第 216 页。

② 发星编：《〈彝风〉创办 10 年纪念专号（1997—2007）》，民刊。

《四川文学》《诗潮》《凉山文学》等期刊上发表小说、散文、诗歌作品若干。

作为一位汉族研究者，笔者读到这首诗歌的时候首先是感到震撼，并在此后就这首诗中"异化"的汉字采访过作者俄狄小丰。访谈中得到的答案和事先设想的几乎相同——主流语言的进入使得本族语言处于弱势地位并慢慢被遗忘，书面语言习得者匮乏，口语在乡村流通，而随着进入城市的彝族人增多，彝语的口语也日渐式微——这正是俄狄小丰本人的创作意图。或者结合其同时被选入本诗集的另一首诗来考察其诉求会更加客观，那就是《毕阿史拉则》：

象形的经文迄今还在森林里流放/他们不知道/他们的原形已改头换面/只有山风/依旧呼着你的名字在我们中间游离/……后来　我从右到左在经行中探寻你的住所/后来　那阵意外的风千年如约地接送我们死去的魂灵/后来　那阵风把我们吹散到四面八方/后来　我是一片写满经文的树叶随风飘零/后来　再后来是你所不知道的城市与乡村，人物与对话①

这首诗与《汉字进山》有着同样的创作意图。《毕阿史拉则》讲到彝文的消逝，恰好与上首诗歌对外来语言的控诉暗合。因此，在解读这首诗的时候，考虑到语言流通与社会选择的真实，作为研究者更需要站在他者的角度去理解一个族群为自己文化传统消逝而感到的失落与痛心。如彝族诗人们的哺育者"象形的经文"实际上已经成为流放者，和日常生活越来越远，当彝族人纷纷走出大山的时候，独独留下了经文在森林中。其后，"我"重新寻访经文，"接送我们死去的魂灵"意指在葬礼上经文依然在为彝人们超度，但它毕竟离这个族群越来越远了，因为彝文随着城市化进程的影响而日渐式微。

青年诗人阿克鸠射，也像俄狄小丰那样关注本族群语言文字的问题，他在《彝语》里这样写道："我们可以失去金钱　强健的体魄/ 甚至可以暂别家园/唯一不能丧失维系彝人的母语 /彝语是父亲的精血/是母亲的乳汁/ 是竹简上的玛姆和勒俄/是羊皮上的尔比和克智/是彝族的血脉和心跳 /此刻我对彝语的认识愈发的深刻/彝语是我心尖上滚烫的泥土 /其中已渗入圣贤的精髓/和先辈的热血/背着彝文行走。"②

显而易见，他对彝语使用现状的态度比俄狄小丰更加忧虑，尤其是在诗歌的开头。值得注意的是，这种话语在彝族青年诗人尤其是近年来的彝族诗

---

① 发星编：《〈彝风〉创办 10 年纪念专号（1997—2007）》，民刊。
② 阿索拉毅主编：《中国彝族当代诗歌大系》，成都：四川民族出版社 2015 年版。

歌中不在少数。然而客观来说，这是一种无法斡旋亦不可逆转的矛盾和伤痛——学习汉语便于谋生的现实与彝语作为彝族人精神内核和文化传统之间的矛盾。

这种割裂之痛又一次印证了 21 世纪彝族诗歌与 1980—2000 年间的彝族诗歌的一大区别。需要注意的是，阿克鸠射诗歌中的"暂别家园"有着一种暧昧的寓意：这不仅是离开乡村谋求生计或者教育的意味，还代表着人类学意义上的迁移或消解，即"家园"的消失。以往封闭的彝族家支社会尽管在现实中存在，然而在文学话语中被隐匿，取而代之的是苍凉破落的乡村、留守的儿童、病痛等无法视而不见的问题。因此他呼吁要"守护彝文的光芒"，然而，"语言"本身无法承载这个青年诗人所有的诉求，他依然在绝望中寻找闪耀着光芒的古老的彝族社会文化。

马子秋，是一位在诗歌选集中比较少见的自署汉名的彝族诗人，他对待彝族的语言持有同样的忧虑但并非激进的态度。在《忧伤的母语》中，他写道："三十年前/我骑着一根竹子/赤脚从草地上跑来/母亲舒展黧黑的笑容/张开双手迎接我/说：嗨！俺惹妞（彝语：我的小儿子）/三十年后/儿子骑着玩具车/从柏油路上飞驰而来/妻子舒展粉白的笑容/张开双手迎接他/说：乖！宝贝儿/一种语言的遗失/不过是两代人之间的距离/仿佛化为油路的草地/消失在时代的狞笑声中/竹子奔向祖先/玩具车开向未来/在这悬崖的断口之下/时光却疾步如飞而去/一种古老的声音/也漂在岁月的河面上/向下流去。"[①]

马子秋通过两代人的生命经验的差异展示了汉语替代母语的时间性，这恰恰是很多彝族人共有的生命体验，母语的传承在这一时期的断裂，"古老的声音"却"向下流去"，离开日常生活的使用范畴。

阿卓务林对母语的诠释亦有一番特色，他在《母语》中如是写道："我可以学着说一两种外语/但让我运用自如，曲直有余的/终究还是舌尖一样灵活的母语/就好比你劳驾你的左手，或右手/故乡的母语，那土气的方言啊/是我冲散心中烦恼的音乐/是我治疗陈年顽症的良药/只要听见它，心海/便会毫无预兆地涨潮/啊，假如我的咳嗽被另一个人/当作自己的母语，让他重重地感冒/我又该怎样安慰自己的喉咙？"[②]

这位诗人将母语视为一种存在于日常生活中的习惯，从而生发抒情，"母语"是美好而温情的，能够治愈、抚慰、平静内心，而诗歌末尾的几句又颇有现代主义色彩，很容易联想到希尼所谓"被管辖的舌头"，母语和汉语之间

---

① 阿索拉毅主编：《中国彝族当代诗歌大系》，成都：四川民族出版社 2015 年版。
② 阿索拉毅主编：《中国彝族当代诗歌大系》，成都：四川民族出版社 2015 年版。

的异质性由此展现。

麦吉作体，一位彝族的青年诗人，在 2010 年曾经写过这样一首诗，名为"一个彝人叛徒的袒露"，试图在这里将内心的矛盾感聚焦："聚焦现实的荒谬/无奈寄生在残缺的母语与强势的汉语间/栖息徘徊于失落边缘与热闹都市里/生命在其间艰难伸张与成长着/我曾经试图躲入最后的彝语堡垒不出世/可在魔鬼的围剿下主动诈降浪迹天涯/标签着崇高的梦想与现实的生计/虚幻的我敷衍同胞面具的寒暄/我的彝语在兄弟的重逢问候里重生/生硬而别扭/词语在我们的构造编织中幽微生存/彝文活在等待调出的电脑里苦思冥想/停留在巫祭经书与现代纸张里灿烂生辉/彝语与汉语在世纪的边缘上演古老的械斗/负伤的彝语在流利的汉语前/失色覆灭的危险/戏剧及荒诞的我们/其实生活在一言难尽中/而我/原本绝非存心背叛或蓄意谋反。"①

诗人的焦虑感在这里展现得淋漓尽致，面对"负伤"的母语，他不得不为了生存使用"流利的汉语"，这样的感觉是矛盾而痛苦的。诗人以"寄生"这样的词汇来描述自己的生存经验，回顾彝文在过去岁月的灿烂光辉，看到现在母语的"失色"和"覆灭"。彝族诗人们关于母语的痛心和焦虑的书写不在少数，他们游走在抒情和写实的边界，而另外一些彝族诗人，则为更为忧伤的社会现实勾勒出了一幅幅白描，这就是即将谈及的打工诗歌和关于彝族乡村与城市的写实诗歌。

三、打工诗歌与城市写实诗歌

在吉木狼格和吉狄兆林等人写作的年代，他们尽管写实，但依然沿袭了抒情诗歌的朦胧性和暧昧性。那一时期，打工者、空巢的乡村、城市底层、吸毒等问题尚未大规模地在彝族社会出现。相对于逐年递增的彝族外出务工人数，② 彝族诗歌的写作也几乎同时增长了新的内容——这使得彝族诗歌不单单具有记录族群记忆的功能。笔者试图选取彝族年青一代诗人吉布鹰升、阿克鸠射、吉克·布、马海吃吉等人的诗歌案例来证明这一点。③

吉布鹰升擅长乡土散文，却因摹写当下彝族社会的现实问题而被发星及其团队发现。这一点，在《〈彝风〉创办 10 年纪念专号（1997—2007）》里，发星特意强调，吉布鹰升"填补了这个空白……使我们看见这片土地上是光

---

① 发星工作室编：《2012 年大凉山彝族现代诗 32 家》，《独立》第 19 期，民刊。
② 参考自楚雄彝族自治州人民政府门户网站、中国民族宗教网、凉山新闻网站等官方网站的新闻及统计数目。
③ 吉布鹰升、阿克鸠射是发星等人的编选团队在 21 世纪推出的新一代青年诗人。

明（彝文化精华等）与黑暗（现实臭恶、贫穷……）并存的"①。吉布鹰升在《打工回来的彝人》中写道：

过彝年时/我目睹了来来往往的打工者/提着大包小包/操着方言尾巴的普通话/拥挤着车站/如果这不是在凉山/如果不是他们彼此偶尔用彝语交流/我绝不会想到这是我的族人/他们一年的奔波　劳苦　冒险/和离乡的惆怅/使我沉重/而现在/他们回家的欣喜和候车的焦虑/使我好像也是他们的一员/彝族年后/他们又涌向大江南北/在故乡的日子为什么那么短暂与匆忙/好像来不及一句问候/祝福他们/可是说起来为什么忧郁②

他的另外一首诗《背枯蕨草的女人》如是写道：

临彝年/背枯蕨草的女人/出现在县城/这时年味越来越浓了/背枯蕨草的女人住在山地/山地的蕨草到了秋天/仿佛是为彝年而枯/背枯蕨草的女人/和几十年前一样/还是那样贫穷/我是背枯蕨草的女人的儿子/年的到来/并不那么使我盼望和喜悦/而是淡出丝丝的辛酸/自我离开家乡③

可以看出，作者将彝族社会的现实摹写得淋漓尽致。其中，对凉山乡村社会败落的痛心、对彝族打工者的理性思考，都有充分的理由证明这是彝族当代诗歌的又一转折点。在此之前的彝族诗人，尤其是发星在《当代大凉山彝族现代诗选（1980—2000）》中收集的 1980 年到 2000 年间的作品，很少有触及本族群社会现实的诗句，在那时，彝族的社会问题还未曾如此令人忧心。而当下在有关彝族的一些新闻报道中，污名化则变成主要特征，除了将彝族文化博物馆化的"旅游业"报道外，多数是关于贩毒、吸毒的报道。④

针对这样令人忧虑的现实，年青一代彝族诗人通过诗歌或其他体裁⑤来正视惨淡的现实，而非单纯着眼于史诗性的描述，这是彝族文学发展的新走向。事实上，吉布鹰升的诗歌中杂糅了双重焦虑：打工者、乡村、城市三者之间的暧昧关系以及对彝族人离开故乡山林走向工业化社会及都市的忧虑。

---

① 发星编：《〈彝风〉创办 10 年纪念专号（1997—2007）》，民刊。
② 发星编：《〈彝风〉创办 10 年纪念专号（1997—2007）》，民刊。
③ 发星编：《〈彝风〉创办 10 年纪念专号（1997—2007）》，民刊。
④ 百度搜索"凉山彝族贩毒"六个关键字，可以查到"约20700条"相关信息，且多数来自政府网站、新闻网站和文化论坛。
⑤ 吉布鹰升在散文集《昭觉的冬天》中也提到了"毒品之害"。

阿克鸠射同样将观察视角指向打工者和城市。更为特别的是，他在这般的叙事中大量使用母语，用于置换汉语中的一些词语，如"城市""乡村"等，从而造成语言的杂糅。

如《我看见一群赶错列车的彝人》："夜幕降临的时刻/在一个叫拉布恶咒的火车站/我看见一群来自远山/操着阿都方言母语的族人/老人年轻人男人女人/在赶一列开往成都尔库的 782 次列车/我的父老乡亲/兄弟姐妹/你们为何要远走高飞/抛弃生你养你的故土。"① 其中"尔库"这个词语是汉语"城市"的意思，被诗人用母语置换，"拉布恶咒"是"西昌"的意思，也同样被彝语置换。诗人显然关注了彝族打工者群体，实质上，这个看似"为何抛弃故土"的问题难道仅仅出现在凉山彝族乡村么？答案是否定的。中原的乡村、西北的乡村、东北的乡村或许都是如此，当乡土社会在城市化进程面前逐渐瓦解之时，留守古老乡村的老人和儿童尤其值得关注。

当然，彝族的知识分子从族群认同的视角去看待这个问题："更多的人，不得不冒失地跑到人口集中的汉地打工，听从汉人老板们的调遣与意志。在这种陌生化语境中，诗和歌成为乡愁的诉说通道。因此，城市生活也成为彝人诗歌的一大主题，他们开始用描写故乡世界的笔法描述城市里的一切，水雷般的欲望和陷阱，醉生梦死的都市，成为异乡的代名词。"②

在阿克鸠射这首诗的末尾，他这样写道："难道你们真的愿意留下/最初的家园和灵魂在/故乡风吹日晒雨淋吗/其实你们不知道/故土的荒地已越来越多了/小孩夜夜喊着你们的名字/夜夜被恶梦惊醒。"③ 比起 20 世纪末的彝族诗人们对古老文化传统消解所做出的叹息，阿克鸠射等青年诗人做出了更加直白的对彝族传统社会败落的痛心表达。

彝族青年博士拉玛伊佐曾经在《复活一个太阳》中写道："异乡人再次赶往城市，成为这座城市的赌徒和危险者。/母亲遥远的情线以大山起伏的姿态牵引着我走过数不清的夜路。/在神鼓和铜铃的护佑下，在黑暗中和大雾结伴，继续行走，继续歌唱。/在这狂暴的季节，我们都成了囚徒。/在大渡河边，我看见黑暗中的雨水发出的巨大光芒。/赶在大雾抵达另一座山头之前，赶着我的羊群去到虚无中流浪/向着与指路经相反的方向进行一次辽阔的迁徙。"④

---

① 发星编：《〈彝风〉创办 10 年纪念专号（1997—2007）》，民刊。
② 鲁弘阿立主编：《第三座慕俄格——21 世纪彝人诗选》，北京：作家出版社 2009 年版。
③ 发星编：《〈彝风〉创办 10 年纪念专号（1997—2007）》，民刊。
④ 拉玛伊佐：《复活一个太阳》，自印诗集。

拉玛伊佐是西南民族大学毕业的学生，并且参加过彝族诗歌阵营之一——"山鹰魂"诗社。和其他"山鹰魂"前辈社员不同的是，他更多地开始针对当下彝族社会的问题进行思考。当然，他也受到阿库乌雾的影响，关于这一点，下面的章节会详细论述。

1986 年出生的彝族青年女诗人吉克·布，有一首新近作品《不要做凉山人的孩子》，她首先坦陈这是一首模仿之作①，然而她在模仿中注入了独特的地方经验。"不要做甘洛人的孩子/父母只会寻思如何带你去偷矿/不要做越西人的孩子/妈妈到处做生意你别再想见到她/不要做喜德人的孩子/没有抢过火车坐过牢的孩子会让人瞧不起/不要做冕宁人的孩子/爸爸变成一堆稀土你何处去寻他/不要做普格人的孩子/一生下来父母就会把你卖到外地/不要做昭觉人的孩子/父母在歌城喝酒会让你过去打一圈……"② 在某种意义上来说，过于直接的描述是对诗歌修辞的僭越，然而，诗人却选择这种方式写实，在诗中，可以看到彝族社会面临的几乎所有的社会问题：贫困、偷盗、吸毒等，这样的呼声在当代凉山社会的知识分子之中越来越多地出现，其意义是不容置疑的。

比起这首诗，和她年龄相仿的马海吃吉所创作的《情系山寨》有着更为温情和忧伤的表达——尽管同样是书写现实的苦痛："我的另一只眼睛一直望着/望着那远方山寨的伤口/宁静的山寨被毒品刺杀成/血流成河/从那天起/我对这种药物恨之入骨/希望在黑暗的季节里/猫头鹰躲在大树上招魂时/无人回答，无人回答/（用一支无形的枪给毙了/或取一个烧着的火把向它扑烧）。"在这首诗里，诗人运用了"山寨""黑暗""火把"这类带有象征性的词汇来转述现实，从而更加具有张力。尤其是"刺杀"和"血流成河"两个意象，将原本用于神话中的叙事学词汇介入并杂糅了凉山社会的现实问题，有着不同寻常的味道。

海秀是发星团队最近发现的一位女诗人。1988 年出生的她，同样毕业于西南民族大学，也对凉山社会的现实充满关注。在《老去的村庄》中，她这样写道："我看见老去阿妈的百褶裙在褪色。/我听见忧伤的口弦在哭泣，/我看见背水姑娘的木桶在腐朽。/我听见牧笛的声音越来越飘渺，/我看见牧童放牧的山坡在荒芜。/是谁带走了我田间劳作的少年，/是谁牵走了我勤劳织布的姑娘？/是那呼啸而过的火车吧，/还是那远处城市的物欲？"③ 在对彝族

---

① 根据推测，她应该是模仿一首网络流传的诗歌——周云蓬的《不要做中国人的孩子》。
② 发星工作室编：《2012 年大凉山彝族现代诗 32 家》，《独立》第 19 期，民刊。
③ 发星工作室编：《2012 年大凉山彝族现代诗 32 家》，《独立》第 19 期，民刊。

当代诗歌的考察中，笔者注意到"百褶裙""口弦""织布"的意象反复被彝族诗人们使用，然而同时又很少见到将这些意象直接而猛烈地转移到对现实的忧虑之中的诗歌。"褪色""哭泣""腐朽""荒芜"这不能不说是凉山社会的现实写照，在诗歌的末尾，诗人将这些衰败和忧伤归咎于"火车"和"物欲"，火车的意象代表着打工、离乡和另一端的"城市"，而"物欲"同样代表了工业化社会对凉山乡村的冲击。

转型期彝族诗歌中的写实诗人们，并不单单将目光注视于城市和乡村之间。2015 年，一部名为"我的诗篇"的纪录片走红，若干个打工诗人的生活被拼接在一起，其中包括凉山彝族诗人吉克阿优。事实上，从 2010 年开始，吉克阿优便成了笔者的研究对象之一，和大多数彝族诗人的知识分子身份不同，他来自底层，初中毕业后便去珠三角打工，而后转到浙江。他的诗歌创作，也不单单是从现代诗开始，而是以彝族民间歌曲的形式，后来转向非古体诗的五言诗歌，再后来才慢慢走上现代诗歌的道路。因此，吉克阿优被发星及其团队称为彝族的第一位"打工诗人"①。

在《流水线上的小姑娘》中，吉克阿优这样摹写一个打工彝族小姑娘的经历："幼稚的脸蛋，/时常挂着泪痕，/泪水未干又笑眯眯。/麻花辫已剪去，/染着金黄色头发，/双眼水灵灵。/老土的棉袄已不见穿，/换成流行的羽绒服，/唯不变肤色和乡音。/这月的每天，/她既迟到又早退，/公告栏上又贴有通知。"②

吉克阿优的诗歌，每句字数不多，行数却不少，他用现代写实的语言模仿和继承了彝族古代叙事诗的传统，诗人的叙事款款节奏与彝族传统叙事诗极为相似，彝族的古老长诗多为五言或者七言，行数很多，这几乎成了彝族古代文学的标志性特征。在彝族当代文学中，仅吴琪拉达曾用过这样的形式创作汉语叙事诗，20 世纪 80 年代之后，大多数彝族诗人便不再沿用这种叙事传统，尽管其在用彝文创作的诗歌中还会出现。虽然吉克阿优的诗歌品质还有待提升，但是其诗歌中反映了彝族打工者在东部城市工厂中的真实境遇，这在彝族当代诗歌中实为罕见。通过青年诗人们对待现实诗歌的处理方式，我们似乎可以窥视到彝族社会的现实状况。

1928 年，斯佩克特刊登在《新群众》上的《纽约之夜》中，这样描述了底层、城市与现代性："纽约，乱七八糟的城市；混杂着石头和钢铁，无政府的资本主义的滋生。色情表演，在街面上喷发来自污秽的商业之血…… 剧烈

---

① 四川的打工诗人如郑小琼，在中国的打工诗人群体中很有名，但是彝族的打工诗人数量并不多。
② 发星工作室编：《2012 年大凉山彝族现代诗 32 家》，《独立》第 19 期，民刊。

燃烧的淫荡。整日在商场里，我的背疼痛，我的双脚沉重如铅。我的肚子咕咕噜噜…… 我打嗝。"①

而近一个世纪之后，浙江的彝族打工诗人吉克阿优在《下夜班的路上听到蛙声》中写道："流水线的尽头，铃声一响/22 点钟，时针和分针打开 45 度角夹住窗口的月亮/我终于刑满释放/一路狂奔，一只鞋走丢了/风在和身后的影子耳语/飕飕的，犯困的脚步很轻很轻/一只蛙醒了，田间地头里鼓点般喧哗的歌声/慢慢慢慢铺成一条夜路/我放声高歌一曲，把星空当作席梦思/可找不回那只走失的鞋。"② 对比阅读两个不同时期不同国度的诗歌文本，可以发现，似乎中国的少数民族工人诗歌通过同样的现代性体验与"世界文学"实现了某种联通。尤其是肉身的沉重，对声音的敏感，痛苦与底层，城市的触觉，在这里时间性已经不重要，诗歌话语的相通性由此可见。

第四节　暧昧的地域性

前三节针对彝族汉语诗歌的讨论尤其注重内容和形式的审美，而一个不能忽略的事实是，严谨的民族诗歌研究，必定要注意到其内部的差异性。笔者在研究藏族诗歌的时候发现，诗人们在作品中呈现了太多的异质性，并不是民族身份相同其作品的基调和关注点就必然相似的。彝族诗歌也一样，更为苛刻地说，地方性知识在很大程度上影响了诗人的创作。

"彝族"，是一个在 20 世纪 50 年代以后才出现的身份名称，在划定这个身份之前的人口调查中，云南、贵州、四川、广西四省的彝区有自称或者他称高达四十种，可见彝族支系之多。③ 这四省的彝族地区，虽然有着相似的集体记忆，但是由于后期发展的差异性，族群的文化心理亦呈现出一定的不同。这是本节需要解决的问题，即通过地域性的观察来重新审视转型期彝族汉语诗歌内部的创作差异性，这依然是本章彝族诗歌分类考的一个必要部分。

一、云南诗人群的创作特征

第一章曾经提到 1950 年之前的凉山彝族地区极少有用汉语写作的诗人，而在云南和贵州的彝族地区，早在元、明、清三代就已出现彝族诗人用汉语

---

① 王予霞：《美国左翼诗歌对现代主义诗歌的反叛与吸纳》，《外国文学》2014 年第 6 期。
② 吉克阿优：《打工的彝人》，自选集，2012 年。
③ 黄光学主编：《中国的民族识别》，北京：民族出版社 1995 年版，第 211 页。

写作，而且部分诗人的汉语功力并不逊于同时代的汉族诗人。本节将着重论述云南彝族诗人的创作特征和倾向。

自古以来，云南地区的彝族文学就具有多元文化交融的历史底蕴。从文化地理学的角度来说，云南彝族迁徙史对现代诗歌的创作至关重要。梳理云南彝族的迁徙版图，需要从秦汉时期说起。秦汉时滇西的土著民族向东迁徙至滇池以西地区，西汉末又向滇东北、黔西及凉山地区迁徙，在东迁的过程中被南下的氐羌民族逐步融合。这个族群在唐代时多称"乌蛮"。738 年，滇西蒙舍诏乌蛮首领皮罗阁统一洱海地区，建立南诏国，标志着乌蛮作为单一的族群共同体从氐羌中分化出来。唐代的彝族分布随着南诏国的拓展而扩大，但文化重心依然在滇池—洱海以北，向南则散布于元江下游。元明时期，云南彝族和其他地区的彝族同样被称为"罗罗"，其分布重心在滇东北地区。

到了清代，中央政府对云南实行改土归流的军事镇压，滇东北、滇北大量彝族迁往四川凉山地区，于是此地人口迅速减少，由彝族聚居区变成了彝族杂散居地区。而此时，四川凉山彝族也大量迁入云南小凉山地区。清末，云南彝族的分布是以滇西北小凉山、滇中楚雄地区、滇南红河流域为聚居区的格局。现代以来的云南彝族分散在各个行政区域。因此，在长期迁入迁出的过程中，很多地方的云南彝族留存的是兼有多民族特色的交融文化。这一文化格局使得云南地域文化丰富多彩、异彩纷呈。①

在这一文化地理背景下，观察当代云南彝族诗人的地域分布，不难发现，他们与四川彝族诗人大多集中于凉山彝族自治州的状况截然不同。云南的彝族诗人同样来自省内各地区，呈分散布局。以近年来彝族诗歌选集为例，在阿索拉毅主编的《中国彝族当代诗歌大系》② 中，共收录了一百余位云南诗人，分别来自漾濞、大理、昭通、武定、宁蒗、楚雄、双柏、禄丰、禄劝等地。为了进一步分析云南彝族诗歌创作的特征，本书试图选取若干位极具代表性的云南彝族诗人，更为全面地展示云南彝族诗歌版图。在这里，所谓的"代表性"并非对"云南地域特色"的单一指涉，还包括更深一层的含义，即这些诗人所代表的云南彝族诗歌创作的杂糅性和多样性。换言之，此类诗人集中体现了云南彝族诗歌的多重创作趋向：既有王红彬/柏叶式的浪漫主义写作，也有普驰达岭般的双重"类型"的宗教与历史写作，又有年轻诗人罗洪达汗隐去族裔色彩的现代诗歌创作，还有李智红式的古体诗创作……

在云南彝族的抒情诗中，王红彬、柏叶以及普驰达岭的诗歌是极为典型

---

① 参考自肖常鸽：《当代云南彝族汉语诗歌研究》，西南民族大学硕士学位论文，2007 年。

② 阿索拉毅主编：《中国彝族当代诗歌大系》，成都：四川民族出版社 2015 年版。

的案例，他们的诗作各具特色。其中，王红彬的诗集《初恋的红峡谷》曾获得第四届全国少数民族文学创作"骏马奖"。在他近年来颇具代表性的作品《那一支火把》中，他写道："从什么时候起／火把串成了古老的节日／从寒冬到盛夏，从远古到今天／在左脚舞的踢踏中被飞扬的尘土遮蔽／在十月太阳历的草纸中被翻得发黄／拨开祖先的火塘，依然看得见／……我还见过葬礼中的火把／不是一只萤火虫，而是一轮太阳／在低沉的爬山调中忽明忽灭／好似生命消逝前的回光，背景是黑漆漆的棺椁／以及满天星斗中老毕摩咪咪嘛嘛翕动的双唇／从北京人到元谋人，从阴间到阳间／这代表人世轮回的火把啊／让一个民族看见死亡，又获得新生。"①

　　火塘作为彝族的象征物，是彝族诗人经常运用到诗歌中的意象之一，在王红彬的作品中也不例外。在这样的同一性写作背景中，王红彬的抒情诗提供了一个全新的向度和较为宽阔的视阈。他以火把节为背景展开民族志式的写作，在诗歌的开端，节日的意象不断出现，诗人描绘了舞蹈的场景以及彝族传统的历法与人类学向度的民族历史形象，这原本是安静祥和的描述，而到了诗歌的后半节，诗人忽然转向葬礼的隐喻，葬礼中的火把意象已然发生了变化，阴郁而易消失，这里的诗句叠加了毕摩的仪式，喻示着一种民族文化传统逐渐消失的忧伤。

　　值得一提的是，在彝族的抒情诗中，这种甜蜜的忧伤承继了广义上的彝族诗歌传统；另外，这一特征在云南的彝族诗歌中表现得极为显著。究其原因，云南现代彝族诗歌中的忧伤特征与彝族的文化地理学有十分密切的关系，彝族"六祖分支"的传说对彝族文学作品的影响十分重大，而学术界关于"六祖分支"具体地点的考证成果也较为成熟，基本将其地理范围缩小到云南省境内。如李列在《彝族〈指路经〉的文化学阐释》中考证："武、乍、糯、恒、布、默六个氏族部落，在云南东川、会泽、昭通一带生存发展。物换星移，子孙多繁衍，如枝生树干，如水注江河，如星布天空，各部落的人口不断发展壮大，需要开疆拓土、寻找新的生存空间，从而产生了彝族历史上著名的'六祖分支'。"② 因此，在彝族现代诗歌中，迁徙也是一个十分重要的原生意象，作为"六祖分支"所在地的云南诗人，更是热爱将这一事件及其深厚的民族感情融入诗歌书写中。另外，由于历史原因，云南彝族诗人的母语写作较少，大多为汉语创作的诗歌，比起四川凉山地区较为兴盛的母语创作，还是有极大的差异，这种母语的割裂感在许多少数民族诗人的诗歌创作

---

① 王红彬：《那一支火把》，《普格彝学》2014 年第 7 期。
② 李列：《彝族〈指路经〉的文化学阐释》，《民族文学研究》2004 年第 4 期。

中均有所流露，云南的彝族诗歌也不例外。

云南彝族诗人柏叶，曾创作一首名为"在大西山听彝族老人讲传说故事"的诗歌，在末尾部分，如是写道："你说，我们的祖先像一朵飞扬的云彩/把希望的火种带给了每一个纯洁的灵魂/你说，只要大西山开满鲜艳的玛樱花/只要彝人山梦想闪烁着灿烂的星光/我们的呼唤就会带来丰收的希望/我们的脚印就会深深地铭刻在/所有在祖先的灵光中生长的生命之歌中。"①

尽管前文提及云南彝族诗人的创作具有多元化的倾向，但必须指出的一点是，在云南彝族的诗歌书写中，很难看到强烈的族裔本位性，他们以浪漫主义的情怀咏唱记忆中的乡野，这在云南彝族诗人的作品中是高度一致的。比如，通过柏叶的诗句可见，其浪漫主义倾向同王红彬一样十分明显，事实上，当下云南彝族诗人的浪漫主义倾向是与 80 年代之前的彝族写作一脉相承的。如果考察 1980 年之前的彝族文学，不难发现，"十七年文学"时期，绝大多数的彝族汉语文学是由云南和贵州的彝族人创作的，当时四川凉山地区的彝族人还不能大规模地熟练地使用汉语写作。恰恰借由这样的话语基础，当下一些云南彝族诗人同样会无意识地沿袭"十七年"期间少数族裔创作的重要特征——浪漫化、民俗化、意识形态化。当然，在柏叶的诗歌中可以看到，这种充满梦幻的想象是温暖的、回望式的、对民族文化传统的重述。

关纪新、朝戈金在《多重选择的世界：当代少数民族作家文学的理论描述》中曾经将中国少数民族作家划分为三种类型："本源派生—文化自律"型、"借腹怀胎—认祖归宗"型、"游离本源—文化附池"型，② 值得注意的是，有时三种类型亦可能在一个诗人身上相互交叉出现。普驰达岭其人其诗便是一个典型的案例。他是出生于云南的彝族诗人，然而，这位任职于中国社会科学院的学者、诗人，无论从写作本身还是身份认同方面，都不能简单归结为关纪新、朝戈金所提出的三种类型中的一种。具体而言，"本源派生—文化自律"和"借腹怀胎—认祖归宗"两种类型似乎同时集中在这位云南彝族诗人的身上，而且难以分辨。他不仅研修彝族语言学，还负责彝族网站的编辑工作，同时投身于彝族诗歌的编选事业中，而他的家乡并非彝族文化传统保持最为纯粹、原始的腹心地区——凉山，而是云南禄劝云龙乡的一个彝族村寨。禄劝是多民族散杂居的彝族苗族自治县，普驰达岭又因西南民族大学的教育背景尤其重视强调诗歌中的"彝族"身份。

---

① 发星工作室编：《中国边缘民族现代诗大展》，《独立》第 15 期，民刊。

② 关纪新、朝戈金：《多重选择的世界：当代少数民族作家文学的理论描述》，北京：中央民族大学出版社 1995 年版。

如他的诗歌《诵词与玛纳液池有关》，也提到了《指路经》与"六祖分支"的故事："所有的太阳　就算在星回节的夜晚／重蹈而来　七月的洛尼山顶／依然会有厚厚的雪躺着／布与默　尼与恒　武与乍／会潜藏着石儿俄特之雪脉／举起毕摩冥冥的谣词／凝视水的源头和归祖的方向。"① 这首诗里糅合了若干彝族原始宗教和历史传说的元素，布、默、尼、恒、武、乍分别是彝族先民"六祖分支"，分别向六个方向迁移，这也是诗人在其后写"凝视水的源头和归祖的方向"的缘由。将彝族历史和宗教写入诗歌的诗人并不止普驰达岭一位，但是能将彝族迁徙史和诗歌完美结合的，实属少见。

如果对几个彝族地区的诗歌整体创作进行观照，可以发现，云南的彝族诗人群体创作，其多元化不仅体现在创作内容上，还体现在创作的形式上，例如古体诗创作群的发展。这一点在其他彝族地区并不多见。追本溯源，较之其他地区的彝族而言，云南的彝族地区更多地接受过古典文学的滋养。考察中国古代少数族裔诗人的地域分布，不难发现，在云南、贵州等较早接触到中原文化、较早被中央政府推行汉语教育的地方，诗人相对较多，如明代任宁州土同知的禄洪、清代云南禄劝的彝族诗人鲁大宗，他们有着深厚的汉语功底，诗词创作能力比起汉人毫不逊色。台湾学者黄季平在《彝族文学史的建构过程》中也曾经考证了这一现象，认为彝族留存的文献和汉文创作远远多于中国境内其他少数民族。②

在当代，云南彝族依然保持和延续了古体诗文创作的文化传统。如云南彝族诗人李智红，任职于大理州文联，1982 年开始文学创作。他曾创作一首《永平赋》："博南古道，百里迁延，恍若灵蛇，盘桓于哀牢故地；银江秀水，四季涌流，仿佛游龙，辗转于龙马之乡。古有兰津要塞，扼喉西陲；今有大道坦途，通达三江。和邱叠翠，点缀朗朗书声；灵塔高耸，牵引袅袅晴岚。曲硐小镇，古风俨然，文化城巍峨壮观；老街新城，市声熙攘，缅桂花绽放幽香。龙坡之巅，四机关龙蟠虎踞；银江两岸，三千顷田园焕然。元梅明茶，秦瓦汉砖，霁虹古渡，西宁残垣，铭记厚重历史，任尔阔论高谈。"③ 毫无疑问，从赋中，很难窥见作家的族裔色彩，而这种对古典文体的热情和拟古的功底，在少数民族诗人的笔下也不多见。

云南彝族诗人李成生的诗歌也较为典型，他用古体诗写作、描绘了彝族

---

① 普驰达岭：《诵词与玛纳液池有关》，《石头的翅膀》，银川：宁夏人民出版社 2014 年版，第 59 页。

② 参见黄季平：《彝族文学史的建构过程》，《政大民族学报》2008 年第 27 期，第 35 – 64 页。

③ 李智红：《永平赋》，http：//blog. sina. com. cn/s/blog_62beaf350102dtt6. html。

日常生活的场景，而在他的《咏茶花十一首》诗中，时间和空间均是杂糅和多样性的。其第十一首如是写道："有女今朝紫溪来，艳说昨夜茶花开。/万朵新蕾比娇媚，千树老干竞华彩。/山乡腊尽煮新酿，小院迎春吉树栽。/琼花遍插门楣上，青棚避露翠叶遮。/阿妹鬓边簪丽朵，老爹琴柄戴新采。/人间此岁奇瑞现，花魂拥列七色街。/我欲乘风归故里，哪堪江河相阻隔！"①

根据这首诗的注释，诗作中含有对三个彝族传统习俗的描绘：一是栽天地树迎接春天；二是农历二月初八插花节，彝族人采山茶花，插在门窗和用具上，以贺新春；三是喜庆之日，彝族人上山砍来绿树枝，在院中搭起青棚，放置酒肉于其中，达旦饮酒歌舞。

诗人是云南禄丰人，毕业于西南民族大学，任职于云南日报社，这样的生命体验恰好构成了一个三角关系：故乡—强调民族性的教育环境—主流意识形态的集散地。经过几重置换的生命体验理应产生杂糅的、多样性的文学表达方式——李成生便是如此。除此之外，诗人还用了一个典故，即农历二月初八插花节，彝族人采山茶花。这样的习俗恰恰证明了云南彝族生活的多元文化背景，云南是一个多民族散杂居的省份，因此历法和习俗并不是封闭的，而是在各民族的交往交流交融中实现了文化的混杂性。或许，这首诗里提及的三个节庆概念都是云南彝族地区在长期与其他民族散杂居的状态下形成的习俗。如此说来，诗人不仅在作品中表现了"汉化"了的、杂糅了的彝族生活习俗，还采用了古代汉语诗歌的形式来表达。

诗人发星长期从事彝族诗歌的民间编选工作，他认为彝族诗歌的创作需要强调民族性，因此他不仅将当代诗坛中较有知名度的吉木狼格排除在外，还曾提出，云南、贵州两地的彝族人在"几百年的汉化时光中，族称的符号只是一种符号"②，意即他无法完全肯定云贵彝族诗人诗作中"民族意识"的成分。那么，如果用发星的衡量标准来界定李成生的这首彝族诗歌，则可能会牵涉到一个颇有意思的议题：这首古体诗的民族性何在？然而，这恰恰又为多民族文学研究提供了一个较为典型的例证，即诗人现代意义上的"身份"与内化于写作中的汉语文学底蕴之关系。巴索在论述地理与语言关系的时候曾提及"使地理经验得以形成，交流得以进行的那些共享的象征手段"③，在这个议题中，发星所言大凉山的地域经验应该就是这种"地理经验的象征手

---

① 罗庆春主编：《彝脉：第二母语的诗性创造》，沈阳：辽宁教育出版社 2011 年版，第 13 页。

② 发星工作室编：《当代大凉山彝族现代诗选（1980—2000）》，北京：中国文联出版社 2002 年版，第 5 - 6 页。

③ BASSO，KEITH H. Wisdom sits in places. Albuquerque：University of New Mexico Press，1996.

段"，那么，云南彝族诗人李成生在诗中表述的关于禄丰或者其他云南彝族地区那些业已汉化的地方性经验，则是属于异化的象征手段，也是多民族融合的地域经验所导致的。

在此项研究中，云南彝族诗人罗洪达汗是较为年轻的一位研究对象。如果仅观察他的诗歌而非他的族裔身份，则完全看不出一丝彝族的痕迹。在对他的私人访谈中，他表示自己是彝族，但并不代表必须书写与彝族相关的东西。他可以创作诗歌，但是诗歌并非一定与族裔相关。这样的想法在新一代的彝族诗人中并不多见，相反，笔者看到的是在凉山地区的年青一代的彝族诗人们，具有强烈的族裔文化本位性，借由诗歌的路径得以表达，很少有诗人在作品中不表现与族裔相关的内容。从这个层面来说，云南的彝族诗人在选择创作内容上，因其外部环境不具有高强度的导向性和组织性而更加自由随性。

云南彝族女诗人李凤，曾在《民族文学》上发表了一系列诗歌，作为新生代彝族诗人，她的诗歌中充满着女性的敏感与隐喻。在《一个彝族女人的月亮》里，她写道："六月/想永远住在六月/我尚不懂得死亡的日子里/六月里，还有我心爱的奶奶/——安慰过被信念灼伤，顶着浓妆夜半哭泣的我/还有泪眼婆娑下的最后一次目送/——您送我到我的梦里，我送您到您父母的襁褓中/最后一个心照不宣的善意谎言/——现实早已生了根，还被命运打了结，如同铁链/最后一片亲手拾起的您涅槃过的傲骨/——我便是这些骨灰的后代，只是现在，那把火和您更亲些了/还有一个贵族最后的消息落在祭台上。"诗人以其女性特有的敏感在诗歌中设置了一个母系角色，而这个角色是指向古老传统的喻体——母体的回归和溯源。在这里，女诗人在歌颂着借由母系而抵达的民族本源。当然，除了女性角色设置外，在李凤那里，"祖母"和民族共同体俨然合一，而"我"则直接承袭了这一文化序列。

值得一提的是，现居云南的青年彝族诗人吉克木呷，在年青一代的写作中别具一格，他是凉山喜德人，但鉴于他在云南的工作经历，笔者将其视为云南彝族诗歌创作群的一员。当然，他在诗歌中依然会显示出大凉山诗歌意象群的痕迹，比如在《我的自白》中，他写道："我是一棵雷击的古松擦不掉的黑色伤疤/我是祖先火葬地里四处漂泊的鬼火/用一生苦苦寻觅曾经的足迹/用世界上最悲凉的声音呼唤。"[1]

到了青年诗人阿卓日古这里，故乡又幻化成另外一种模样。他在《世袭

---

① 云南省作家协会编：《新时期云南少数民族文学作品选·彝族卷》，昆明：云南民族出版社2015年版，第737页。

着我的土地》中写道："矮矮的土坯房/我的爷爷给我父亲的城堡/世袭遗传/无微不至地关心着/我那坚不可摧的父亲/跟着日子慢慢过着/如果有一天等他宣布/我该如何继承/他的城堡/是把它背回宁蒗的家/还是把宁蒗搬回那个矮树林里。"①

这是一位云南宁蒗的"90后"学生诗人，在诗坛上开始崭露头角。然而在关于土地的认知中，他显然并没有"遵循"作为彝族象征物的意象轨迹，而是将其内化为"城堡"，而这个城堡是游移不定的，似乎喻示了诗人在故乡与城市之间的身份游移在背离与新生之间。

许纪霖曾提及："古代中国是一个复线的中国，既有以中原为中心的汉族文明的中国，也有草原、森林和高原少数民族的中国。他们共同构成了古代中国的历史。"② 这一论断完全适用于云南彝族汉语诗歌的创作，在多民族聚居的云南，彝族汉语诗歌的创作堪称多民族文学创作的典范，其多元性和杂糅性也是毋庸置疑的，亦可以为中华多民族文学史观提供一定的参考。

二、贵州诗人群的创作特征

在本书的研究对象中，贵州的彝族诗人似乎占据了最小的比例。这样的情况使人很难与贵州留存的浩如烟海的古代彝族文献联想在一起。古代贵州的彝族汉语诗人群体十分壮观，究其原因，元明两代中央政府采取的"以夷制夷"的方式对贵州彝族地区汉语文化的扩展十分有效，如中央政府设置宣慰司（如水西土司）。当代影视作品《奢香夫人》戏剧化地重现了水西和乌撒地区彝族的生活、政治图景。在土司家族中，汉语是一项必备的技能，而中原古典文学的传统式教育也由此流入彝族地区。诸如高乃裕、高程这样的土官家庭（姚州土同知），必须习汉文、读汉书，他们在此环境下积累了深厚的汉学功底，"祖孙三代皆诗人"③。由于历史原因，四川凉山地区的汉语书写出现的时间要晚得多。因此，反观20世纪80年代之前的彝族汉语诗人群体，大多分布在云南和贵州地区，而非四川的彝族地区。六大彝语区的文献典籍，以贵州地区收藏最多。与四川凉山地区的彝族相比，明清时期就被中央政府推行汉化政策的贵州彝族地区，由于中央政府在贵州水西等地区实施的土司制度，以及印刷术的传入、古汉文造诣的加深，彝族地区的古文汉语创作数量大增，典籍得到了良好的保存、修订和流传。正是由于这样的文献

---

① 阿卓日古：《世袭着我的土地》，《边疆文学》2016年第2期。
② 葛兆光等：《殊方未远：古代中国的疆域、民族与认同》，北京：中华书局2016年版，第37页。
③ 李力主编：《彝族文学史》，成都：四川民族出版社1994年版。

基础，彝族的宗教审美一直以来才能完整地存留于文学作品之中，成为一道不可或缺的光芒。

新中国成立以后，彝族汉语诗人不断涌现，第一位步入文学舞台的便是贵州的彝族诗人吴琪拉达。几部有关当代彝族文学的论著都提及了诗人吴琪拉达的创作，不同版本的少数民族文学史和彝族文学史均将其认定为当代彝族诗歌的先驱者。

除了吴琪拉达以外，诗人余宏模以古体诗创作为主，出版了《一泓诗草》等诗集，继承和发展了明清时期贵州彝族的创作传统。与此同时，这一时期的文艺工作者们对彝族古代典籍、长诗、经书的汉文翻译和编选结集做了大量工作。代俄勾兔汝（李永才）搜集整理了《阿西里西》等彝族民歌，而后由宋树秀记录整理的《代俄勾兔汝彝族民歌集》78 首出版。①

1980 年后，同其他少数民族文学一样，彝族诗歌也开始了民族自我意识觉醒的新篇章。此时期的贵州彝族诗坛可谓异彩纷呈，以禄琴、程韵、吴德芳、鲁弘阿立、阿诺阿布为代表的彝族诗人创作了大量的诗歌作品，他们同云南、四川的彝族诗人一样，开始了对地域、民族的诗性思考。这也是贵州彝族诗人诗歌创作的成熟繁茂时期——禄琴的《面向阳光》还曾获全国少数民族文学创作"骏马奖"。

在贵州彝族诗人吴德芳的笔下，曾经有这样的诗句："又见苦荞花/不由人抚着　脉管/我这彝人之血/——是否异化?!"他代表贵州的彝族诗人发出了一声呐喊。这声呐喊关乎彝族自我意识的觉醒。苦荞是彝族地区特有的植物种类，几乎成了一个地理景观的符号，经常出现在彝族诗人的笔下。在苦荞花的呼应下，吴德芳的这句自我拷问，分明表达了在中国社会转型期的背景下，少数族裔诗人所遭遇的那种身份的撕裂和阵痛。

西南民族大学是大多数接受过高等教育的当代彝族诗人曾就读过的高校，被彝族诗人们称为"彝族诗人的黄埔军校"。鲁弘阿立，贵州大方县人，1985年考入西南民族学院中文系，自 1986 年起，先后在《民族文学》《星星诗刊》《诗歌报月刊》《民族作家》《山花》《高原》等杂志上发表诗歌、散文作品。

鲁弘阿立在《我是被火焰过滤的灵魂》中诗意地表达过自己的焦虑："我是被火焰过滤的灵魂/我是被苍天与黑土驱赶　吸纳和拥抱的人/其实我是雷电中不死的鹰/我是沙　风暴里的沙　激流里的沙/我四散奔走……在青藏高原的一侧　在四川盆地的南面/我在金沙江两岸　在大渡河　雅砻江　怒江/在牛栏江　乌江　我在云贵高原的泥土和石头之间/放牧我的历史　我的血液

---

① 王明贵：《鹰翎撷羽：黔西北彝族文学概览》，《民族文学研究》2005 年第 2 期。

我的骨头　我的祖宗/喂养我的孩子/喂养我的潮水般的爱/喂养我的沙沙作响的恨/……种植燕麦　洋芋　瓦板屋　炊烟里的天堂/我在黎明出生　在黄昏死去……我的身体堆积着笃慕与南诏的烟尘/从柯乐罗姆　能沽罗姆　罗尼之山　到巴底侯土/一直到迷幻的石姆恩哈/我与苍松翠柏般的岁月相握。"①

　　诗人显然从彝族身份的写作里找到了突破口，在诗中，风景被无限化用，成为彝族的象征物。20世纪80年代以后，少数族裔诗人在创作中，不再简单地将"长江""黄河"等意象和本民族所生活的地理环境罗列在一起，而是将风景的书写由以往的"去民族化"转向为重写民族志的"再民族化"——重新绘制本民族的地理版图。鲁弘阿立的诗歌就证明了这一点，他笔下的"我"是彝族的"灵魂"，"火""鹰"这些代表着彝族图腾的词汇植入诗中。此后，"我"划定了一个神奇的地理边界："金沙江两岸""大渡河""雅砻江""怒江""牛栏江""乌江"，这不仅仅是一个个河流的名字，在鲁弘阿立的笔下，这些河流承载了更加具有神性的历史记忆。另外，"柯乐罗姆""能沽罗姆""罗尼之山""巴底侯土""石姆恩哈"这些母语的表达方式则进一步修饰了神话化的风景。

　　犹太学者施罗默·桑德曾在《虚构的犹太民族》中探讨过这种将风景神话化的问题，他在书中的第一章提出："知识分子利用民众或部落的方言，有时是已被遗忘了的神圣的语言，并把他们迅速地转换为新的现代语言。他们写出了描绘想象的民族和勾勒民族祖地边界的小说和诗歌。他们描绘了象征着民族领土那令人忧郁悲叹的风景，虚构了令人感动的民间传说和巨人似的历史英雄……"② 毫无疑问，鲁弘阿立的写作正是以类似的表达方式发生的。

　　阿诺阿布，1971年生于贵州黔西，1994年毕业于贵州民族学院。他在诗歌《哀牢山》中如是写道："自从不再张弓搭箭/再多的血　再多的呐喊/切分音　颤音　琶音都无济于/我希望走到你身边的时候/哀牢山　我不像她们那样羞涩/也不像他们那样忧伤/既然分开了天和地/既然规定了男和女/哀牢山　等我想清楚/再重新为你命名　在此之前/那些信誓旦旦的词　退缩的心/通通不如一个半睡半醒的夜晚。"③

　　彝族女诗人禄琴，1965年生于贵州威宁。她的诗歌中既有较多的彝族元素，又结合了女性特有的细腻和浪漫。在她的诗歌《鹰》中，她这样写道："沿着怎样的高度飞翔/才能跨越彩虹/才能在红黄黑三种颜色里/自由自在/瓦

---

① 鲁弘阿立主编：《第三座慕俄格——21世纪彝人诗选》，北京：作家出版社2009年版。
② 施罗默·桑德著，王崇兴、张蓉译：《虚构的犹太民族》，上海：上海三联书店2012年版。
③ 阿索拉毅主编：《中国彝族当代诗歌大系》，成都：四川民族出版社2015年版。

楞上的岁月抖落一地秋色/锐眼穿透密林知道在岩筑巢/知道把荒凉秋意聚积/丢掉面具和铠甲/还有那厚厚的树和岩石/拥有无穷的胆识/无穷的豪气/任狂风吹来/任暴雨袭来。"① 如果在其他诗人笔下的"鹰"和母语的意象都是通过凌厉而疼痛的触感来表达的话，禄琴显然与众不同地表现出了女性诗人的细腻和温婉，她眼中的"鹰"不仅是神圣的图腾化身，还运用了"秋色""密林"等普适性的意象来修饰这个原本固化的文化符号，同时，她又赋予了"鹰"多重含义，既代表原初的神话意象，又有着新生的"胆识""豪气"和浪漫。

在《彝文》中，她写道："我在神圣的文字里遨游/抵达灵魂与爱的花园/并在一些温馨的字体里居住/我用双手/轻轻地抚摸/这来自天籁的声音。"② 当下，彝文随着城市化进程的影响而日渐式微。很多彝族诗人表达过他们对于母语的焦虑，因为他们已然在现代社会的洪流中观察到了母语和汉语之间的矛盾。在对待保护母语的态度上，禄琴同样比其他男性诗人温和得多，她用阿多尼斯式的修辞来歌颂自己的母语，将其比喻成"天籁的声音"。

总而言之，在这一时期，贵州彝族诗坛的诗人们有着重建民族集体记忆的努力。2000 年之后，新一批的彝族诗人和彝族诗歌不断涌现。这一时期的诗歌创作十分繁荣，并呈现出多元化的趋势。2009 年的贵州彝族诗坛，发生了一件很重要的事件，即由四位彝族诗人鲁弘阿立、阿诺阿布、普驰达岭、施袁喜共同编选的《第三座慕俄格——21 世纪彝人诗选》出版。他们在前言里明确表明："本书入选者都是标明彝族身份的彝族诗人。在他们的话语体系中，可以鲜明地发现彝人气质……希望在精神层面重新树立一座慕俄格，一座高度张扬彝族文化的慕俄格。"③ 慕俄格，曾经是彝族先民的文化政治经济中心，历史上两次毁于战火。这四位编写者均是来自云南和贵州的彝族诗人，他们希望借此机会重新构建彝族的共同体。

与此同时，一个显而易见的事实是，十余年来，彝族诗人的写作内容亦呈现出多元化趋势，他们的写作不再仅仅沉醉于集体记忆的重构，而同样开始关注彝族乡土社会的变迁。恰逢其时，贵州的彝族诗坛又涌现了一些优秀的新生代诗人，如阿景阿克、赵磊、罗逢春、孙子兵、苏升、安荣祥等，他们大多出生于 1980 年之后。与 20 世纪末彝族诗人共同咏唱民族共同体的那种合力不同，新生代诗人的作品呈现出多元化的趋势，笔者试图选取三位青

---

① 《禄琴诗选》，中国诗歌库，http：//www. shigeku. org/xlib/xd/sgdq/luqin. htm。

② 《禄琴诗选》，中国诗歌库，http：//www. shigeku. org/xlib/xd/sgdq/luqin. htm。

③ 鲁弘阿立主编：《第三座慕俄格——21 世纪彝人诗选》，北京：作家出版社 2009 年版。

年诗人孙子兵、苏升、安荣祥的作品来说明这一点。

孙子兵是贵州晴隆县人，仅阅读他的诗歌，很难将之与其彝族身份联系起来——尽管他笔下书写的是乡村的日常生活。在之前对彝族诗歌的论述中，不难发现，如果一个诗人写的是乡村的日常生活，那肯定会充满彝族的色彩：坨坨肉、擦尔瓦、荞麦、锅庄。而孙子兵恰恰不符合这个普遍意义上的法则。尽管他一再书写自己的乡村、母亲，书写自己回乡喝喜酒的经验，书写过年的体会……但这一切似乎和彝族无关。

这里选取三段孙子兵的诗歌①：

十冬腊月，放牛看山/秋收的苞谷炕在楼笆上/麦苗在地里自由生长，铧犁/在厢房里锈迹斑斑/一根针，穿起白发三千/在吃完饭收拾好锅灶以后/在挑水推磨喂猪摘菜抱柴挖地/割猪草扫院落卖鸡蛋买油盐/……以后，整个冬月/母亲都在做一双棉鞋。　　　　　　　　　　　　　　《冬月》

记忆中的弹花匠，会弹不会纺/一个被寒冷苦苦追赶的人/踏着路上的白霜走进大地沉睡的村庄/远道而来的弹花匠，怀抱火种/远离亲人和家乡，在凛冽的寒风中流浪/一张使用多年的大弹弓/藏着他所有的呼吸、时光和秘密/天是被子，地是床/他在中间弹棉花，邦邦邦……　　《记忆中的弹花匠》

在祖国西南的贵州/有我多灾多难的家乡/贫穷和落后/是它留给外省的印象/在贵州西南的晴隆/石头开花，学生轻狂/在晴隆西南的鸡场/有我含辛茹苦的爹娘/劳碌一生/养了三个儿子/盖了三间瓦房。　　　　　　　《西南》

尤其有意思的是最后一节，诗人在话语体系中将自己的乡村"鸡场"置于"晴隆"县之中，又将"晴隆"置于"贵州"之中，最后将"贵州"置于"祖国"之中。这样的架构在彝族诗歌中相当少见。在转型期彝族汉语诗歌中，笔者通常看到诗人们将自己的归属感从"故乡"扩展至所有的族人，并以神话传说中的英雄形象为符号，填充到这个"天下彝家是一家"的话语体系中。简而言之，孙子兵与大多数彝族诗人不同的是，他从"原乡—民族"的体系中突围，然后又融入了颂歌式的以行政区划为符号的另一套"个人—故乡—国家"的话语体系中。

_____

① 这三段诗歌均选自孙子兵提供的自选集电子版：《孙子兵的诗》。通过调查发现，孙子兵的家乡在贵州省晴隆县鸡场镇，而当地唯一一个彝族自治乡是三宝彝族自治乡，他的家乡并非彝族聚居地。

反观本书选择的孙子兵的第一节诗歌："放牛看山""秋收的苞谷""麦苗""铧犁"……这明明是一个典型的汉族式的农耕社会的意象。诗人孙子兵虽然是彝族身份，但他并未生活在彝族人聚居的地域，于是生活方式和对待族属身份的态度都随之而不同。

相反，苏升是贵州威宁人，威宁古称乌撒，在彝族古代历史上（尤其是元、明、清三代）是贵州彝族地区的政治和文化中心之一。这里既不同于孙子兵所居住的汉族地区，也不同于直到 1950 年以后才与汉族社会过多接触的四川凉山彝族地区，威宁是一个经过漫长汉化过程的彝族地区，而这种"汉化"也不能不说是多种族群文化的结合，因为元、清两代中央政府的统治者分别是蒙古族和满族。然而总体而言，这一地区几百年来的外来文明仍然是以中原文明为主，同时杂糅着本地彝族社会的文化传统。

苏升便是这一地区的代表诗人之一。在他的诗歌《梦回乌撒》中，他写道："你认不出我的模样/可我永远是吃苦荞长大的我/我永远是说着母语在羊群中抬头望天的我/我的乌撒/我是你千万个儿子中，最柔弱的那个/是百草坪一块风化千年的石头/我前世的坚韧和脆弱/是该告诉/那吹过我胸膛的风吗/我的乌撒/我回来了/沿着祖先迁徙的脚步/顺着羊皮鼓的声音/顺着毕摩指向天空的手指。"①

这首诗从表面看，与本章前面部分论述中所列举的例证很相似，包括对彝族日常生活中意象的升格、对祖先和神灵的歌颂、想象与回归等。但是，诗人将诗歌命名为"梦回乌撒"，且对"乌撒"和"彝族"的抒情是交替存在的，这不仅仅是单独对诗人故乡乌撒的抒情，也不单独是对彝族这个共同体的抒情。如诗歌中的"祖先迁徙"，诗人将故乡、祖地、古代彝族社会和现代民族身份划分中界定的"彝族"紧密地联系在一起，这在贵州诗人创作中并不多见。试图整合这几重关系，是云南、贵州彝族诗人们新近的一个创作趋势。

安荣祥是贵州黔西县人，贵州的彝族——"安"姓，意味着明代中央政府的介入和管辖以及中原文明的输入。在明初，朱元璋赐"安"姓给贵州宣慰府的土司，因此当时的土司及其后代较多地接受了中原文化的熏陶，彝族古代较为出名的汉语诗人也有安姓。在安荣祥的诗歌中，能够看到汉语文化的古风遗韵和彝族文化的神秘质朴之结合。

"从黄河绕过长江/从长江上溯乌江/我都听到你江南的叠韵/采一回莲，拨一拨筝/轻唱一阕木兰花令/秉烛中秋/顾影自怜，比黄花更瘦……在你和你

---

① 苏升：《梦回乌撒》，《草海》2011 年第 2 期。

第一次幽会的密林里/一定窥视着困惑的猫头鹰/就算听不到惨烈的枭鸣/两种血液也潮起潮落，折磨着我/林中的枝丫无不战栗，如同你们的爱情/我转过身来，喊你们的名字/在犹豫中就此登岸/每一声的应答都露水显山。"① 可以看出，两种文化的碰撞和结合如此天衣无缝，在叙述"我"父亲和母亲的结合时，似乎折射出了父系的原生文化和外来中原文化相结合的内涵。

贵州新生代彝族诗人给贵州的彝族诗坛注入了新鲜的血液。值得一提的是，这种多元化的创作悄然发生在贵州多民族文学作品之中，它不仅是彝族当代诗歌发展的基本走向特征，亦是其他少数族裔当代诗歌发展中所呈现的一般特征。

三、凉山诗人群的创作特征

在这项正在进行的彝族当代诗歌研究中，每一章所列举的例证更多的是来自四川凉山籍诗人的作品，这是由于在当下的彝族诗人群体中，四川凉山籍诗人的数量远远超过了云南籍和贵州籍的彝族诗人数量。因此，在本节重新描述凉山诗人群的创作特征时，看似有些多余。然而，在一项完整的比较研究中，需要列举所有的可能性，所以笔者选择了一个在前文中并未提及却具有凉山籍现代诗群鲜明特征的诗人——马布杰伊（鲁顺高），四川会理人。

他有一首诗《我是一个彝人》："我是一个彝人，我真实的名字/应该是倮倮这个如此动听的名字/总让我兴奋得怎么也睡不着/你听，你只要仔细地听上一回/你就会听见那些原始的野性的真实的/东西就像源源不断的甘泉/源自这美丽的字眼——倮倮　所以/我以倮倮的名誉走在这世上/就算天高地厚我依然是我/好多个世纪风雨的路上/我从没忘记我是谁/我依然高举着我的火把/在通向远方的路上行走/我是一个彝人，我真实的名字/应该是倮倮　这个人始终没人企及/所有的人都只能把梦藏在心头/因为除了我这地地道道的彝人还没有/谁能抵达那快乐的故乡幸福的处所/如果谁要不顾劝告想要试上一回/那等着他的一定是无法想象的后果/我以倮倮的名誉走在这世上/拒绝一切漂亮的借口虚伪的说教/诚与真是我一生的座右铭/所以聪明人我最受不了/他们总认为别人的家的院里/栽的都是自己采来的花/我是一个彝人，我真实的名字/应该是倮倮，无论好多个世纪/过去了　无论经历多少风雨/我都知道我还会是我。"②

---

① 安荣祥：《水西传说——黔西诗文集》，北京：作家出版社 2011 年版。
② 选自发星先生给笔者的电子邮件。他欣赏此人的诗歌，并说明因为时间问题并未将之选入《独立》诗刊。

　　这首诗的诗歌品质，在色彩纷呈的彝族当代诗歌中，并无特别出色之处，然而笔者试图将这首诗歌当成一个突出凉山诗人创作特色的例证。他首先强调自己是"一个彝人"，和吉狄马加不同的是，他接着说自己真实的名字是"倮倮"，以此彰显异质性。前文提到，"彝族"这个词汇，源于 20 世纪 50 年代中央政府民族识别时的命名，在此之前，彝族人通常被称为"夷""倮倮""猡猡"等，新中国民族识别之初，政府认为这样的称呼具有蔑视少数民族的意味，决定将"夷"改作"彝族"。而在这首诗中，最出人意料的便是"倮倮"二字，诗人决绝地将自我的身份定义为一个消失了半个多世纪的符号，同时这又是一个古老的符号。在此笔者发现了诗人的矛盾之处，即无论是"倮倮"还是"彝族"，诸如此类的指称均是"他者"的话语指涉，而彝族人的自称"诺苏"才是对本族群的自我称谓。然而，诗人为什么会强调自己是"倮倮"呢？尽管在这首诗歌中存在着大量的矛盾和暧昧性，但我们依然可以发现这首诗歌中隐秘的反叛性和张扬的野性。之所以选取这首诗歌，正是由于它在某种程度上能够代表在当下尤其是 21 世纪以来的彝族诗歌中日益增长的民族性，尽管这种隐秘的民族本位趋向有时候会表现为语焉不详甚至自相矛盾的话语，但是我们无法忽视其存在和发展的态势。回望 20 世纪 80 年代初，在吉狄马加的诗作中，他反复强调"我是彝人"，这里的称谓显然源于 20 世纪 50 年代之后中央政府的命名，而在马布杰伊这首诗中，诗人表达了一种反向的认知观念，即有意识地排斥 50 年代以后民族识别时的命名。在凉山的彝族诗人群中，这种张扬民族本位性的写作路径并不是单一的。

　　例如，笔者注意到，凉山地区的诗人越来越倾向于运用彝汉双语的杂糅，在之前甚至 20 世纪 80 年代彝族汉语诗歌中，很少出现彝音的汉字，而在当下的彝族诗人创作中，很多诗人有意识地将汉语地名改成同样用汉文书写的彝音地名，因此所产生的疏离感似乎更能建构彝族的认同感。例如，"西昌"在一些诗人的笔下被写作"拉波俄卓"，如吉克·布的诗歌《无声剧》就有这样的诗句："多喧闹的拉波俄卓　多安静的拉波俄卓/有人上好妆容　等待繁华降临。"① 而"成都"在一些诗人的笔下则被写成"成都尔库"，例如，"在赶一列开往成都尔库的 782 次列车/我的父老乡亲/兄弟姐妹/你们为何要远走高飞/抛弃生你养你的故土"②。在 20 世纪 50 年代之前，凉山彝族地区依然处于相对封闭的状态，彝语中的西昌发音为"拉波俄卓""拉布恶咒"，而"成都尔库"则更有一层深意。"尔库"的发音在彝语中为汉语"城市"之

① 吉克·布：《无声剧》，引自其本人提供给笔者的个人诗集。
② 发星编：《〈彝风〉创办 10 年纪念专号（1997—2007）》，民刊。

意，诗人在作品中写到"成都尔库"，不仅在语言的置换上造成了疏离感，在话语的意涵中也设置了一重陌生感。

此外，凉山诗人群更偏爱使用彝文名字的落款和标注，即彝音的汉文，如吉狄马加、阿库乌雾，当然，大多数诗人的身份证和官方定义的户籍上是汉文名，但他们写诗时的落款大多署彝文名，可谓有意而为之。而云南、贵州地区的彝族诗人们在写诗时，往往不会刻意不写汉文名而署彝文名。

四、小结

在比较三省彝族地区诗歌的创作差异之前，笔者试图寻找一个问题的答案：浩如烟海的彝族古代典籍，现存的完整或整理版本大多集中在贵州一带，这归结于明清两代中央政府在西南所实施的土司制度，如贵州威宁的乌撒军民府、贵州大方的水西宣慰司等，整理文献典籍是中央政府统治、同化彝区的另外一个附属产物。然而，贵州地区的彝族当代文学创作却未因这样丰富的历史文化遗存而呈现出与此相称的生长态势，反倒是彝文典籍留存较少的四川凉山地区，[①] 其当代诗歌创作异彩纷呈。从表面上来看，这并不符合文学史的常态——当代创作的数量为何与本民族文化典籍留存的数量成反比呢？

首先注意到几大彝区创作差异的研究者是发星。他在《当代大凉山彝族现代诗选（1980—2000）》中写道："贵州与云南的彝族在几百年的汉化时光中，族称的符号只是一种符号……其骨子里的文化传承发生了巨大的变异。在彝族现代诗歌创作上，大凉山无疑是中国少数民族诗歌的一个高峰。在汉语表达的彝文化特色的诗歌语言中，许多感觉与文化深度与想象是大凉山彝人文化独具的优势，也说明着只有一个民族保留了古朴的文化方式与深厚底蕴，它的文化表达形式才具有特色与风味。"[②]

他在《〈彝风〉创办 10 年纪念专号（1997—2007）》中，如是讨论云南彝族诗人的写作："我至今以为云南诗人由于投身主流名誉而大大削减了他们的写作深度与写作生命……罗逢春作为彝族，虽然在汉化语境中消解了他语言中的族性色彩。好在其诗保留了乡村的朴素与宁静，使之对立于社会的恶浊与混乱，显出其心智灵魂洁白的价值，这也是中国农耕文明精华的气质所在，所以罗逢春的写作道路是对的，在他的语言中延续了中国文化传统的某

---

① 四川凉山地区的古籍多为毕摩世代相传的手抄经书。具体参考东人达：《彝文古籍与彝族史学理论评述》，《史学史研究》2005 年第 1 期，第 44 页。

② 发星工作室编：《当代大凉山彝族现代诗选（1980—2000）》，北京：中国文联出版社 2002 年版，第 2 页。

些好东西，是值得我们延传与保留的。"①

　　发星的论断，一方面凸显了凉山地区创作的高品质，另一方面认为"云南和贵州"已经失去了"文化深度和想象"，这样的定义既有其理由，又不失偏颇。"骨子里的文化传承的变异"未必就不会有"文化深度和想象"，只不过是在其创作过程中，转向了不同的路径。在上一节中，笔者提出，云南、贵州的彝族地区经历了土司制度和"改土归流"之后，大量文化典籍得以整理保存，然而原本的社会生活方式和生产方式有所改变，加上受中原文化的影响，从而产生了另外一种文化的杂糅性。而凉山地区一直保持着原初的生产和生活方式，在文化传承上也并未受到太多中原文明的影响，因此保持着彝族传统的世界观。但这样的差异性并不能证明，"族性色彩"是诗歌品质的评判标准。

　　巴索在 *Wisdom Sits in Places* 一书中提及"使地理经验得以形成，交流得以进行的那些共享的象征手段"②，发星所言的大凉山地域经验应该就是这种"地理经验的象征手段"，那么，李成生在诗中表述的关于禄丰或者其他云南彝族地区那些业已汉化的地方性经验，是被排除在这独一无二的象征手段之外的。

　　风景是一种活动的经验，不仅仅包含民族志的意味。现在回头来看发星关于云南彝族诗人的论述，他在评价诗人罗逢春的时候，用了"乡村的朴素与宁静"和"农耕文明"两个词语来表述风景。"农耕文明"和彝族传统的"山地文明"是完全不同的两套系统。发星以他者的眼光来审视和评价同样是彝族身份的罗逢春，赞扬他汉文明话语下作品中的"风景"，很是耐人寻味。

　　总而言之，转型期彝族汉语诗歌的内部，有着多元的细微差异性。地域的差异固然对诗歌的创作产生了一定的影响，然而综合来看，这一时期的彝族诗歌都有着民族意识觉醒和建构的成分，无论从审美上还是形式上，都与1949 年到 1980 年间的彝族汉语诗歌有着极为显著的差异性。

---

① 摘自发星编：《〈彝风〉创办 10 年纪念专号（1997—2007）》，民刊。

② BASSO，KEITH H. Wisdom sits in places. Albuquerque：University of New Mexico Press，1996.

第三章　转型期彝族汉语诗歌的生产机制

除了对诗歌的审美进行分类考察之外，还需要对诗歌的外部进行另外一重考察，才能够较为全面地看待彝族汉语诗歌的现状。本章将全面梳理考察转型期彝族汉语诗歌的生产机制。在对生产机制进行分类阐述之前，先对"生产机制"的对象进行定义。本书所提及的诗歌生产机制，是指转型期彝族汉语诗歌的发表机制、编选机制、传播形态等外在的生产形态。

首先，笔者将着重论述彝族诗歌的基本传播形态——期刊编选的传播形态。这项考察涉及公开出版或在期刊发表过的彝族诗歌，公开出版的彝族诗歌选集、公开出版物中所涉及的彝族诗歌，晚近出现的民间对诗歌的整理、收集以及编选的诗集等，并对这些分类加以比较。

其次，评奖机制研究也纳入对诗歌生产的考察之中，评奖机制研究涉及多种情况：中央政府和各个地方政府设立的诗歌奖项以及获奖的彝族诗人和诗歌，民间自发的评奖机制运作与获奖诗人诗歌。

本章的最后一部分将补充考察彝族诗歌生产中的其他传播形态，如网站发表、高校社团等。这一部分尤其重要，原因不难想象：网络向来都是一种迅速的传播工具，而政府对民族院校的大力扶持也间接影响了彝族诗歌的创作和传播——以西南民族大学（这是被彝族诗人誉为"彝族诗人的黄埔军校"的高校）为例——这是一个十分值得探讨的问题。

第一节　期刊编选与诗歌生产

彝族文学属于当代少数民族文学中的一个重要组成部分，因此在民族文学类期刊中，总是少不了彝族文学的身影。在国内，发表彝族诗歌的公开出版的文学期刊中，极具代表性的有《民族文学》《凉山文学》《金沙江文艺》

《山花》等。在此项研究中，笔者主要选取《民族文学》自 1981 年创刊至今三十余年间发表的彝族诗歌，三类曾发表彝族诗歌的地域性文学期刊（《凉山文学》《金沙江文艺》《山花》），以及部分民间诗歌刊物为研究对象，进行逐一细致的考察，来一窥彝族诗歌在公开出版期刊中所呈现的面貌，以及它们与民间编选诗集中所收集的彝族诗歌的差异性，[①] 并对期刊编选和彝族诗歌生产之间的关系进行总体关照。

一、《民族文学》中的彝族诗歌

《民族文学》是中国唯一的全国性少数民族文学月刊，这份期刊由中国作家协会主管，中国作家出版集团主办，1981 年创刊。该期刊主要刊载少数民族文学爱好者所创作的小说、诗歌、散文、报告文学、评论、翻译作品。

为了更加直观地了解这份期刊，以 2012 年的《民族文学》第 1 ~ 8 期为例[②] 进行观察。每一期的扉页都设置了一个栏目："卷首语"。而在这八期刊物中，其中第 2 期、第 3 期、第 4 期、第 5 期的卷首语都分别选取了三位蒙古族作者和一位彝族作者的散文作品，第 8 期的卷首语是一位维吾尔族作者的散文作品。这些不同民族的作者们，在短小精悍的散文中试图表达对民族的热爱和对国家性、世界性的恪守。第 1 期、第 6 期、第 7 期的卷首语分别是《实施文学精品战略——在中国作家协会第八次全国代表大会上的报告摘要》《办好〈民族文学〉少数民族文字版是时代的需要》《把加强学习、提高修养作为毕生功课》[③] 三篇文章。

在这八期刊物中，封底均为某一位民族作家的照片和简短评价。每本刊物的最后一个栏目，基本是有关民族文学方面的简讯。如 2012 年第 1 期的最后一页，是 "2011《民族文学》年度奖揭晓"，下面列举了评委会成员与年

---

① 在第二章中，为了着重考察转型期彝族汉语诗歌的创作浪潮和彝族诗人的主要创作特征，所选取的诗歌素材大多是来自非官方或者未公开出版的诗歌选集，也有民间编选并公开出版的选集。这样的做法虽然凸显了此项研究的重心，然而在调查对象结构上不够合理。因此本节中的考察重心将放置在主管单位为"中国作家协会"这一官方机构主持下的文学期刊发表机制上，亦会起到对第二章的研究进行增补的效用。

② 在此之前，《民族文学》这本专门发表少数民族文学的重要期刊已经出版了 365 期。在《民族文学》的封面上，写有"主管：中国作家协会，主办：中国作家出版集团"的字样。另外，在四周布满了烦琐的难以辨认何种民族的红色花纹的封面下方，写有"民族风格、中华气派、世界眼光、百姓情怀"等一行小字，这个口号恰恰与作为官方意识形态指引的"中国作家协会"相呼应。封面的底纹是灰色的少数民族文字，有维吾尔文、朝鲜文、蒙古文等，底纹上的图像，每一期都有所不同，一般为某个穿有自己民族服装的人，以及这个民族独有的图腾。

③ 篇末标注："节选自刘云山同志在与鲁迅文学院第 12 期少数民族中青年作家高级研讨班学员座谈时的讲话"。

度奖获奖作品和作家的名字，另外还公布了"庆祝中国共产党成立 90 周年'心连心'专辑征文"的获奖作品和作家名单。2012 年第 2 期的最后一个栏目，又刊发了"2011《民族文学》年度奖"终评委员获奖作品的评语。2012 年第 6 期的最后一页是两条简讯，包括"重温经典　再创辉煌——《民族文学》纪念延安文艺座谈会讲话发表 70 周年"和"民族文学杂志社党支部与重庆彭水文联党支部结对共建"等条目。从表面上看，列举扉页和卷尾栏目的信息与研究公开出版期刊中的彝族诗歌并无关系，实际上，这样的信息更加有助于读者明确《民族文学》期刊的出版和发表机制的导向。

在这八期期刊中，彝族文学的数量基本固定在每期选取一或两位作者，题材大多为诗歌，个别期也会有散文和小说。其中彝族诗歌的作品有：牧莎斯加的《天地的琴键》、赵振王的《目瑙纵歌》、阿苏越尔的《鹿鹿角巴的春天》和《阳光山脉》、俄狄小丰的《一只公鸡死去后啼叫》（外二首）、柏叶的《骑马走过故乡的山冈》（组诗）、普驰达岭的《乌鸦站在时间的另一端》（组诗）、吉克木呷的《似曾相识的人》（外四首）。这几首诗歌分别为云南和四川凉山的彝族诗人所作，三首和四首的比例构成了一个微妙的平衡性。事实上，《民族文学》很重视地域的平衡性，在 2012 年第 2 期中，还特意收录了"人口较少民族作品专辑"，其中包括鄂温克族、保安族、普米族、布朗族等族群诗人的作品。这并不是一个无关紧要的细节，因为是否注重地域的平衡性恰恰在某种程度上体现了刊物编选的导向性。

1981 年到 1990 年，《民族文学》刊登的彝族诗歌包括：李剑的《第五颗星星》，吉慧明的《凉山红了》（三首）、《凉山拾零》（六首）、《凉山风情》（三首），吴琪拉达的《彝寨记事》（二首），吉狄马加的《云南记忆》（组诗）、《土地抒情诗》、《一个彝人的梦想》（组诗），巴莫曲布嫫的《彝乡印象》（二首），柏叶的《大森林的女儿》（外二首）、《我的"度几嫫"》，王红彬的《故乡的童年》（外二首）、《星星在峡谷升起》（组诗），阿巴乌呷莫的《心》，矣向阳的《他和她》（外一首），张仲全的《一天的生活》（外一首），李阳喜的《土林，我的根》等诗歌。

在这里，除了吉狄马加、巴莫曲布嫫、柏叶这三位诗人曾经出现在彝族内部主流诗坛的期刊和选集中之外，其他诗人均未出现在彝族诗歌编选者的视线内。这构成了一个极大的反差，如果尝试探究他们不曾"出现"的原因，那就得从诗歌本身入手进行观察。

阿巴乌呷莫的《心》这样写道："最宽阔的是天地/比天地宽阔的是心/最

沸腾的是海/比海还沸腾的也是心/最曲折的是山路/比山路曲折的还是心。"①
这首诗如果放置在《当代大凉山彝族现代诗选（1980—2000）》中，显然不符
合其整体风格，按照彝族诗歌编选者们的观点，这首诗并没有"彝族特色"。
在考察了作者阿巴乌呷莫的创作生涯之后，不难发现，她是由彝文写作转向
汉语写作的。1985 年恰是她作品的转型期，和其他直接在学习汉文之后继续
接受高等教育的彝族诗人不同，她经历了彝文扫盲班的学习，也担任过村妇
女干部，她的底层生活经验和受教育经历都与西南民族学院等民族高校走出
的彝族学生截然不同，这首诗的发表也是她写作汉语诗歌的初期，诗歌品质
并不出众，但"扶植新人，刊登崭露头角的少数民族创作者的作品"恰是
《民族文学》杂志的宗旨之一。阿巴乌呷莫的出现刚好符合这一点。而在彝族
民间诗刊编选者那里，以强调民族性的诗歌品质为主，这首诗歌不受重视是
可以理解的。

　　1991 年到 2000 年，《民族文学》收录了以下若干首彝族诗歌：王红彬的
《老桥》（外一首）、霁红的《林中的思念》、李骞的《彝山》（外二首）、禄
琴的《太阳雨》（外一首）、杨继渊的《给高原》（外一首）、左进征的《岩
画及其它》、黑子的《火把》（外二首）、巴莫曲布嫫的《巴莫曲布嫫诗选》、
琼梦火木的《诗三首》、柏叶的《母亲》（外一首）等。

　　在左进征的《岩画及其它》中，他写道："未曾见过比这更好的栖息之地
了/我的同类、我的兄弟快活地打猎或忧伤地在山脚打着瞌睡/人们所处的山
岗下，满是五彩的蝴蝶/人们蜂拥起来，站在草皮上，走在大山中，用弓箭挽
救落日，抵抗不幸和苍白/日、月和天空/沐浴或照耀着空旷的原野/岩画上，
我看见古老的文字在暗暗流泪。"② 云南保山的彝族诗人左进征在这首诗中表
现的不仅仅是一幅唯美的图景，在彝族人世居的祖地，人们在打猎或者在休
息，然而这不是一种平静的常态，因为他们需要"用弓箭挽救落日""抵抗不
幸和苍白"。这似乎在喻示着一个族群的渐渐远去，与此同时，古老的文字也
在暗自流泪。这位彝族诗人怀着深沉的忧伤在书写，然而这种忧伤依然是甜
蜜的感伤，否则不会被作为官方刊物的《民族文学》刊登。换位来讲，民刊
对这种诗歌同样接受，当然，更加突出感伤情绪的彝族诗歌会获得更高的接
受度。

　　2000 年至今，《民族文学》收录了若干首彝族诗歌，其中最具代表性的
是柏叶的长诗《唱给党的歌》。他写道："铁锤在一双普通工人的手里/你能砸

　　① 阿巴乌呷莫：《心》，《民族文学》1985 年第 4 期。
　　② 左进征：《岩画及其它》，《民族文学》1994 年第 9 期。

碎的是一堆瓦砾/或者一堵残破的土墙/在亿万双工人的手里/你砸碎的是一个陈旧的世界以及一群强盗的美梦/铁锤呵，要说你有多重/一个人便能举起来/要说你有多轻/无数英雄竟为你折了腰/铁锤呵，在我心中你是一个阶级的代表/你是一个理想的火焰/……你沉重的撞击声时刻惊醒着迷途的灵魂/时刻惊醒着昏睡的历史/你沉重的撞击声永远回荡在祖国和平的蓝天/永远回荡在无数峥嵘的岁月/铁锤呵，你可听见了一个古老民族走向明天的脚步声/你可听见了花丛中鸟儿的啼唱/稻香里醉人的歌声/……我是农民，镰刀是我的生命不可分割的组成部分/我要用手中的镰刀/收割大地上成熟的秋风……"①

诗歌发表于 2001 年《民族文学》第 7 期，那一期出刊时间是 7 月份，时值中国共产党建立 80 周年，因此第 7 期编辑部以庆祝中国共产党建党为主题特意组稿，许多少数民族诗人和作家歌颂共产党的稿件都在其中，包括铁木尔·达瓦买提、艾克拜尔·吾拉木、伊明·阿布拉的《心声》（外二首），包玉堂的《威名震敌胆豪气壮山河》，高深的《七月》，艾勒坎木·艾合坦木、伊明·阿布拉的《伟大的一天》，晨宏的《我想起了许多人和事——献给中国共产党建党 80 周年》，海热提·阿布都拉、伊明·阿布拉的《我是共产党员》，密英文的《辉煌——写在党的八十岁生日》（组诗），那家伦的《高原与世纪的交响诗》，白涛的《光辉年代》（外二首），关劲潮的《一把崇高的镰刀——献给靳月英的诗》，图尔逊穆罕默德·帕哈尔丁、伊明·阿布拉的《心灵的宣言》，蒙根高勒的《唱给你听》，杨朝东的《热土》（组诗）等作品。

从上面所列诗歌来看，彝族诗人柏叶关于歌颂中国共产党的富有激情的抒情诗《唱给党的歌》颇为主流。值得一提的是，诗中描述"工人"的部分是具有普世价值的。不管是聂鲁达的诗歌，还是马克思主义，都曾经强调工人的价值，这个"工人"可以看成是世界各国的工人，不仅仅是中国的工人。诗歌的多义性由此延展开来。在这里，作为国家级、体制内的《民族文学》期刊是鼓励进行中华民族多元一体建构的，因此诗歌的多义性可以在《民族文学》里得到共鸣。如果在地域性的彝族民刊（尤其是诗歌刊物）中，出现一首歌颂"古老的民族"的诗歌，一般是指自己所在的族群。

总体来看，《民族文学》关于社会意识形态方面的导向性较强，既注重地域平衡，又注重新人新作。然而，我们还是能够看到《民族文学》发表的彝族诗歌，与 20 世纪 80 年代之后的彝族民间诗歌创作浪潮方向的差异性。这种差异性不仅体现在诗歌的题材和内容中，还体现在意识形态对诗歌的作用

---

① 柏叶：《唱给党的歌》（四首），《民族文学》2001 年第 7 期。

和介入等方面。另外，尽管云南和贵州的诗人们在《民族文学》的入选者中，所占的比例与凉山地区的诗人大致相同，但对实际创作者数量的调查显示，四川凉山地区的诗歌创作者数量更庞大，而且凉山地区富有集结性的诗歌创作与《民族文学》的编选导向和意识形态有着一定的差异性，加上《民族文学》注重地域平衡的编选特征，导致四川凉山彝族诗人没有更多地出现在公开出版期刊的版面上。①

二、三本地方文学期刊

这里所指的地方政府主办的文学期刊是《凉山文学》《金沙江文艺》以及《山花》。因为这三本期刊分别创办于四川凉山、云南楚雄、贵州贵阳，基本能够代表三大彝族地区的主流公开出版文学期刊的面貌。

《凉山文学》于 1980 年创刊，是凉山彝族自治州文联发行的文学期刊，分为汉文版和彝文版②。由于语言的局限性及研究对象的精准性，本书将选取汉文版作为研究对象。《凉山文学》每期的封面较为类型化，大致分为风景、人物、抽象画三种。当封面为风景的时候，一般以高山、高原的摄影作品为主，表现的都是凉山地区的地理景观；当封面为人物的时候，多为彝族人物的肖像画，身着彝族服装，或者是火把节的众生相；当封面为抽象画的时候，大多为彝族人崇尚的黑、红等几种鲜艳的颜色，以及彝族的图腾等象征性符号。

在诗歌的编选方面，《凉山文学》中的彝族诗人作者较为密集，这是由期刊的地域性所决定的。根据凉山彝族自治州的数据，凉山州有彝、汉、藏、回、蒙古等 14 个世居民族，总人口 487.25 万，其中彝族人口占 50%，约 243.625 万。③尽管彝族、汉族作者的比例构成较为合理，但颇有意思的是，在这本期刊里能看到许多在庞大的彝族诗歌创作群体中较不常见的创作内容和题材。

如在 2005 年第 4 期的《凉山文学》中，汉族诗人黄亚洲的诗歌《凉的山，暖的家——〈长征路抒怀〉之三》被刊载。这首诗与 20 世纪 80 年代以来其他彝族汉语诗歌相比，题材并不常见。诗人如是写道："真的是有了回家的

---

① 2016 年 7 月，笔者赴位于北京后海的《民族文学》编辑部与编辑石彦伟进行了访谈，他坦陈期刊编选也需要一定的创作者群体互动，而四川凉山地区的创作者们很少主动与编辑部保持长期的联系。

② 其中《凉山文学》彝文版是目前国内唯一公开发行的彝文文学期刊，《凉山文学》彝文版为季刊，每季末出刊，开设有诗歌、小说、散文、翻译、学生园地、民间文学、评论、艺术园地等栏目。

③ 《凉山概览》，凉山彝族自治州政府网站，http://www.lsz.gov.cn/lsgl。

感觉/可以打碎所有脚底的水泡/挤出湖南的水/翻转全部磨破的胶鞋/倒出贵州的沙/留下三百块银元/留下两百条枪/再留下一面'彝民支队'军旗/大小凉山，一夜成为神话/毛泽东也笑呵呵地坐下/坐一张枣红色木床/床的另一头，坐下的是果基家的头人/还没掏心透肺说上两句话/彝山就顿飘饭香/彝水已吼叫唢呐/整整七天七夜，仿佛是一次探亲假/挥别时分，三万双手/搅乱一天云霞/再往后，延安、西柏坡、北京/全是日日夜夜的牵挂/凉的山，暖的家。"①

这首诗与众不同的显著特征在于诗人将早已被遮蔽的"北京—边疆"模式②重新启用。当大多数彝族诗人将民族本位性作为诗歌创作的内核，并在诗歌中建构一个自足的"彝族"空间的时候，这位籍贯浙江的汉族诗人却在《凉山文学》上发表了这样一首关于"红军长征"题材的诗作。具体的历史原型在这里就无须详细追究和赘述了，然而，不难看出《凉山文学》期刊主旋律的选材需求和追求民族团结的指导思想。

又如在 2012 年第 1 期的《凉山文学》中，彝族诗人马黑尔哈的诗歌《西烟赋》也显得与众不同。"八百里凉山，结构二元；贫困始然又物产丰兮，荞花烂漫，更盛产黄金叶，质优扬中华，堪与津巴布韦烟叶媲美，全国'清甜香'烤烟基地崛起。阳光厚爱，雨露滋润。西烟厂拔地而起……壮哉！西烟，伟哉！扶贫除困之'造血功能'大大增强。时光荏苒。西烟人抓住战略机遇，顺应改革大潮，汇入川渝中烟航母话旗下……"③这位彝族诗人不仅用汉语写作，还使用了赋的体裁和格式，来歌颂西昌的轻工业建设。在本书的考察对象中，类似的诗歌极少出现。将工业化的具体内容纳入诗歌创作中，可谓少之又少。另外，采用汉族古典体裁写作的情况在当代彝族诗人的汉语写作之中也很少见。

在考察了《凉山文学》之后，《金沙江文艺》也被纳入考察的对象之中。《金沙江文艺》创刊于 1978 年，比《凉山文学》早两年。这本期刊由云南楚

---

① 黄亚洲：《凉的山，暖的家——〈长征路抒怀〉之三》，《凉山文学》2005 年第 4 期。

② 姚新勇在《族群冲突与认同危机——当下中国"民族问题"的思考》一文中提及："只要打开五六十年代少数民族的文学作品，可以很容易地看到，众多的少数民族诗人们，与汉族人民一道放声歌唱，歌唱社会主义祖国、歌唱党、歌唱领袖：颂歌向着北京唱；金沙江畔的山寨风云、西藏农奴的翻身解放、草原烽火的惊心动魄、戈壁边疆的建设者之歌、到边疆去到祖国最需要的地方去的种种激动人心的故事，紧紧地将北京、内地与边疆联系在一起：条条大路通北京。就这样，一个'北京—边疆—世界'的空间结构，就诗意地建构于全国各族人民的脑海中了。在这一民族国家的想象空间中，北京是中心，边疆是不可分割的附属，两者构成了高度凝聚的自足的一体，而世界则成为最为边缘的可有可无的存在。"

③ 马黑尔哈：《西烟赋》，《凉山文学》2012 年第 1 期。

雄彝族自治州文联创办，性质与《凉山文学》相同。"《金沙江文艺》为国内外发行的公开刊物，30 年来，坚持以地方特色、民族特色为主要内容的办刊方针，以培养本地作者为己任，造就了一支文学创作队伍，他们是彝族作者袁佑学、普显宏、吉霍旺甲、基默热阔、毕继爱、李友华、杨翠芳、张学忠、张彦英；傣族作者杨志光；壮族作者高枫；苗族作者罗正昌；傈僳族白正学等……《金沙江文艺》从 1978 年创刊至 1989 年第 2 期的十年间，共出刊 53 期，发表少数民族作者的作品 357 篇，各少数民族作者 166 人，其中彝族作者 93 人，作品 217 篇。一些作者，成为本民族第一代或第二代的作家，在民族内部产生了很大的影响。"① 简介中提及，1978 年到 1989 年间，彝族作者 93 人，作品 217 篇。笔者对 2005 年到 2013 年的《金沙江文艺》进行考察，发现彝族作者的数量大大减少。而且，在发表作品的时候，刊物也没有着意注明族别。

　　其中，汉族诗人杨洪昌和薛鲁光的诗歌引起了笔者极大的注意。杨洪昌曾在《金沙江文艺》上发表了《日落印象》（外二首）、《金沙江》（组诗）、《杨洪昌的诗》、《恩情时代》（组诗）等诗歌。② 薛鲁光曾在《金沙江文艺》刊物上发表了《楚雄遗韵》、《彝州情》、《爱美的园丁》（外四首）等诗歌。如果不看他们的族别，就很容易认为这是两位彝族诗人，因为他们的诗歌题目充满了彝族色彩，实则不然。如果说杨洪昌对彝族地区的热爱是由于他是生长于本地的汉族诗人的话，那么薛鲁光对彝族的热情就显得较为奇特了。这两位都是在《金沙江文艺》上较为活跃的诗人，而在 2005 年以后，在《金沙江文艺》上发表诗歌的彝族诗人并不多。根据阿索拉毅对彝族诗人档案的统计以及楚雄师范学院教师杨荣昌提供的诗人资料，在云南楚雄诗坛较为活跃的彝族诗人有李阳喜、王红彬、尹辅军、刘存荣、米切若张、李成生等人，这几位诗人大多在《民族文学》上发表过作品，却很少在《金沙江文艺》上发表作品。可见，《金沙江文艺》对选稿有着自己的原则和一定的宽容度，编辑部并不想局限于本地的少数民族诗人，而是向全国的诗坛看齐，收集更广地域的诗人和作品，并对讴歌本地区经济、文化、风俗的作品极为重视。

　　再来对贵州文艺期刊《山花》进行考察。《山花》为文学月刊，前身是 1950 年创刊的《新黔日报》的副刊《新黔文艺》，1957 年更名为"山花"，反复中断更名后，1979 年 1 月恢复刊名"山花"延续出刊至今。在复刊词

---

① 《金沙江文艺》简介，百度百科，http：//baike. baidu. com/view/538274. htm。
② 这几首分别发表于《金沙江文艺》的 2008 年第 4 期、2009 年第 3 期、2010 年第 2 期、2011 年第 2 期。

中，编辑提及以后的刊登原则："贵州是一个多民族的地区，有着勤劳勇敢的人民，可歌可泣的历史，明媚俊秀的山川，绚丽多彩的风物，还有非常丰富的民族民间文艺蓄藏。这些都需要我们的文艺创作者挥动革命的彩笔，去描绘，去发掘……"①

这段话表明了贵州地域性的创作特色和方向——少数民族民间文学和文学创作。按照这个原则来遴选作品，《山花》成为多民族文学百花齐放的园地。果不其然，从 1980 年开始，《山花》就大量发表当地少数民族作品，如纳西族、彝族、苗族文学创作者的作品，还在当年第 5 期和其他八省区文艺期刊（如《飞天》《新疆文学》等）联合发布广告，征集多民族的文学作品。此时的社会文化背景是全国少数民族文学创作会议的召开。1980 年 10 月，《山花》还编发了少数民族文学特辑。1980 年到 1983 年间，《山花》刊发的作品甚至超越了省内少数民族的范围，延伸到蒙古族、满族、维吾尔族等文学创作。1985 年以后，《山花》逐渐不再以专辑的形式刊发少数民族的作品，而是和汉族创作者的作品一起刊发。到了 90 年代，《山花》进行大幅度改版，不再着意关注少数民族文学，即使刊发他们的文章，也很少再注明族别。② 这点与《金沙江文艺》极为相似。不再注明族别意味着不再主动强调这是少数民族作品的"专用练兵场"，从而实现刊物的自我转型。

三、民间诗歌编选的起源与兴盛

发星首先进入民族文学研究者的视野，大约是在《当代大凉山彝族现代诗选（1980—2000）》的出版之时。在这本诗集里，读者第一次能全方位地领略到彝族诗歌的精妙之处，这不仅仅是某个诗人的才思，更是一个族群（大凉山的彝族同胞）创作的全景式展示，当然，在后来的诗歌编选者那里，似乎能看到这本书在某种意义上具有的地域局限性，但是这样一本先驱之作在当代少数民族文学领域的地位和意义依然值得肯定。

发星，这位自称彝族的四川诗人，在阿索拉毅的《中国彝族现代诗人档案》中被如是介绍："发星，1966 年生，四川大凉山彝人，'地域诗歌写作'提出者与践行者。民刊《独立》《彝风》主编。编有《21 世纪中国先锋诗歌十大流派》《21 世纪中国彝族现代诗 30 家》《当代大凉山彝族现代诗选（1980—2000）》《中国边缘民族现代诗大展》《中国民间现代诗歌运动简史》

---

① 本刊编辑部：《待到山花烂漫时——致读者、作者》，《山花》1979 年第 1 期。

② 对《山花》的考察参考自陈祖君：《汉语文学期刊影响下的中国当代少数民族文学》，北京：中国社会科学出版社 2009 年版，第 201 – 266 页。

《大地的根系——地域诗歌：从理论到文本》《中国诗人漂泊精神史》《黑色群像——独立自由行走者访谈录》等。著有《四川民间诗歌运动简史（1963—2005）》《地域诗歌写作论纲》《彝族现代诗学论纲》等。有作品入选《中间代诗全集》《中国民间现代诗人20家》《21世纪中国诗歌年选》等数十种诗集。现居日史普基。"①

在发星本人发表诗歌的自我简介中，他通常会用尽量简短的语句介绍自己，诸如"发星，当代彝族人，通信地址：四川普格县农机厂"之类，正如学者姚新勇所言："就是在这样不起眼的生存环境中，发星却以一人之力集十年之韧性，操持着两份民间刊物……"② 事实上，发星确实如此，就像一位躲在隐秘圣地里孜孜不倦的读经者，能够收集到彝族诗人以及其他少数民族诗人（他称之为"边缘民族"）的诗歌，并且将其呈现在读者面前。

这里有必要进一步阐明发星所倡导的"民间诗歌运动"，在他所编选的《独立》10周年纪念专号里，他在《中国民间现代诗歌运动简史》中开宗明义地指出："建国后的民间现代诗歌运动在20世纪80年代开始至90年代至21世纪的前五年，出现了两次高潮，此前的50、60、70年代的北京、上海、成都、贵阳也开始出现过局部的地下诗人们，但燃极全国的热潮还是从20世纪80年代开始。"发星在自己主编的这部简史里，不仅亲自撰写了四川民间诗歌运动的部分，还集合了诸多诗歌评论者关于上海、广西、湖北、湖南、山东、浙江、福建、河南等地域民间诗歌的评介，以及一篇关于民间诗刊现状的论述。这样的地域分布显然赐予了"中国民间现代诗歌运动"较为全面的材料和重量。

这里需要着重解读关于发星所撰写的《四川民间诗歌运动简史（1963—2005）》，因为这部简史不仅能够帮助我们看清转型期彝族现代汉语诗歌的生长环境，而且能从一个侧面反映出转型期彝族诗歌之于中国当代诗歌的意义和地位，彝族诗歌的发展毋庸置疑在中国当代诗歌的版图之内，并且伴随着民间诗歌的生长而日益丰富起来。

四川民间现代诗歌运动，是指发轫于20世纪80年代初（甚至更早60年代、70年代）至21世纪初，以成都、西昌为中心，以南充、绵阳、重庆、内江、阆中、广元、自贡、宜宾、会东、普格、成都西南民院为影响缘带，由李亚伟为主将掀起的"莽汉主义"；宋渠、宋炜、石光华、杨远宏为主将掀起

① 阿索拉毅：《中国彝族现代诗人档案》，未出版，电子资料，2012年。
② 姚新勇：《"半个月亮"爬上来：一个汉族诗人和他的兄弟诗胞》，《南方文坛》2011年第5期。

的"整体主义";廖亦武、欧阳江河为主将掀起的"新传统主义";尚仲敏、燕晓东为主将掀起的"大学生诗派";杨然为主将掀起的"第三代人";雨田为主将掀起的"净地";翟永明、柏桦、钟鸣等人为主的"四川七君";周伦佑为主将掀起的"非非主义";胥勋和为主将掀起的"山海潮诗社";晓音为主将掀起的"女子诗报";谢崇明、周凤鸣为主将掀起的"二十世纪现代诗人";袁勇为主将掀起的"阆苑""中国火鸟诗社""诗研究";阿苏越尔、晓河、晓夫……为主将掀起的"山鹰魂";秦风、杜乔为主将掀起的"声音";胡应鹏、文康、祥子为主将掀起的"十三月";陶春为主将掀起的"存在";孙文、吕叶、史幼波为主将掀起的"诗镜";范倍为主将掀起的"终点";张卫东、张哞为主将掀起的"人行道""在成都";发星为主将掀起的《独立》"地域诗歌写作";哑石、席永君为主将掀起的《诗歌档案》……

在这里,发星显然将彝族的现代诗歌大潮与中国当代民间诗歌运动联系在一起,这有助于我们客观地看待彝族诗歌的生长环境。20 世纪 80 年代初,正是彝族诗人吉狄马加进行早期创作的时代,他的作品为转型期彝族诗歌揭开了帷幕。然而,发星看待吉狄马加的诗歌的态度,却十分耐人寻味。他认为:

吉狄马加的一举成名……给后来的写作者的影响是巨大的……从另一个角度改写着民族文学的历史,它是整个中国当时少数民族文学的一个觉醒、超越和提升……彝族文学有了强烈的现代意识,从他开始写作的时候,就站在了现代的先锋意识之中,进入到一个崭新的文学领空……摆脱以前文化主流所笼罩的那种民歌加传说、神话虚拟的颂歌形式以及汉语言铺垫的所谓民族抒怀……虽然现在看来,吉狄马加的诗歌写作没有朝我们希望的方向推进,但这个局限也被后来者们不断地修改……①

发星在这段话中,点明了两重含义:第一,他对吉狄马加对转型期彝族汉语诗歌的开拓做出了肯定,这是一个民间诗歌运动的策划者对一个先驱者的中肯评价;第二,他在最后一句话中所表达的含义耐人寻味:"我们希望的方向"是指何种方向?吉狄马加的诗歌创作高峰和闪光期的确是在二十世纪八九十年代,然而,其后期诗歌的走向显示出民族性和世界性的成分在其诗

① 发星工作室编:《当代大凉山彝族现代诗选(1980—2000)》,北京:中国文联出版社 2002 年版,第 3 页。

歌中的比例发生了改变，发星显然是在说吉狄马加在其后的写作中不再或很少强调"彝人"。

由此可见，发星是民间诗歌运动的发现者、歌者，也是边缘民族诗人创作的编选者、推动者，他颇具先驱者色彩的举动为彝族诗歌在更大的地域范围内传播增添了一种推动力。然而，这种推动力是有着导向性和选择性的，例如他注重对民族意识的强调，因认定吉木狼格的诗歌"不存民族之根"而将其排除在"当代大凉山现代诗群"之外。

不难发现，《民族文学》等官方的公开出版的文学期刊，在编选诗歌的过程中重视地域的平衡性，并不会着重强调某一地域，即便是《凉山文学》《金沙江文艺》和《山花》这三份期刊，也不会着重发表本地彝族诗人的诗歌作品（尤其是后两份），而发星的编选工作则恰恰相反，有着自由的选择性和导向性。

继发星之后，以阿索拉毅为代表的青年诗人们也收集和编选彝族的当代诗歌。阿索拉毅在他编选的每一部诗歌档案中，都在首页标注同样的一段话："为了方便相关专家、学者、诗人们交流和研究彝族现代诗派的便利，本人决定建立中国彝族现代诗歌资料馆，该馆主要收集整理彝族诗人诗集（实物），包括诗集复印件、诗刊、电子诗集、诗论、彝族古代诗等相关彝族诗歌资料，欢迎大家捐赠。该馆还将策划制作推出彝族诗人馆藏丛书诗集系列，以保存当代彝族诗人优秀作品，丛书作为中国彝族现代诗歌资料馆内部资料。"[1]

2012 年 9 月到 11 月，阿索拉毅进行了一项彝族诗歌"全集"（即《中国彝族当代诗歌大系》，现已公开出版）的编选工作。这本诗集较前四部较大规模的诗歌选集来说，更能体现"整合"在民族认同中的作用和地位。编者当时将这本诗集命名为"中国彝族现代诗全集（1980—2012）"，书名本身彰显了诗集所涵盖的彝族诗人的范围：均来自云南、贵州、四川三地，写作时间均在 20 世纪 80 年代以来的 30 年间（编者所谓"现代诗"），无论教育背景的中国彝族诗人。这本诗集共收录了 140 位彝族诗人的作品，如此庞大的诗人群体和作品需要一个合理的分类。

编者按照诗人的年岁、性别、教育背景、呼声程度等各种因素将其分成十四大类，并在每一类十位诗人的作品之前附上对这十位诗人的评论。这十四个大类被命名为诺魂系、诺骨系、黑巫系等。诺魂系是编者列出的第一类诗人。诺魂，顾名思义，彝族之魂。这些被称为"诺魂"的诗人，大多同样出现在发星于世纪之交编写的那本《当代大凉山彝族现代诗选（1980—

---

① 阿索拉毅：《中国彝族现代诗人档案》，未出版，电子资料，2012 年。

2000)》中，比如吉狄马加、阿库乌雾；当然也有不曾出现在发星那本诗集中的，比如吉木狼格。在《当代大凉山彝族现代诗选（1980—2000）》出版的12年后，阿索拉毅对筛选"彝族"诗歌的宽容度有所提高，他将吉木狼格的诗歌收录在内，当然，他收录进来的这几首诗中彝族元素的痕迹略微可见。这样的状况表明，阿索拉毅的编选尽管较12年前的编选者而言更宽容，但是他和发星的方向都是注重"彝族"身份的诗人对彝族元素的表达和彰显，在这一点上，两位不同代际的编选者是高度一致并且殊途同归的。

　　另外一个证明编选者宽容度提高的例证便是诗人孙子兵的入选，在第二章末尾提到的诗人孙子兵，是贵州彝族人。虽然他是彝族身份，但他的生活方式和对待族属身份的态度与大多数彝族诗人有着很大的差异，这与其自身居住的汉化地理环境有很大关系。然而，阿索拉毅的编选证明，诗歌编选机制的宽容度提高了，可以接纳单纯具有民族身份的诗人，亦是一种多元化的文化认同态度。正如主流汉语文学需要承认少数民族文学是多民族文学的重要组成部分一样，一个族群内部的文学评价体系也需要认同仅仅具有民族身份的诗人，"允许"这样的诗人以及他的书写可以超越单个民族的思考。

　　彝族诗人沙马在给学者姚新勇的回信中提到："我与其他彝族诗人一样，可能共同面对的是身份与文化的双重焦虑，民族性于诗歌是否是最重要的？过分强调'民族'也许正是歧路的开端？另外，山地文明已经被反复强调与抒写，诗意在落后状况下的显现是否是一种逃避？"①

　　根据论文的发表时间（2007年初）推测，沙马提出这个颇有意思的疑问应该是在2005年到2006年间。现在看来，当下的彝族诗歌生态场恰恰能够给沙马的疑问以多重面向的回应。"诗意是否是一种逃避"这样的疑问也可以在一群"80后"彝族青年诗人的作品中找到回应，他们或许在诗歌中表达城市和彝族乡村之间的异质性，或许在诗歌中描绘彝族乡村社会并不浪漫和美妙的一面，或许直击社会问题，或许带有打工诗歌的内容……这一切恰好丰满了原本被沙马质疑的单纯带有"诗意"的彝族诗歌创作。

　　而沙马认为的"过于强调民族性"的彝族诗歌，现在的编选者和推动者们正以热火朝天的姿态继续进行。事实上，民间选刊的弱点恰恰在于其影响力带来的合作式、导向式的单一性写作。这样的弱点也不仅仅发生于彝族以及其他少数民族诗歌编选中，在汉族文学刊物编选中也时有发生。罗执廷曾经指出："文学选刊在当代文学场中成为读者追随、作家看重、评论界关注的

---

　　①　此信内容引自姚新勇：《寻找：共同的宿命和碰撞：转型期中国文学多族群及边缘区域文化关系研究》，北京：中国社会科学出版社2010年版，第160页。

重要媒体……选刊起到了将复杂的文学状况简化的作用，经过选刊的筛选，使得文学接受者得以把握文学的现状和动向……赋予了选刊发挥影响力的合法性和有效性。选刊的这种权力尤其突出地表现在对作家的创作和对原创型文学刊物的用稿、办刊方向的影响与支配方面。也正是通过这种路径，选刊有效地影响了当代文学的生产。"①

由此可见，彝族诗歌编选者们同样影响和引导了彝族诗歌的生产。值得一提的是，《人民文学》《民族文学》等期刊在彝族诗人群体中的认同度并不比民刊高，原因是主流意识形态的引导并不强调民族性，恰恰相反，其更具有强调民族团结等意识形态的特点。而民刊因其对民族性的强调和集结而在转型期彝族诗人的心目中有着极深的印象，民族性在期刊编选中成为一种符号资本，这样的资本随即转换为隐形的话语权。这样的话语权通常存在于编选者的导向中，他们会在导言里说明诗歌选集的目的和愿望，而越来越多的诗人投入到书写彝族"本色"的浪潮中去。

除了本节列举的《民族文学》、云贵川三份主要文学期刊以及彝族诗歌民间刊物之外，还有一个值得注意的诗歌现象发生在报纸媒介上——《凉山日报》在副刊上推出了"凉山彝族诗人展示"的版面。起初，这一版只针对凉山本土作家和诗人，后来，《凉山日报》的副刊决定对国内所有的彝族作家、诗人进行一次较为全面的展示，于是版面改名为"中国彝族诗人展示"。2012年4月，第一个推出的"中国彝族诗人"专版是介绍中国社会科学院学者普驰达岭的。在此之前，该专版曾推出居住在凉山州或者四川省境内的阿库乌雾、海讯、鲁娟、诺尔乌萨、沙辉、阿克鸠射等八位具有实力的彝族作家、诗人。颇有意味的是，2013年3月，致力于民间诗歌编选的阿索拉毅也第一次被官方的期刊、报纸纳入被介绍、宣传的彝族诗人行列。

这样如火如荼的诗歌发表机制和活动对彝族的知识分子而言是一种巨大的推动力。第四章将会分析两类知识分子对社会文化活动的推动，他们分别以不同的方式在不同的进程中发挥着作用。

第二节　评奖机制与诗歌生产

尽管彝族诗歌的生产很大程度上并非取决于评奖机制，但因评奖机制及

---

① 罗执廷：《文选运作与当代文学生产——以文学选刊与小说发展为中心》，广州：暨南大学出版社2012年版，第209页。

其话语导向而产生的诗歌却颇具研究价值。中央政府对少数民族采用的文化政策中便有对文学创作的奖项设置，比如全国少数民族文学创作"骏马奖"以及其他地方政府对本地少数民族文学创作的奖项设置。

一、"骏马奖"

全国少数民族文学创作"骏马奖"设长篇小说奖、中短篇小说奖、诗歌奖、散文奖、报告文学奖、翻译奖。在评奖条例里，可以看到这样的说明："全国少数民族文学创作'骏马奖'是由中国作家协会、国家民族事务委员会共同主办的国家级文学奖，旨在体现党和国家的民族政策，推动中国少数民族文学的繁荣发展和各民族文学的交流融合，促进中华民族的大团结……以马克思列宁主义、毛泽东思想、邓小平理论和'三个代表'重要思想为指导，深入贯彻落实科学发展观，维护祖国统一、民族团结，遵循文艺为人民服务、为社会主义服务的方向，贯彻'百花齐放、百家争鸣'的方针，体现社会主义核心价值体系的要求，弘扬主旋律，提倡多样化，鼓励贴近实际、贴近生活、贴近群众，坚持导向性、公正性、权威性，努力推出体现民族文化多样性、反映我国各少数民族精神风貌的优秀作品。"①

这个条例的用语表明了中央政府对待少数民族文学创作的话语立场，即"体现党和国家的民族政策""中华民族的大团结""社会主义核心价值体系""坚持导向性"等。

彝族作家李乔的短篇小说《一个担架兵的经历》、苏晓星的短篇小说《遮荫树》、普飞的短篇小说《山路崎岖》、阿良子者的散文《妞妞和她的月琴》获第一届"骏马奖"；苏晓星的短篇小说《人始终是可爱的》、吉狄马加的短诗《自画像及其它》获第二届"骏马奖"；倮伍拉且的诗歌集《大凉山抒情》获第三届"骏马奖"；贾瓦盘加的彝文小说集《情系山寨》、吉狄马加的诗歌集《一个彝人的梦想》、倮伍拉且的诗歌集《绕山的游云》、李乔的报告文学集《彝家将张冲传奇》获第四届"骏马奖"；倮伍拉且的诗歌集《大自然与我们》、巴久乌嘎的小说《阳坡花》获第五届"骏马奖"；阿蕾的小说集《嫂子》、时长日黑的小说集《山魂》、禄琴的诗歌集《面向阳光》获第六届"骏马奖"；沙马的诗歌集《梦中的橄榄树》、米切若张的散文集《情感高原》、阿牛木支的彝文文学评论集《当代彝文文学研究》获第七届"骏马奖"；贾瓦盘加的彝文小说集《火魂》、杨佳富的报告文学集《中国大缉毒》、李骞的

---

① 《全国少数民族文学创作"骏马奖"评奖条例》，《文艺报·周四版》2008 年第 8 期。

理论评论集《现象与文本》获第八届"骏马奖"；俸伍拉且的报告文学《深山信使王顺友》、黄玲的理论评论集《高原女性的精神咏叹：云南当代女性文学综论》获第九届"骏马奖"；木帕古体的彝文诗歌集《鹰魂》获第十届"骏马奖"。

在对往届"骏马奖"的彝族获奖者的考察中，笔者做了一项关于地区分布的统计：

表 3 - 1

地域	云南彝族	贵州彝族	凉山彝族
人数（位）	7	4	13

表 3 - 2

文体	散文	小说	诗歌	报告文学	理论评论
数量	2	9	8	3	3

表 3 - 1 是对彝族获奖者地域分布的统计，由此可见彝族获奖者中凉山地区最多，达 13 位，贵州最少，仅有 4 位。客观来说，这个比例与当代几大彝族地区的文学发展和创作现状基本相符合，没有太大的出入。

表 3 - 2 是对文体分布的考察，我们可以遗憾地发现，获奖的彝族诗歌数量少于获奖彝族小说的数量——这是十分令人讶异的情况，因为在彝族当代文学创作中，诗歌无论从数量上还是品质上都远远超过其他文体，与获得"骏马奖"的文体比例完全不匹配。仔细分析这一现象，应该是由两种因素导致的：第一，这是一个当代的文学奖项，而当代主流文学创作界存在重小说、轻诗歌的现状，由此延伸到少数民族文学界也很正常；第二，小说和报告文学以字数和叙事的优势，能够更为明确地契合奖项设置之初所确立的导向性，如"民族团结""和谐""中华民族是一家"等主题，而诗歌则不容易直接抵达此类主题的核心。

当然，这个奖项也在不断发展和创新，比如获第十届"骏马奖"的彝族创作者是木帕古体，他以彝文诗歌集《鹰魂》获得此奖项。木帕古体是中国少数民族作家协会会员，1982 年生于凉山昭觉县。他擅长彝语写作，从学生时代起就发表彝文诗歌，其彝文诗歌集《鹰魂》由四川民族出版社出版发行。在他的诗歌集中，其创作的彝文诗歌一共有 112 首。《鹰魂》从灵魂居所、灵魂酸楚、灵魂梦幻三个层面表达了诗人对母语文化的钟情与感怀，以及在当今世界多元文化相互交融的时代，母语文学所承载的文化意蕴、文化精神和文化功能不可忽视的深层表达。① 从木帕古体的获奖可以看出，政府对民族文学奖的获奖范围界定不断拓展，将母语创作纳入其中，开始注重除汉语作品以外的创作类型。这是完全有必要的，也是构建"中华民族多元一体"的一种途径，少数民族诗人用母语创作的数量，远不如用汉语创作的数量，加大政策的扶持和导向会激发诗人用母语创作的热情。

二、地方奖项的设置

除了"骏马奖"之外，很多地方都有"少数民族文学"类别的文学创作奖项。如甘肃省第五届少数民族文学奖，共有 78 件作品获奖，其中包括来自数个民族的 30 位穆斯林作家、诗人。甘肃省的少数民族文学奖是该地区少数民族文学领域的最高奖项，由甘肃省文学艺术办联合会、省民族事务委员会、省作家协会联合举办，主要对 1999 年至 2009 年间创作发表（出版）的少数民族文学作品进行评选。获奖作品大多出自回族、东乡族、保安族、哈萨克族、维吾尔族等民族的作家。②

2007 年之前的统计数据显示，当时全国八个少数民族占当地人口 10% 以上的省、自治区都设立了各自的少数民族文学奖项。如内蒙古自治区设立的文学创作"索龙嘎奖"，每三年评选一次，每次都有近一半得奖作品是用少数民族语言创作的。③

2012 年，贵州省首届少数民族文学奖——"金贵奖"开始评选。在此之前，贵州并没有设置此类奖项，直到 2012 年，贵州省作家协会、省民族事务委员会确立了三年评选一届的评选机制，目的在于"加大发现、培养少数民族作家力度，允分挖掘和弘扬贵州优秀多民族文化，提升贵州少数民族文学在全国的影响，增强贵州少数民族作家的自信心和对本民族文化的自豪感，进一步打造贵州民族文学品牌，促进贵州民族文学的大发展大繁荣"④。与此同时，贵州少数民族文学"山花奖"也开始启动首届评选。这个新设奖项不仅针对汉语作品，还针对少数民族语言作品设立了"少数民族文学优秀作品奖""少数民族文学优秀奖""少数民族文学母语创作奖""少数民族文学翻

---

① 马海吃吉：《木帕古体的彝文诗歌集〈鹰魂〉出版》，《凉山日报》，2012 年 4 月 7 日。

② 庄园：《甘肃省第五届少数民族文学奖综述》，《甘肃日报》，2009 年 11 月 20 日。

③ 王亚光：《中国少数民族文学蓬勃发展》，新华网，http：//news. xinhuanet. com/local/2007 - 07/16/content_6383126. htm，2007 年 7 月 16 日。

④ 贵州省民族事务委员会：《首届贵州少数民族文学奖颁奖》，中国民族宗教网，http：// www. mzb. com. cn/html/Home/report/329592 - 1. htm，2012 年 9 月 13 日。

译奖""人口较少民族特别奖"等奖项。

在贵州"金贵奖"的评选中，彝族作者王鹏翔以其散文集《村庄的背影》获奖，颁奖词为"浓酽的情感，诗性的表达；优美的意境，深刻的反思。村庄邻里，草木风情，深邃、典雅，而又不失纯朴自然"①。

四川省也设立了关于少数民族文学的奖项。如彝族诗人、西南民族大学教授阿库乌雾先后出版的彝语诗集《冬天的河流》《虎迹》等，曾于 1992 年和 2001 年荣获四川省第一、第二届少数民族文学奖。四川少数民族文学奖设立于 1992 年，其评奖规则中有和"骏马奖"类似的规则条文："弘扬主旋律，提倡多样化。参评作品要贴近实际、贴近生活、贴近群众，弘扬民族精神，维护祖国统一，促进民族团结，努力反映民族地区的时代风貌。坚持公开、公正、公平和少而精的原则，努力推出新人新作，评选出思想性、艺术性俱佳的优秀作品。我省少数民族作者在国内正式批准的出版社、报刊、电台、电视台（不含港、澳、台地区）出版、发表或播出的，用民族母语或汉语创作的文学作品，均可参加评奖。"②

不难看出，对主旋律的强调依然是最主要的，另外由于四川省民族众多，政府对弘扬民族团结的稿件给予鼓励。对母语创作的鼓励同样出现在地方政府设立的诗歌奖项之中。在第四届四川少数民族文学奖中，彝族诗人沙马的组诗《南高原，幻影之伤》、贝史根尔的诗集《我的甘嫫阿妞》获奖。在第五届四川少数民族文学奖中，三位彝族文学创作者获奖，然而，这三位的获奖作品中并没有诗歌，而分别是母语小说、汉语小说和散文集。

省级以下的地方政府也组织了一些文学奖项。比如凉山彝族自治州文学艺术创作"山鹰奖"和云南滇西的"滇西文学奖"。其中"山鹰奖"是由凉山彝族自治州州委、州政府于 1996 年开始设立的，目的是对凉山州文学艺术创作成果进行奖励。"山鹰"是彝族诗人笔下的图腾和象征之一，以此作为奖项的名字颇有寓意，这是凉山彝族自治州文学艺术创作的最高奖项。"山鹰奖"并不是一个纯文学的奖项，纳入评奖范围的有文学、摄影、美术、书法、音乐、舞蹈、评论、影视戏剧、民间文学曲艺等十类作品。"山鹰奖"两年评选一次，1997—1998 年为第一届。马德清（玛查德清）、牧莎斯加等彝族诗人曾经获得"山鹰奖"。

"滇西文学奖"是由云南省作家协会组织发起的。2010 年，业已举办 20

---

① 《第三届"乌江文学奖"和首届少数民族文学奖结果》，《黔中早报》，2012 年 7 月 31 日。

② 四川省作家协会办公室：《四川少数民族文学创作优秀作品奖》，四川作家网，http：//www.sczjw.cn/qgwx/201110/2181.html，2011 年 10 月 31 日。

余年的滇西笔会,① 在笔会中增设了"滇西文学奖",每年对小说、诗歌、散文、评论等体裁进行评奖,2011 年"滇西文学奖"评选诗歌类,由丽江市文学艺术界联合会承办。大理州彝族诗人李郁东的《行走怒江》、保山彝族诗人赵振王撰写的长篇叙事诗《公仆本色》都获得了诗歌奖。同时获得"滇西文学奖"的还有丽江市杨宝琼的《爱情与知音》(组诗八首)、刘芝英的《刘芝英诗组》和人狼格的《丽江刻度》,迪庆州李贵明的《原野的事物》(组诗)和李志宏的《借宿》,临沧市杨红旗的《杨红旗的诗》和何松的《何松的诗》,德宏州唐阳凤的《糖果的诗》,楚雄州朱绍章的《朱绍章的诗》,怒江州张建梅的《佤山》等。②

三、民间诗歌奖

发星在《四川民间诗歌运动简史(1963—2005)》中提及,四川的民间诗歌发展速度、范围、品质在国内是极具优势的。在民间诗歌奖方面,同样有着较为积极的组织、集结和设置。彝族较有影响力的青年女诗人鲁娟,在2004 年曾获《独立》第二届中国民间诗歌新人奖,同届获得该奖的还有阿索拉毅、湄子、熊盛荣等人。

《独立》中国民间诗歌奖由发星发起并于 2003 年启动,依靠着民间诗刊《独立》的名气,四川省大凉山"《独立》发星诗歌基金"设立了这个颁发给有贡献的民间诗人的奖项。《独立》首届中国民间诗歌奖的获奖者中并没有彝族诗人,他将奖项颁发给周伦佑、海上、梦亦非、黄礼孩、布咏涛、安琪、阿翔、郑小琼、张联、孙文涛等民间诗人。当时,发星的诗歌奖旨在奖励并推动中国民间诗歌创作。在第二届中,发星顺势推出了几位彝族诗人获奖的消息。发星的颁奖词是:"'地域诗歌写作'、从自然提出到悄然潜行已匆匆过去三年,令人兴奋的是'70 后''80 后'成为新的中坚,他(她)们来势凶猛,他(她)们青春激荡。24 岁的阿索拉毅完成彝民族第一部现代史诗《星图》。22 岁的鲁娟是大凉山近 10 年来本土最优秀、年轻的女诗人。26 岁的湄子的语言突破梦亦非写作影响延展出自己的个性,24 岁的熊盛荣的黔南地域诗歌才华横溢,大气逼人。"③

这个颁奖词体现出发星作为地域性民间诗人的集结者,对彝族诗歌新人

---

① 滇西笔会创办于 20 世纪 80 年代中期的云南,由滇西八个州(市)轮流举办。

② 李明贵、阿布司南整理:《2011 年滇西文学创作年会侧记》,http://blog.com.cn/s/blog - 49fecb500100vhc5.html.

③ 参考《"〈独立〉第二届中国民间诗歌奖"揭晓》,诗生活网,http://www.poemlife.com/newshow - 2101.htm。

的重视和欣赏，他希望借由这个奖项来激励更多的彝族青年诗人投入到诗歌写作之中。

另外，还有一些非地域性的民间诗歌奖项牵涉彝族诗人。如"柔刚诗歌奖"，此奖项由诗人柔刚出资设立于1992年，至今已历24届。在当代中国诗歌界，这个奖项是最早由个人出资设立并坚持至今的在全国范围内进行评选的诗歌奖，创立奖项的目的也是为了褒奖优秀诗人、发现诗坛新秀，推动现代汉语诗歌的发展。这个奖项面向海内外所有用汉语写作的诗人，每年评奖一次，评委由国内外知名诗人、学者、批评家等组成。2012年，彝族诗人吉狄马加获得了这个奖项。

又如2008年，彝族诗人阿苦里火获得"乡土诗人"的称号。这个奖项是在河南登封举行的"大地诗心——嵩山杯全国乡土诗歌大赛"中产生的，由地方政府机关和企业合办，① 有33位诗人在这次大赛中获奖。其中彝族诗人阿苦里火获得三等奖以及"乡土诗人"称号。

综上所述，彝族诗人获得的民间诗歌奖分为两类，一类是彝族诗人自身为了强调民族本位性和集结性而专门设置的地域性奖项；另一类是在当代中国汉语诗坛中，吸纳和团结各地诗歌力量而创办的奖项，这种民间诗歌奖尤其注重纯粹的诗歌品质，彝族诗人也有机会因高品质的诗歌而获奖。

第三节 网络、高校诗歌社团及其多元化延伸

一、两种网络发表机制

互联网时代不仅影响了中国汉族地区的生活方式，地处西南的彝族地区也受到它的影响，而当诗歌在网络上发表成为一种传播方式的时候，转型期彝族汉语诗歌的研究也必然要包含对这一部分的考察。网络发表机制一般有两种，即彝族独立网站及其论坛上的发表和彝族诗人们在个人博客上的诗歌发表。

目前，在网络中广为流传的彝族独立网站有：中国彝族网、彝族人网、彝学网、中国彝族音乐网、彝族青年网、彝族文化艺术网等。② 相较而言，彝

---

① 这一奖项由中国国土资源报社与河南省登封市国土资源局联合主办，合动能源股份有限公司（香港）协办。

② 为了研究的严谨性，此项考察将彝族自治州/县的政府门户网站排除在外，因为这些网站很少涉及诗歌创作方面的内容。

族人网的内容最为丰富，传播人数较广，创立时间为 2001 年 7 月，其中彝族学术、文学方面的板块相当专业，有专门的学术负责人，网站顾问亦多为彝族身份的专家、学者，如阿库乌雾、巴莫曲布嫫姐妹等，网站最早加盟的学术负责人为彝族学者、香港中文大学博士巫达。①

彝族人网的特色之一是拥有自己的论坛——"彝人论坛"，分为教育公益、彝风彝俗、彝乡人文、母语客栈、文学园地、影像高原等板块，彝族人和其他关注彝族的人均可以自由发言。值得一提的是，这个非官方性质网站的主要负责人，多为在北京的彝族人，他们的家乡为云南、四川或者贵州，这个论坛的主旨倾向于超越狭隘的家支和地域边界，目的在于将"彝族共同体"的文化发扬光大。因此，在论坛上发表的文学作品遵循了这个导向，彝族诗人们可以自由地将自己的作品上传到论坛上，供人浏览欣赏。另外，彝族人网的民族文学频道，有一个专门的诗歌板块，板块负责人是云南诗人普驰达岭，很多彝族诗人将自己的习作投稿至网站，负责人不断保持更新。

中国彝族网是 2007 年成立的一个充满活力的民族网站，宣称"以保护好、传承好、发展好彝族传统文化为宗旨，关注彝族社会和民族文化的发展，致力于彝网公益助学，为网聚中国彝族而努力……彝人论坛、彝人博客、中国彝族音乐网等功能强大、资源丰富的网络交际平台，为中国彝族提供了高效有力的信息交互服务"②。这个网站的创始人为彝族大学生，因此在界面和用户体验上较为新潮，在民族音乐方面的内容比彝族人网稍微丰富。该网站的主网站和论坛同样设有文学板块，论坛文学板块的负责人是一位彝族女诗人、硕士研究生，诗人们可以注册并自主上传作品。文学板块以投稿为主，需要负责人审核发表。

这两个网站的论坛部分比较相似，暂且以其为个案，分析论坛的诗歌发表情况，同时对彝族诗歌的网络发表机制做一个客观的考察。

彝族人网论坛的文学板块，目前有三个负责人：古火木地、"普希金"、木确奢哲。论坛的日常审核由几位年轻诗人负责。31 岁的凉山彝族诗人木确奢哲最近曾在论坛上发表了一首名为"布阿诗嘎娓"的诗歌：

如果你尖叫，她便摄去魂魄，引出恐惧/如果你沉默，正是求生法门，保持镇静/布阿诗嘎娓，幽闭千年，美貌无人可比/歌声传遍四方，处处留情，引燃部落战火/阿什色色，幸运由此开始，也因而结束/你把自己献给梦魅，

---

① 彝族人网：http：//www.yizuren.com/。
② 中国彝族网：http：//www.yizucn.com/。

却无法填补她的欲壑/孤独是一杯苦酒，醉后方知如毒药浓烈/你一错再错，拼命付出，到头来只剩伤痕/掏出心肝，割下残肉，她视同陌路，私自远走/谁违背誓言，谁将遭受诅咒和惩罚/风信子铺天盖地，帕布里山谷暗影笼罩/三只黑虎等着她，死亡之神等着她，迷局当前/尖牙利齿撕碎娇躯，血污游魂归不得/你的怨愤，她的怨愤，化为炼狱的火/不会止息，深渊的尽头亦无尽时①

这首诗重述了彝族传说中的一个典故，女主角布阿诗嘎娓是绝世美女，被独霸一方的山寨土司看上。为了贪占美色，山寨土司派兵前去强抢，她一路逃跑，但追兵将其兄杀害并强行带走了她。诗人将女子的愤怒延展开来，糅合以彝族传统文化中的元素。

这首诗是木确奢哲新近所写，并且在他管理的论坛上发表，发表时间和写作时间仅隔几天，如此小的时间差在纸质发表渠道上是不可能实现的。通常，在诗歌编选或者出版的渠道里，一首诗歌在写作的一年后发表，或者更久。网络的传播通常还会促进诗歌编选的进行，笔者在论坛中观察到，彝族民间的诗歌编选者之一阿索拉毅经常登录这个论坛，发布有关诗歌刊物的征稿通知。而值得注意的是，经常登录这个网站并且发表自己原创诗歌的诗人，通常是很难在传统发表渠道中现身的新秀。他们试图通过网络论坛的渠道，更快更多地发表自己的作品，而这种不断的更新和发表，通常会加大他们入选传统发表渠道和参加评奖的概率。事实上，很多青年诗人是通过网络发表的方式才进入诗歌团体视线的，譬如藏族年轻诗人嘎代才让，就是2004年先在诗歌论坛上发表自己的作品，从而进入传统的发表机制，后来在汉语主流诗坛也有了新秀的声名。

在考察了彝族诗歌的网络发表机制之后，需要提出的是，论坛的舆论导向间接地影响了诗歌创作。彝族文化研究者北哀牢② 在对目前出现的彝族独立网站进行的扫视和介绍中认为，这些彝族的独立网站"在传播彝族文化、增强族群文化意识和凝聚力等方面起到了很重要的作用，同时也使四省区彝族跳出地理和行政区划的客观障碍，在一个虚拟的空间里互相交流和沟通。如果说各地成立的彝学研究会（简称彝学会）是民族高级知识分子和精英们

---

① 木确奢哲：《布阿诗嘎娓》，http：//bbs. yizuren. com/viewthread. php？ tid ＝ 62546&extra ＝ page％3D1。

② 这位彝族研究者自称"拉苏"，而"拉苏"正是彝族称谓的一种，他并未选择自称"彝族"，很是耐人寻味。

的交流圈子的话，那么这些彝族文化网将上层的高级知识分子、精英和下层的普通人聚合在了一起。有学者说，四省区彝族的文化交流严重落伍，亟待加强。事实上，网络一定程度上弥补了这个空白"①。

这段分析有一定的道理，尤其是在彝族这个晚近几十年内才出现的共同体内部，网络媒介亦是文化交流的重要新兴渠道，2000 年以后，如雨后春笋般冒出的网站承担了重构文化共同体的部分角色。譬如彝族人网的主要负责人，均为在北京工作的彝族知识分子，他们比起提倡地域写作的诗人来说，有着另外一种看待彝族的视野。②

另外，个人在网络博客上发表的作品也属于转型期彝族汉语诗歌的一部分。在前文所提及的彝族汉语诗人当中，有相当一部分人拥有自己的个人博客或者空间。他们将自己的作品展示在网上，并且可以获得其他彝族诗人或者诗歌爱好者的认同和批评。网络空间的互动性和论坛有所不同，博客或者空间可以通过好友的互动关系来彼此交互访问，并且可以留言。

就笔者观察的少数民族诗人而言，藏族诗人和彝族诗人都热爱网络博客或者空间。通过网络博客或空间，他们不仅可以和本族群的朋友互相交流，而且可以在上面传播自己新近所写的诗歌。彝族的中青年几代诗人大多拥有自己的新浪博客和搜狐博客，如阿库乌雾、倮伍拉且、阿苏越尔、普驰达岭、吉狄兆林、阿克鸠射、阿索拉毅、吉克·布、麦吉作体、马海伍达等。网络博客的交互性显然有益于彝族共同体网络的构建，同样，一些带有本族群特色的新闻和学术研究论文也会以博客转发的方式在相当一部分诗人的博客中出现。

譬如，在诗人阿克鸠射的新浪博客中，他转发了《第十届全国少数民族文学创作"骏马奖"初选作品目录及译者名单》③，而这篇博文转自白族诗人沧江霞衣的博客。白族诗人将这则原载于中国作家网的新闻消息贴在自己的博客中，④ 随即被其他少数民族诗人不停转载。沧江霞衣自己也在博客中转载了彝族诗人普驰达岭博客中的一篇作品《彝族史诗电影〈支格阿龙〉主题曲（作词：普驰达岭）》⑤。这样交互式的文人交游通过网络博客的方式传播构

---

① 北哀牢：《当前互联网大潮中的彝族文化网站简述》，http：//blog. sina. com. cn/s/blog_6216039f 0100f 0bw. html。

② 诗人普驰达岭在与笔者的两次交流当中，都强调彝族共同体的概念。关于笔者对凉山彝族的问题，他并未做出相应的回答，取而代之的是自己对彝族共同体的思考，这种观念是跨越地域的。

③ 阿克鸠射的新浪博客，http：//blog. sina. com. cn/s/blog_4c6af 93801015m12. html。

④ 沧江霞衣的新浪博客，http：//blog. sina. com. cn/s/blog_5eda538901011pqg. html。

⑤ 普驰达岭的新浪博客，http：//blog. sina. com. cn/s/blog_49b622c80102dzm5. html。

建，是 21 世纪以来出现的新生的诗歌传播方式，也属于转型期彝族汉语诗歌生产方式中的一种。

根据笔者对彝族诗人的访谈和调查，以网络为介质的彝族诗歌生产的数量以其自由性和时效性的优势超过了纸质的公开出版物和民刊，由此可见，网络诗歌发表占据了研究对象（转型期彝族汉语诗歌）的很大一部分，其地位和意义也是不容忽视的。

二、民族院校和诗歌社团

2012 年，彝族学者、西南民族大学教授阿库乌雾在网络上曾发表了这么一段话："当代彝族大学生群体，是彝族历史上空前庞大的青年知识分子群体，是彝族文化发展史上最具现代科学精神、整体民族意识、多语种文化视野及前沿学术理论知识的彝族青年先锋群体，是勇于自觉担负彝族文化传承、创新与当代建设的主力军，是彝族文化成功实现现代转型并主动把握彝族文化未来命运的文化主体。"①

可以说，转型期彝族汉语诗歌的发生，一开始就与现代大学密不可分。如果将诗歌的发生推向更远的 50 年代，多本彝族文学史中认定的第一位当代彝族汉语诗人吴琪拉达，亦是西南民族学院的毕业生，他毕业后发表了大量汉语诗歌，尽管以阶级斗争为主的诗歌题材与当时的意识形态联系紧密，但他的诗歌写作能力仍然受到高校教育的影响，并非脱离高校教育而孤立存在的。在此后，转型期彝族汉语诗歌的大潮兴起，其中大部分主力是出自西南民族学院的毕业生或者在校生，如吉狄马加——彝族当代诗歌的开拓者。这甚至是彝族诗歌史上的常识。当然，一个族群的诗歌革命（抑或是诗歌革新）发轫于同时期的民族学府并非偶然。

1940 年，沈从文在《文运的重建》一文中谈及新文学与大学的关系，认为新文学的发生发展离不开大学；季剑青在其《北平的大学教育与文学生产：1928—1937》一书中，详细论述了北平高校和新文学的关系，名曰"大学视野中的新文学"，并提到："作为知识生产的场所，大学通过学术研究和课程设置，生产着有关新文学的各种知识、观念和历史叙述；而作为由教师和学生组成的'文化共同体'，大学又为新文学再生产创造了诸如文学社团、刊物、师生关系、人际网络等制度性的条件。"②

文学生产和高校紧密关联的例子不只 20 世纪初的北平，它同样发生于 20

---

① 阿库乌雾的新浪微博，http：//weibo.com/u/2128010833？topnav＝1&wvr＝3.6&topsug＝1。
② 季剑青：《北平的大学教育与文学生产：1928—1937》，北京：北京大学出版社 2011 年版。

世纪 80 年代的西南民族学院。2011 年，阿库乌雾及其所在的彝学学院主编并出版了一本极有特色的文学作品选，这本书被笔者纳入考察对象之列，其特色在于，作品选入的条件并未按照通常意义上的地域诗歌分类（如大小凉山），也没有按照诗人的籍贯分类（如云南诗人、贵州诗人），而是以是否毕业于西南民族大学的彝文专业为收录条件——这是一本校友文集。

不同于其他高校校友文集的是，这本作品集出版的目的，不仅仅是维持校友之间的感情和友谊那么简单。主编者阿库乌雾在名为"彝脉涌流"的前言中写道："西南民族大学彝语言文学专业的成功开办，似乎不可推卸也不可替代地担当了完成以彝民族历史文化现代书写和现代转型中合格人才队伍的培养及提供的光荣使命……彝学学院培养的这个彝族知识分子群体，已经自觉不自觉地在逐步开创并践行一条彝民族文化在新的历史时期的科学发展之路。这是一条从传统的诺苏、尼苏、纳苏、罗罗、撒尼、阿细等部族支系认同，逐步转向现代多民族国家内部的现代民族身份'彝'的认同之路。并通过'第一母语'彝语叙事和'第二母语'汉语叙事并行不悖的现代彝族知识分子'自表述'，逐渐形成一条犹如彝民族母亲河——金沙江一样汹涌澎湃的彝族现代书写文明之河流。这个群体是一个接受过中国当代民族高等教育学术文化严格规训的本民族知识分子群体。"[1]

如阿库乌雾所指出的，现在的彝族大学生群体是这个族群的知识精英，他们的身份是充当彝民族新时期思想启蒙的主体，对于实现新的"彝族"民族认同而言，这个集合了新式知识精英的大学无疑是最为理想的传播场所，在师承关系和同校读书生涯中，一届届的彝族大学生很容易造成理想化的声势。而更重要的是，借助于学生群体的传播，彝族的文化"复兴"可以在更大的地域范围内造成影响。

另外，民族院校的精英意识与中央政府对民族院校的投入和建设有着不可分割的关系。2005 年，新华网曾经发表过这样一段资料："1950 年，5 个民族自治区和 31 个民族自治州里少数民族高等学校仅是新疆 1 所，广西 3 所。普通高校中少数民族在校生仅 1285 人，占全国在校生总数的比重为 1.4%。近几年，随着我国高等教育的迅速发展，我国民族高等教育也取得了巨大的成就。1998 年，我国民族自治地方共有高校 94 所，在校生 22.13 万人，专任教师 3.01 万人；当年全国普通高校共有少数民族在校生 22.63 万人，少数民族专任教师 2.32 万人。到 2003 年，我国民族自治地方共有普通高校 116 所，在校生 56.7 万人，专任教师 4.22 万人；全国普通高校共有少数民族在校生

---

① 罗庆春主编：《彝脉：第二母语的诗性创造》，沈阳：辽宁教育出版社 2011 年版，第 3 页。

69.76 万人，占到全国高等学校在校生的 6.55%，少数民族专任教师 3.63 万人，占全国高等院校专任教师的 5.01%。全国 55 个少数民族都有了自己的大学生，有些民族还有了研究生、博士生，维吾尔、回、朝鲜、纳西等十几个少数民族每万人平均拥有的大学生人数已超过全国的平均水平。"① 西南民族大学建立的客观条件和经济支撑同样如资料里所示，来自中央政府的有效构建。布尔迪厄在关于法国教育的论述中指出："教育起着保留、培育和尊奉文化遗产的作用……学校不仅为学生传承技术性知识和技能，而且将学生作社会定型，并将其纳入特定的文化传统之中，学校起到的是文化再生产的作用。"②

在中国，中央政府的投入和支持固然出自多民族国家的需要，但同样有着保护少数民族文化传统的愿望，而民族类院校的导向也配合并印证了这一点。阿库乌雾为彝学学院的作品集撰写的前言同样提到："这条当代彝族历史文化、民族精神的创造和构型之脉，必将以自己独特的色彩、姿态和内涵汇入中华民族文化的伟大复兴之洪流中去……"③ 不难看出，阿库乌雾的前言中有着丰富的信息量：其一，将国家的意识形态纳入其中，肯定了多民族国家的前提和中央政府当代民族高等教育的成就；其二，肯定了彝族大学生所扮演的引导当代彝族共同体的文化建构的角色。

当代彝族文学，以诗歌的数量最多、成就最高，因此在族群文化的建构中，学生诗人首先是其中一部分。这体现在诗歌社团的建立和诗歌创作的自觉上。这里笔者将援引一些诗歌社团加以说明。当时的成都高校中，四处洋溢着诗歌的气息，四川大学和四川科技大学组织过"成都市大学生诗歌联谊会"，印刷过一期名为"黑旗"的刊物；四川大学还有望江诗会和新野诗社两个诗歌团体，1988 年，四川大学出版社还出版了学院诗选《蓝色风景线》；四川科技大学有青鸟诗社；西南民族学院有西南彩雨诗社；西南财经大学和西南师范大学也都有自己的诗歌阵营。

其中，西南民族学院的"山鹰魂"诗社由于个性鲜明、势头强劲而盛极一时。《山鹰魂》是诞生于 20 世纪 80 年代末期的一份刊物，④ 前身是一张油印小报，名字是当时流行的一句歌词——"那就是我"，创刊于 1985 年底到

---

① 《民族高等教育的发展、成就和经验》，新华网，http://www.china.com.cn/chinese/PI－c/873834.htm。

② 转引自徐贲：《教育场域和民主学堂》，《开放时代》2003 年第 1 期。

③ 罗庆春主编：《彝脉：第二母语的诗性创造》，沈阳：辽宁教育出版社 2011 年版，第 3 页。

④ 发星收藏了《山鹰魂》的第 8～10 期，出刊时间为 1990—1991 年。由此可以推断《山鹰魂》创刊于 20 世纪 80 年代末期。

1986 年初之间，主要创办人有 1983 级彝文班的吉克甲布、沙文忠、今古以及 1985 级的阿苏越尔。创办之初的诗社成员只有彝族学生，后来吸纳了启札丹增、白玛仁真等藏族同学，油印的诗报在各个班到处张贴，好评如潮。1986 年底，刊物更名为"山鹰魂"并正式面世，刊物存续至今，延续着新鲜的充满活力的血液。《山鹰魂》是当时西南民族学院影响最大的诗歌刊物，校内各个民族的文学青年都热衷于参与其中。

当时在这个刊物中活跃的诗人以彝族诗人和藏族诗人为主，有阿苏越尔、晓夫、晓河、启札丹增、阿库乌雾、加拉巫沙、马惹拉哈、依乌、普忠良、杨莉、酉水、唐隽、任永鸿、马金川、薛培、冉文国、发星、白玛仁真、任建红、王友军、尼玛卓、杨俊基、吴晓春、兽子之布、贺杰、付成发、张振亚、姚晓强、钱重水、向天鹏、陈耿琼、胡红梅、拉马尔卓、巴久乌嘎、尼玛卓、李德才、丽南等。该诗社的一个追求方向便是形成中国少数民族现代诗的阵地与群体，而且在刊物的第 8 期曾倡议筹办《中国少数民族诗歌报》。

四川民间诗歌的研究者发星对这份刊物做出了客观的评价："主编皆系凉山籍人，里面发表水平的实力，凉山民族诗人是最高的。这是……中国第一份由少数民族诗人自己创办又以登载少数民族诗人为主的少数民族现代诗刊。"①

这些参与诗歌社团的彝族诗人，立足于地域性写作，将其族群的地方性知识融入诗歌创作中，同时其诗歌社团又与那一时期的其他高校诗歌社团和社会上的诗人群体密切联系，为彝族诗人的创作提供了丰厚的土壤。1985 年，西南民族学院团委主办了刊物《西南彩雨》，由流沙河题写刊名，第一任主编是 1983 级学生诗人许咏春，来自云南彝族。第 2、第 3 期《西南彩雨》由阿苏越尔主编，他同时参与主编《山鹰魂》。在阿苏越尔毕业之后，任过主编的还有启札丹增、晓夫、加拉巫沙、仁列旭中、俄狄小丰等人。

除此之外，西南民族学院还先后有过"莺唪""民族纵横""远方""草原""民族大学生""民院团讯""繁星"等文学团体。通过这些平台，学生与外界交流密切，80 年代末，非非主义诗人周伦佑、蓝马、杨黎、尚仲敏、吉狄马加、吴琪拉达、木斧、王尔碑等曾被邀请到西南民族学院和学生诗人们交流。②

①　发星编：《四川民间诗歌运动简史（1963—2005）》，《独立》2006 年卷，民刊。
②　关于西南民族学院诗歌团体的资料，大部分参考自阿苏越尔：《成都，那一张渐渐模糊的诗歌地图——20 世纪 80 年代中后期成都高校诗歌回忆》，http：//blog. sina. com. cn/s/blog_4d8f9d6c01000atd. html。

　　诗人和高校的交流，对民族院校的学生来说，是一件幸事，尤其是西南民族学院的彝族学生，他们以与生俱来的诗歌观念，杂糅了现代社会经验进行创作，同时大多数学生具有彝汉双语的读写能力，这使得诗歌中贯穿了双语经验所具有的特殊杂糅性。

　　笔者曾经对西南民族大学彝学学院学生进行了多次个人访谈和调查，得知学科设置对他们的诗歌创作有一定的导向和推动作用。1952 年到 1958 年，西南民族学院开办彝语文专修科。此后彝语文专修科中断招生。1977 年恢复招生后，彝语言文学、藏语言文学、汉语言文学三个专业合并为语文系。1984 年，彝语文专业、藏语文专业脱离语文系成立少数民族语言文学系。1992 年，彝语言文学系单独成立并于 2000 年更名为彝学系。2003 年，彝学学院成立。彝学学院的学生大部分来自西南彝族地区，除彝族学生外，还有白族、壮族、侗族、纳西族、蒙古族、汉族、回族、布依族、苗族、仫佬族、阿昌族等 10 多个民族。彝学学院着重发展双语教学和双语人才培养，相继开办了"彝汉双语文秘""彝汉双语行政管理""彝汉双语经济管理""彝汉双语文字信息处理""彝英双语语言文学"等专业。① 对于诗歌来说，阅读和写作的语言能力至关重要。在访谈中，很多来自彝学学院的诗人们曾经表示，彝汉双语专业和彝英双语专业的科班学习提升了自身的语言能力，在他们写作诗歌的过程中也起到了潜移默化的作用。

　　值得一提的是，彝学学院的院长阿库乌雾，不仅是一位学者、著名彝族诗人，而且是西南民族大学诸多青年诗人心目中的"精神导师"。阿库乌雾经常在校园和网络空间上对学生们表达自己对彝族文化的看法，且这种表达能够得到绝大多数彝族学生的回应。从民族主义的视角来看，以阿库乌雾为代表的知识分子承担了民族精英的角色，从而引导本族群的青年人和知识分子为留存民族文化和坚守文化传统做出努力。

　　2015 年 10 月，一位经济学教授在一所高校开展产业的生态化改造及转型讲座，在言论中提及彝族人爱砍树的观点以及森林锐减问题。由于该高校位于民族地区，因此很多彝族高校师生针对"森林天敌论"做出回应。在这里，以一个群体的回应当作例子来说明阿库乌雾对学生的影响。事情发生后不久，以两位彝学学院出身的人类学博士代启福和拉马文才为代表的彝族青年学者群体成立了雪子读书会，并且在第一次读书会上提出："（森林天敌论）更是在否认中国政府在生态文明建设方面做出的努力与贡献；同时，他的言论也暗含着一种怜悯和同情，即缺乏环保意识的'无知者'需要被与生俱来具有

---

① 　部分数据来自西南民族大学彝学学院网站，http：//222.210.17.171/yxxy/Index.asp。

'天人合一'理念的环保'健全人'启蒙和帮助。"①

其后，雪子读书会以不同的主题在成都和西昌开展了第二次和第三次读书活动。第二次是围绕刘绍华的畅销书《我的凉山兄弟》展开讨论；第三次是试图重新阅读民国时期关于"夷区"的叙事，从而更好地对彝族的未来进行建议。笔者在去凉山的昭觉进行考察之后，应邀参加了西昌的第三次雪子读书会。从会议的发言可知，彝族青年博士们作为精英知识分子对本族群的热爱、反思与建议都是值得讨论的。参加会议的彝族青年人有不少是曾经参加过"山鹰魂"诗社的青年诗人，他们兼具多重身份，比如人类学博士、诗人、知识分子等，其中读书会发起人之一、曾经的"山鹰魂"诗社社长拉马文才博士在2017年初被选派到喜德县担任精准扶贫书记，从而更现实地承担起对彝族社会发展的努力与责任。

至此，关于彝族诗歌生产的梳理已经告一段落，无论是公开出版物还是民间编选，无论是评奖机制还是网络发表机制、高校群体的诗歌生产，都是从各个路径催生转型期彝族汉语诗歌的重要因素。在此后的章节里，笔者将继续深入地剖析民族主义和诗歌生产的关系。

---

① 参考自雪子读书会微信公众号资料。

第四章　民族本位性的观察

第一节　"谁"是民族知识分子

今天，彝族文化遇到了前所未有的挑战，沦陷趋势明显，连一些最基本的语言、服装、姓氏、文字也正在不断地被抛到深山野谷，与兽为友。可是，在面对这些的时候，我们没有积极或完整系统的措施给予保护，这是一种不幸……①

假如你们被迫抛弃故土和家园，必须迅速学会在纸张和数码世界占据一席之地，于天地之间重新获得自由耕耘的权利；假如你们不幸生养先天遗忘种群记忆和缺失民族尊严的子孙，必须用带毒的乳汁和锋利的格言淹没其民族败类的生命，让其猥琐的灵魂得以升华。你们的历史从来没有像今天这样处于千钧一发的地步！你们是云贵高原上从不安分的绵羊的后代；你们是横断山中低飞的雄鹰的骨血；你们是锋锐的斧头和宿命的族性共同铸造而成的古老武器的子孙。柔弱中带有刚毅，凶残中蕴藏温和，尖锐中不乏朴拙。如今你们却以空前的无奈和低能，以极度的麻木和冷漠，任凭狂风席卷山寨，任凭野火吞噬森林，任凭瘟疫肆掠生命。②

第一段话是彝族诗人阿景阿克在彝族最有影响力的网络论坛——彝族人网中发表的部分内容；第二段话是彝族著名学者阿库乌雾在其发表主要言论的网络空间——新浪微博上所发表的部分内容。

---

① 《致凉山彝族自治州州长第二封公开信》，彝族人网，http：//www.yizucn.com/thread–19410–1–1.html。

② 阿库乌雾的新浪微博，http：//weibo.com/u/2128010833？topnav＝1&wvr＝5&topsug＝1。

彝族诗人阿诺阿布认为:"令人绝望的是,对这种渺茫和遥遥无期的忧心和焦虑,仅仅幽灵一样飘荡在无职无权的广大学生以及那些手无缚鸡之力的专家学者的头上。"①

从字面上来分析这些诗化的忧虑之情,应该是学者和诗人们对彝族文字、文化渐渐消逝的现状的反应。然而事实并非如此简单,这两段话代表着知识分子的族属认同以及他们作为族群内部知识分子的"发声"。下面,笔者将从民族知识分子的"发声"和他们的社会位置、身份谈起,分析诗人及其作品具有的文化面具性,以及彝族诗人群内部所存在的差异性,他们如何在差异中寻求共存,共同整合、折返彝族共有的历史记忆。笔者还将探究整个"发声"和整合过程发生的原因。

一、知识分子的发声与社会位置

如果以诗歌为例来分析彝族知识分子在文化民族主义的过程中所扮演的角色,那么首先要从彝族文化的历史表征谈起。彝族历史悠久,分支极为复杂,并且在几千年来与汉族地区保持着一定的距离,即便是在元、明统治时期,中央政府对彝族的政策也不过是在土司制度和"改土归流"之间更替。直到20世纪50年代,中华人民共和国政府进行民族识别,对西南民族的划定依然存在着诸多问题。台湾的彝族研究者黄季平在研究彝族文学史时认为,彝族支系众多,而民族识别工作结束后,中国的民族政策认定这些支系的人是一个共同的族属——彝族,于是在彝族文学史的撰写过程中,共同的历史经验被重新建构起来,经过数十年的建构,彝族人逐渐完成了对"彝族"族属身份的认同。②

身份认同在文学创作领域也一样,彝族诗人和知识分子开始围绕族属认同有意识地建构诗歌史,强调各个彝族地区所共有的山川、河流与图腾象征。例如前面章节所讲到的诗集(分别被编选者以"大凉山""小凉山"等词语命名的《当代大凉山彝族现代诗选(1980—2000)》等),以及诗人们在诗歌中表现出的对大小凉山、六祖、黑色、虎、火塘、荞麦、毕摩等在族群内部具有普适性的符号。随着20世纪80年代中国社会转型的开始,几大彝区也经历着乡土社会的分崩离析、彝族人进入城市务工、由经济问题导致的社会问题等过程,正在此时,已经完成的对族属身份的认同使得知识分子将"彝族"视为一个有机的整体,并且为这个整体的现状表示忧虑。

---

① 阿诺阿布:《他们将不至于像我们今天一样无话可说》,《大西南月刊》2012年第6期。

② 参考黄季平:《彝族文学史的建构过程》,《政大民族学报》2008年第27期,第35-64页。

这种认同和发声，是否能归为文化民族主义的一种表达样式呢？安东尼·史密斯认为："典型的民族主义运动通常不是始于抗议集会、独立宣言或武装反抗，而是源自文学社团、历史研究、音乐汇演或文化期刊的诞生……人文知识分子——历史学家和语言学家，画家和作曲家，诗人、小说家和导演——不成比例地在民族主义运动及复兴中扮演着代言人角色。"①

回到本章的开头，在某种程度上说，诗人阿诺阿布和民族主义研究者安东尼都指向了同一个问题，即民族主义呼声通常始于知识分子和文化工作者，这样的形态在中国诸多人口较多的少数民族内部都有所发生，而最为典型的例子就是彝族诗人和藏族诗人对民族文化传播、诗歌编选及发表所做的努力。在前面的章节里，诗人与彝族诗歌生产之间的密切关系被一再提及。发星、阿索拉毅、普驰达岭等人致力于彝族当代诗歌的编选；以阿库乌雾为代表的学者对坚守民族文化的呼吁和振聋发聩的呐喊，都符合安东尼在《民族主义：理论、意识形态、历史》中所谈及的文化民族主义的向度。

在第二章，曾经提及西南民族大学校友作品集的出版。这看似与其他院校校友之间的联谊和作品收集相同，实则不然。在彝族学者阿库乌雾亲自撰写的前言里，就表明了这个特点："真正意义的对当代彝族历史文化的现代学术书写是自新中国成立并进行民族识别以后开始的。从此，彝族历史文化叙事主脉的延续与拓展，也就历史性地落在了本民族彝汉语知识分子们的肩头……西南民族大学彝语言文学专业的成功开办，似乎不可推卸也不可替代地担当了完成以彝民族历史文化现代书写和现代转型中合格人才队伍的培养及提供的光荣使命……这个 3000 余人的队伍及其相关的彝族文化人群体正在逐步形成一个彝民族文化主体性生存与发展的主力军，引领着彝族地区经济文化社会各项事业的健康发展……"②

阿库乌雾的这段话，实则坦陈了彝族知识分子在保存、复兴、引导民族文化过程中需要且必要发挥的作用，这样的前言之后，便是西南民族大学彝学学院历届校友的诗歌及部分散文作品。对于诗歌和彝族社会的关系，发星认为："彝族原是一个有自己神性信仰、自然崇尚的古传民族，经过社会发展的冲洗，许多社会菌体以及依附于这个民族的健康之身……所以，倡导黑族（即彝族，笔者注）现代诗歌运动，是以诗歌这一人类共有的人文品质的精神

---

① 安东尼·史密斯著，叶江译：《民族主义：理论、意识形态、历史》（第二版），上海：上海人民出版社 2011 年版，第 7 页。

② 罗庆春主编：《彝脉：第二母语的诗性创造》，沈阳：辽宁教育出版社 2011 年版，第 2 页。

形式、行为，去建构彝人当下的精神家园，提供一种艺术意义的精神参照。"①
不可否认，这些精通彝汉双语并接受了高等教育的彝族知识分子，成为保卫
彝族文化的中坚力量，他们代表族群在中华民族多元一体化建构的过程中起
到了极其重要的作用。

　　对于彝族知识分子在族群中的自我定位，阿库乌雾曾经在记者采访中如
是回应："实际上，（学者、诗人、彝人）这几重身份在我这里完全是合一的。
因为是彝人这个身份及其背后的历史文化将我塑造成学者和诗人的。如果没
有了彝族文化，特别是彝族母语文化的传承与创新，我的学者身份和诗人身
份就可能是苍白的。正是有了彝族历史文化传人的自觉和新时代对彝民族文
化主体的呼唤的历史和时代的召唤，我才有将自己的个体生命价值与民族文
化命运的承担紧紧地结合起来的可能。我将永远感恩给予我的生命以独特价
值的我的彝民族文化……"②

　　可以看到，几重身份在阿库乌雾的身上交织，具有如此复杂交错身份的
知识分子们，对于彝族社会文化的保存来说，显然是有益的，第三章已提出，
以阿库乌雾为代表的曾就读或正在就读的西南民族大学的彝族高校学生，以
及周边民族院校的接受了民族类高等教育的彝族学生，他们中的大部分人都
喜爱并且创作诗歌。诗人北岛曾在其《古老的敌意》中强调，诗人之责在于
"作家与所处时代之间的紧张关系"，以及"作家和母语之间的紧张关系"。③
如果反观彝族当代诗人们，他们所扮演的角色不仅在于母语、族群文化的经
书传承，而且与主流汉语诗坛的诗人们一样，与社会存在着天然的"对立"，
也就是说，彝族诗人们和汉族诗人们一样在诗歌中坚持了和主流社会、意识
形态的距离感，另外对所处的时代做出回应。与此同时，他们还不得不面对
彝人先民曾信奉万物有灵、有序相生的乡野——当代彝族社会，而这个看似
永恒的家园却因全球化和现代性而日益破败、失落。诗人之责何在？约翰·
哈钦森在《文化动力学》中曾强调："知识分子这个术语不是指传道授业的范
畴，而是指在其思想和行动中去考虑其意义的那些人……有两种文化民族主
义的知识分子，一些人……表达运动中的文化理想，另外一些人……将这些

① 发星编：《彝风》第 12 期，民刊，第 68 页。
② 胡芳梅：《母语：族群尊严与个人使命——彝族母语作家阿库乌雾专访》，《人民日报》（海外
版），2010 年 12 月 12 日。
③ 2011 年末，诗人北岛的《古老的敌意》甚至在诗歌界引起了一场颇有名气的纷争。当然，笔
者仅仅试图引用他行文中的观点，即"古老的敌意"——这一组观点用来解释彝族当代诗人的焦虑感
十分契合。

理想转化为具体的政治、经济和社会活动。"① 恰恰如此，很多年轻诗人们，如阿索拉毅、麦吉作体等人甚至扮演了社会活动家的角色，致力于帮助凉山地区彝族的贫困儿童，还有各种爱心社团的建立也归功于这些受过高等教育的彝族学生（如沙玛尔诗），这尽管是游离于诗歌之外的事务，但也是本应该注意到的一点。

另外，彝族诗人们的真实社会身份也应该纳入到研究中来。在 2011 年笔者与阿索拉毅合作统计的 58 位彝族诗人② 中，在高校和科研机构的有 7 人，在事业单位的有 24 人，公务员有 14 人，在企业的有 7 人，农村进城务工者（包括无业者）有 6 人（如下图所示）。

□高校和科研机构　■事业单位　■公务员　■企业　■农村进城务工（无业）

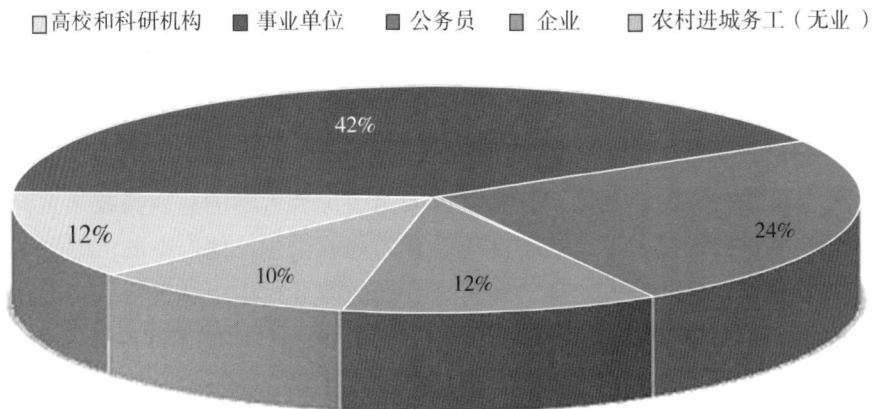

社会身份比例统计图

与第三世界国家的诗人、弱小民族诗人、流亡诗人等类型相比，彝族诗人所表现出的文化民族主义较为温和，因为他们不属于"自由主义知识分子"的类型。上图这项统计的结果显示，在体制外谋生的彝族诗人寥寥无几。原因并不难想象，诗人们基本接受过民族院校的高等教育，而他们在彝族这个拥有七百多万人口的庞大族群中仅占据了极小的比例，因此他们很容易在现行国家体制内承担一定的社会责任，同时也扮演着民族内部精英阶层和知识分子的角色。并且，高校学者、公务员、事业单位和企业工作者自身的劳动角色决定了他们对中华民族多元一体的认同。这些彝族诗人们与汉族的知识

① JOHN HUTCHINSON. The dynamics of cultural nationalism：the Gaelic revival and the creation of the Irish nation state. London：Allen & Unwin Ltd，1987. 国内无译本，本段是笔者翻译的。

② 这显然不可能是彝族诗人的全部数据，但是作为彝族诗人数目统计的第一手资料，还是有参考价值的。

分子一样，在与社会保持着紧张关系的同时，也有积极入世的意味。①

二、文化的面具性

　　少数民族知识分子对于自身在族群中所扮演的角色，也并非完全充满自信。彝族诗人沙马曾经非公开地表示自己的困惑："现在，我与其他彝族诗人一样，可能共同面对的是身份与文化的双重焦虑，民族性于诗歌是否是最重要的？过分强调'民族'也许正是歧路的开端？另外，山地文明已经被反复强调与抒写，诗意在落后状况下的显现是否是一种逃避？我现在最痛苦的，就是创作上的重复，也许是我对地域的审视上的肤浅与生命情怀的下降，也许是我审美理想的疲弱与文化上的短视。重复已经成为我的病源，克服它可能需要很长的过程。我像一匹回到祖先墓地的马，双眼渐渐死亡，只有耳朵听到旷野的风声而无法辨别方向。"②

　　显然，在这样的述说中，我们感受到了诗人作为诗人角色本身的困惑，是做一个"民族"的人，还是做一个"写作"的人呢？在文学中，注入"民族"性是必经之路吗？"民族"和身份必须相关吗？这显然是诗人沙马对于本民族文化作为"面具"进行写作的方式的质疑。

　　与此相关，在学者姚新勇的研究中，他发现杨炼和昌耀的诗歌完全具备藏民族的"藏地景观"性；沈苇这位新疆作家，直接模仿维吾尔族特色文学样式——柔巴依，创作了关于新疆文化的诗歌，③ 而这几位却从未被列入藏族、维吾尔族等少数民族的文学创作者之中。他们之所以不被藏族、维吾尔族的文学创作者认可，仅仅是因为他们的族属身份不是那个民族。那么，关于民族文学的疆界问题就很模糊了。如果一个作家，仅仅具有少数民族的身

---

　　①　关于这一点，姚新勇在《文化民族主义视野下的转型期中国少数民族文学》中认为："哈钦森关于文化民族主义成员身份的考察涉及职业方面，不过就中国的情况来看，与职业向度相关的方面倒不是具体所从事的职业如何，而是相关成员在国家单位系统中的工作部门性质和是否在国家单位中工作。总体来说，从事少数民族文学写作、批评、研究、教学的人，大都在正规的国家单位工作，而且就是在文化单位工作，其中不少人正是在与民族文学和文化有关的单位或部门工作。比如说张承志先后在北京大学、中国历史博物馆、中国社科院民研所、海军政治部文化部等单位学习和工作。吉狄马加从西南民院毕业后，又分别在四川省凉山州文联、四川省作家协会、中国作家协会、青海省委等单位工作，而其主要创作也都是在1991年去四川作协之前完成的。再如伊丹才让50年代毕业于西北艺术学院少数民族艺术系舞蹈音乐专业，后来又长期在文艺部门和作协工作。出生于1966年的唯色，在2003年被西藏文联解职之前，大部分时间是在《西藏文学》编辑部工作。更为年轻的诗人作家们的情况也基本如此。比如出生于1980年的嘎代才让，毕业于甘肃甘南合作民族师专，现任职于甘南作协。这种情况说明少数民族文学写作、转型期民族文化民族主义思潮的走向，客观上得了制度的'扶持'。"

　　②　姚新勇：《"家园"的重构与突围（下）——转型期彝族现代诗派论之二》，《暨南学报》（哲学社会科学版）2007年第6期。

　　③　姚新勇：《文化民族主义视野下的转型期中国少数民族文学》，新北：花木兰文化出版社2016年版。

份，在他的作品中并没有体现出任何民族特色，那么，他的创作是否能列入这个民族的文学作品之中呢？沙马所表示的质疑，正是在双重矛盾下的挣扎和突围。这里，笔者的讨论并不是涉及严肃的"民族文学"的诸种定义问题，而是在讨论文化的面具性在少数民族创作者这里时而被当作一种工具，时而被自我质疑的现实困境。

实质上，文化的面具性不仅仅出现在彝族的汉语诗歌创作中，在藏族的汉语诗歌创作中，也有诗人思考过这一问题。如藏族诗人列美平措在诗歌《节日》中，由童话的讲述开始，戴上文化的面具，进入民族历史的悲喜剧："想以童话或传说的方式/向你述说我在高原秋天的经历/想通过我的一点感觉或思索/使你的想象延伸出欢乐的寓意……在一出旷日久长的戏剧中/穿行了整整七个白天和黑夜/罩一张牛头面具……我呼出长长的一腔叹息之后/把沉重的驮子连同面具一起/卸在一摞等待已久的稿笺纸上。"[①] 首先，牛在藏族文化中具有图腾的意味，在其他诗人的写作中，大多会将牛与族群的图腾并置，使它们保持完全一致，而唯独列美平措未明确地将它与面具相连，而且当卸去了面具之后异常地静谧——尽管在"孤寂的黄昏"，可以看出，诗人在行走的同时带着一些隐隐的批判。诗人想要表达的是，这种想象的戏剧并不能代替现实，并非在节日的戏剧演出之后的停演，而是被推出舞台，让人扼腕叹息。但诗人可以借此卸下沉重的面具，独自写下诗作。诗人们在写作中把文化面具看作一种实体，而在现实中可能未必如此。文化是什么？是血液、种族还是面具？列美平措没有选择其一，而更像是三者皆有。同样，彝族诗人们也如西西弗斯一般，日复一日地在民族志式的文学创作、集体书写中反思和突围。

三、在差异中共生

然而，由于生长地域的不同，诗人们努力的方向也有所差异。在第二章，笔者分析了云南、贵州、四川等几大彝区的文学作品的差异性，在本节，笔者打算更加深入地探讨作者（即知识分子）本身诉求的异质性。这里以几位诗人为例，也就是世纪之交被发星排除在"当代大凉山彝族诗人"之外的吉木狼格，彝族当代诗歌第一人吴琪拉达，具有藏彝两种血统的诗人白玛曲真，云南诗人普驰达岭，贵州诗人鲁弘阿立，以及四川凉山诗人发星和阿索拉毅。

首先，吉木狼格是一个颇具争议的诗人。他与其他彝族诗人相比，在主

---

① 色波主编：《前定的念珠》，成都：四川文艺出版社 2002 年版，第 57 页。

流诗坛的成名更早，认同度更高，但在他担任着 20 世纪 80 年代 "非非主义" 诗歌流派重要人物之时，无论是汉族诗人还是彝族诗人，都有选择性或者无意识地忽视了吉木狼格的彝族身份。而国外的研究者却把他当作彝族的代表诗人进行研究。① 2000 年，发星在《当代大凉山彝族现代诗选（1980—2000）》中，有意没有选入 20 世纪 80 年代在主流诗坛有知名度的吉木狼格，并在后记里陈述了吉木狼格没有被选入的原因，即认为他 "不存民族之根"，认为其诗歌中很少能窥见彝族元素。② 不仅如此，在《后朦胧诗全集》《中国诗年选》等诗歌选本中，也没有人着意强调吉木狼格是少数民族身份、写作少数民族题材的诗人。笔者又将视线投向了网络，仔细阅读诗歌网站、新浪微博上诗人们的互动后发现，汉族诗人对吉木狼格的评价极少有涉及少数民族身份的。这与其他彝族诗人得到的评价完全不同，如吉狄马加、阿库乌雾，他们早就被诗歌评论者贴上了 "彝族" 的标签，究其原因，是这两位诗人的诗歌内容始终围绕着 "彝族" "大凉山" 等主题。

　　然而，发星在诗坛的角色显然和吉木狼格形成了鲜明的对比，就社会身份和血统而论，发星都是一个汉族人，然而，他却立于彝族诗歌创作大潮的风口浪尖，起着一个指挥者和引导者的实质性作用（与此同时阿库乌雾是彝族诗人们的精神导师）。发星在编选《当代大凉山彝族现代诗选（1980—2000）》的时候，将自己的诗歌纳入其中，却认为彝族人吉木狼格缺乏 "民族之根"。也就是说，20 世纪 80 年代到 21 世纪以前的这二三十年间，少数民族诗歌创作群体对民族性的强调有矫枉过正之嫌。当然这完全可以理解，在 20 世纪 80 年代之前，任何一首公开发表的少数民族题材的诗歌都会与 "边疆—北京" 模式挂钩，因此对 "边疆—北京" 模式的矫枉过正在发星等人的笔下悄然发生了。

　　实际上，强调民族性的重要性不仅针对吉木狼格，还有意无意地针对了云南和贵州的彝族诗人。客观看待一个族群内部知识分子的暗流涌动的话语关系是有难度的。彝族化的汉族诗人发星，出人意料地指出云南、贵州两地的彝族人在 "几百年的汉化时光中，族称的符号只是一种符号……"③，他并

----

　　①　这位将吉木狼格当作彝族代表诗人的外国研究者便是悉尼大学 D Dayton，他在学位论文 Big Country，Subtle Voices：Three Ethnic Poets from China's Southwest 中着重研究了吉木狼格的 "彝族" 书写特征。

　　②　发星工作室编：《当代大凉山彝族现代诗选（1980—2000）》，北京：中国文联出版社 2002 年版，第 426 页。

　　③　发星工作室编：《当代大凉山彝族现代诗选（1980—2000）》，北京：中国文联出版社 2002 年版，第 5 - 6 页。

不完全肯定云贵彝族诗人作品中的"民族意识"成分。然而，恰恰是在这些被他否定的诗人中，普驰达岭这位从云南彝族村寨走出的学者后来又为彝民族认同做了一件很重要的事情——与同样被"忽视"的贵州诗人鲁弘阿立一起编选了《第三座慕俄格——21世纪彝人诗选》。

客观事实是，明清时代就被中央政府推行汉化的云南、贵州彝族人，在日常习俗、本民族语言文字的掌握上不如四川凉山地区的彝族人娴熟（当然规范彝文大规模学习和应用也是20世纪下半叶才发生的事情），但正是因为几百年的汉化时光，以及印刷术的传入、古汉文造诣的加深，使得云南、贵州两地彝族经书的留存相当完整。在20世纪80年代大凉山兴起彝族汉语诗歌创作热潮的时候，云南、贵州的彝族诗歌创作还是一片寂静，但这并不代表他们放弃了对"彝族"的认同；恰恰相反，这两地的诗人们，比起凉山地区的诗人群体，更具有彝族认同的意识。

在前面曾经提及，50年代时政府对西南民族的识别还有一些问题可以进行学术论争。彝族支系众多，很多被识别为其他人口较少民族的族群与"彝族"具有一样的原始宗教崇拜或者相同的生活习俗，同样，一些与彝族生活习俗不同但和彝族散杂居的小民族也被划分为彝族。例如，对于彝族当代文学史上第一位彝族诗人吴琪拉达的民族身份，曾与其同乡的赵华甫回忆说："吴老与我是同根同源的阿孟人，虽然我们这边的阿孟认定为畲族……他也说我长有一张同样的阿孟人脸……最后他告诉我他的一个心愿：在他百年之后的葬礼上，一定要用我们阿孟的仪式，要请人来给他冲粑槽，送他上路。"① 无独有偶，福泉市实验学校李永俊也回忆了自己和吴琪拉达见面的场景："他告诉我们：福泉古名平越……他就是东苗的后代。语气中，似乎透露出一种苗族后代子孙的自豪。"② 这两段文字折射出了吴琪拉达民族身份的暧昧性。事实上，50年代民族识别后阿孟人分别被认定为苗、畲、彝、布依等族（并未认定为独立民族）。吴琪拉达既自称阿孟人，又自称东苗族，那么，彝族身份显然是根据50年代民族识别和意识形态共同塑造的结果了。③

吴琪拉达1954年到1956年在西南民族学院学习，其后长期在凉山地区

---

① 赵华甫：《幸会吴琪拉达》，http://mjxlpc. blog. 163. com/blog/static/131053632200910191119358/。

② 李永俊的《初识吴琪拉达》中提到吴琪拉达为作者讲述民族历史，福泉地名来源于两个苗族首领，一个叫王阿平，一个叫蓝阿越，两人分守平越古城，因守城有功，就以两人之名为古城命名。后来两人被官兵追剿，被射死在城边的母鸡桥，苗族弟兄将他们背到黎峨山上埋葬。两人的家眷纷纷外逃，一支逃到高坪王卡，称为"西苗"，另一支逃到风山摆郎，称为"东苗"。吴琪拉达自称是东苗后代。（http://hi. baidu. com/gubinlangzi/item/80c2 941d2a1bbb15e2f9867f）

③ 关于他的民族属性，笔者在2016年夏曾请教过西南民族大学苗学研究专家杨正文，他认为阿孟人就是苗族的支系。

工作，曾任《凉山日报》记者、副总编。因此他的诗歌题材大多是关于凉山地区的"奴隶"解放。吴琪拉达于 1956 年开始发表作品，著有诗集《奴隶解放之歌》《吴琪拉达诗集》，长诗《孤儿的歌》《阿支岭扎》《金沙江畔发生了什么事情》《山歌唱给毛主席》《歌飘大凉山》《写在山水间》《故乡情诗》《玛蒙特衣》《游思集》《怀念领袖毛泽东》。① 尽管不同版本的少数民族文学史和彝族文学史均将吴琪拉达认定为具有开创性的彝族当代诗人，然而他自身的言论更加能够证实身份与创作的关系。他的家族经验中并没有"奴隶制"社会的直接经历，他 1956 年来到凉山时"刚大学毕业……就创作出了《月琴的歌》（1956 年 9 月《草地》）、《孤儿的歌》（1957 年《星星诗刊》创刊号）等具有浓郁的生活气息和较高艺术水平的诗篇"②。短短两年时间，在彝族当代文学史上占先驱地位的两首长诗诞生，很难想象其中的"呐喊"和"苦痛"是客观而真实的。在这里，笔者并非一味强调家族经验和民族经验的重要性，而是客观地指出，民族识别对现代彝族的认同有着重要的推动意义。

彝族内部也并非语言相通，语言学界将"彝族"（50 年代认定的彝民族）的语言分为六大方言区，③ 云南、贵州、四川凉山三地之间的彝族方言并不相同，习俗也不尽相同，然而，云南、贵州的彝族诗人们却以"慕俄格"这样的符号为标杆，乐意推动重构"彝族"这个大的共同体，吉木狼格作为彝族诗人被理所当然地纳入他们主编的《第三座慕俄格——21 世纪彝人诗选》的诗集之中。不难看出，20 世纪 50 年代中央政府实行的民族划分对现代意义上的彝族认同起了至关重要的作用。

随着时间的推移，2012 年，新一代诗歌编选者阿索拉毅编写了《中国彝族现代诗全集》，并于 2015 年出版，即《中国彝族当代诗歌大系》。"彝魂系"是他列出的第一类诗人。彝魂，顾名思义，彝族之魂。这些被称为"彝魂"的诗人，大多同样出现在发星在世纪之交编写的那本《当代大凉山彝族现代诗选（1980—2000）》中，比如吉狄马加、阿库乌雾。令人吃惊的是吉木狼格，第一次被大凉山的诗人们所认同，并加入彝族之魂的英雄谱上。可以见到，在《当代大凉山彝族现代诗选（1980—2000）》出版的 12 年后，青年诗人阿索拉毅对筛选诗歌的宽容度有所提高。仔细阅读收录进来的这几首吉木狼格的诗歌，彝族元素的痕迹略微可见。④ 不难判断的是，阿索拉毅的编选尽

---

① 阿索拉毅：《中国彝族现代诗人档案》，未出版，电子资料，2012 年。

② 朱朝访：《吴琪拉达印象》，http://blog.sina.com.cn/s/blog_59d58b290100am0p.html。

③ 有关方言的数据引自易谋远：《彝族史要》，北京：社会科学文献出版社 2000 年版。

④ 在吉木狼格入选的 30 首诗歌中，牵涉树林、乡村、峡谷、山野、木屋等彝区地理景观的元素较多。当然，诗歌的创作方式还是吉木狼格一贯的口语化写作。

管有一定的宽容度，但是他和先驱者发星的方向都是注重彝族身份的诗人对彝族元素的表达和彰显，在这一点上，显然两位不同代际的编选者是高度一致并且殊途同归的。

诗人白玛曲真的身份也颇有意味。据笔者有限的调查和其本人在博客的自述所知，其父亲是青海藏族人，母亲是凉山甘洛县的彝族人。她的名字是藏文，而她精通彝文，用汉语写作最为流利。然而，彝族诗坛并未排斥这位藏族女诗人，总是在她的身份前加上"甘洛"二字，她在甘洛县担任文学艺术界联合会副主席的职务，也常常自称是彝族和藏族的女儿。① 类似的情况还有很多，事实上，当代彝族文学确是经历了一个颇为曲折的阶段：首先是"边疆—北京"模式，进入 20 世纪 80 年代的高度自我（排除一切异质性）阶段，到了 21 世纪的看似宽容却实质广泛认同的阶段。

四、为何发生

《大西南月刊》伴随着彝族内部的广泛认同应运而生。在发刊词《是时候了》中，有这样一段话："作为五十六个民族大家庭中的一员，无论是称为诺苏，称为撒尼；无论是称为阿细，称为罗罗颇——在今天，如果还相信单枪匹马，还迷恋血白血黑，这不但有悖于人类文明的发展——特别是我们赖以生存的现代文明，而且有悖于我们的传统——希慕遮以来，天下一家的传统！所以，不管是在大小凉山，还是金沙江畔；不管是在乌蒙山脉，还是红河两岸……"② 这是一本彝族人的文化杂志，其主题是彝族文化复兴和彝族内部的文化互动。发刊词里排山倒海的呐喊和诗人们同时期的诉求不谋而合。也就是说，在彝族的知识分子那里，既同意中华民族多元一体的认同，又能够承认之前历史长河里不同的方言、自称、血统、等级制度的存在。然而，作者又强调，现在"是时候"团结一心了，不管是哪个彝族地区，也不管是黑彝、白彝，天下彝族都是同一个族群，拥有高度的同一性。

在某种意义上，《大西南月刊》这类期刊的诞生，以及"藏人文化网"这类品牌网站的出现，都是少数民族的民族意识高扬、对（被划分的）"民族身份"的高度认同、民族知识分子集群化的结果。当然，对于这样的现状，民族类院校在其中也扮演着一个推动者的角色。姚新勇曾以沈从文为例来反向分析民族院校的作用。他认为，沈从文离乡却未返乡，接受与汉族人同样

---

① 在笔者于凉山彝族自治州的田野调查中，有人认为她强调混血可以使得自己的交际圈扩大到两个族群的诗人。

② 阿诺阿布：《是时候了》，《大西南月刊》2012 年第 1 期。

的教育，在主流文坛立足，也从来没有院校或者人去强调他的"苗族"身份（更何况是 50 年代民族认定之前），直到现在的少数民族文学史，也很少会提到"苗族作家"沈从文之类的符号。他还认为，民族本位性的高扬与否和教育环境息息相关。沈从文在北京所接受的教育，和当今的民族类高等院校（如中央民族大学、西北民族大学、西南民族大学）的教育导向是完全不同的。[①]

诚然，纵观民族类院校的导向，无处不凸显了"民族"的重要性，如中央民族大学哈萨克语言文学系，认为："在哈萨克地区，哈萨克语是当地使用的主要语言，是当地社会运转的基本条件之一，由于语言的稳固性特点，这种情况会在相当长的历史时期内持续下去。中央民族大学……肩负着为国家最高层级哈萨克语言文字工作部门输送高级专业人才，继承和发扬哈萨克语优秀传统文化，提升我国本领土学术地位的历史使命……"[②]

在西南民族大学彝学学院的官方网站上，"校长寄语"则更为直接地表达了培养本民族精英知识分子的期待："风雨兼程六十载，彝学学院一直遵循党和国家的嘱托和要求；彝学学院一直以秉承几千年母语文明薪火相传、血脉相承、生生不息的民族文化精神为己任；彝学学院一直背负 800 多万同胞的古老梦想和现代希冀；彝学学院一直认为，本民族历史文化完整性、核心性、主体性、创造性传承与传播是彝民族当代生存与发展的第一要义；彝学学院一直深信，拥有在当代中国高等教育体制下，在高层次教育平台上专业化、国际化地承担了集中培养本民族高层次现代人才的熔炉和摇篮。"[③]

或许知识分子的集群化并非根源于民族高校的培养机制，但是民族类高等院校提供了培育少数民族知识分子的温室环境。这里十分值得注意的是，民族类高等院校指导思想的制定者，恰恰不是少数民族知识分子群体，而是主流汉族社会的决策者和 1949 年之后的意识形态。在姚新勇看来，"民族意识的不断强化，不仅是国家民族政策正面推动的结果，也是负面抑制的后果"。一方面，中央政府大力扶植少数民族地区经济、文化的发展，制定各种优惠政策，甚至在 50 年代，去边疆各地调研的民族工作组学者还帮助没有文

---

① 姚新勇：《文化民族主义视野下的转型期中国少数民族文学》，新北：花木兰文化出版社 2016 年版。

② 摘自中央民族大学哈萨克语言文学系官方网站：http：//kazak. muc. edu. cn/index. asp。

③ 摘自西南民族大学彝学学院官方网站：http：//222. 210. 17. 171/yxxy/index. html。

字的少数民族制定自己的文字、发明本民族的舞蹈① ……另一方面，又常常会强调少数民族对社会主义和国家意识、爱国主义的认同。② 少数民族知识分子的文化民族主义意识在两个力量的夹缝中应运而生。

第二节　风景之诗，诗之风景

自古以来，在中国民族文学的创作中，风景（地理景观）的塑造均为重要的环节之一。竹枝类乐府诗歌（又称竹枝词）源于巴蜀民歌，唐代诗人刘禹锡被贬官至西南地区，学习竹枝词的写法，描述当地风景、习俗，以排解心中之苦闷。竹枝词此时在他的笔下发展为一种诗体。到了清代，竹枝词获得了前所未有的繁荣与发展，以少数民族地区风景、人情为描写对象的竹枝词数量剧增，根据王辉斌的统计，主要有高山族、苗族、白族、回族、土家族、藏族、维吾尔族、哈萨克族、蒙古族、鄂伦春族等，笔者随后补充统计了其他出现于竹枝词中的少数民族，如彝族、满族、傣族、纳西族等。③ 竹枝词所涉及的民族几乎囊括了 20 世纪 50 年代中国境内民族识别所统计的 50 多个民族。据王辉斌统计，清代在题材内容上属于少数民族范畴的竹枝词有 600 多首。

这些竹枝词除了描述各少数民族独特的风俗民情外，还描绘了该民族聚居的地理环境、山川地貌等，为当代的人类学研究提供了丰富的资料。④ 然而，不得不指出，竹枝词是以汉族的眼光去观察"他者"的，从文化意义上来说，其实质和西方殖民历史中所称的"地理大发现"不无相似之处（诚然，古代中国的"普天之下莫非王土"的宽容且自负的思想与西方殖民史上的暴力思维完全不同）。清代竹枝词中不乏对彝族地理景观、风土人情的特色描写。如清代诗人余上泗曾经如是描写彝族的火葬习俗："甲胄奔腾映日新，绕

---

① 1951 年，《内蒙文艺》第 1 卷第 4 期，奥古斯丁和乌力吉两人关于蒙古族是否应该"发明"和推广舞蹈做出了激烈的书面论争。这揭示了一个惊人的真相：20 世纪 50 年代之前，蒙古族的民间文艺活动中基本没有舞蹈的形式，这是一个能歌但不"善舞"的民族。1946 年，内蒙古文工团的贾作光，这个年轻的汉族舞蹈工作者为蒙古族创作、"发明"了大量的舞蹈节目。参考自姚新勇：《文化民族主义视野下的转型期中国少数民族文学》，新北：花木兰文化出版社 2016 年版。

② 如四川民族出版社筹备出版一套《彝族青少年爱国主义教育母语读本》，在网上发表征稿通知，征集彝文诗歌、散文、小说，并留下了彝族编辑苟日木基的联络方式。又如阿索拉毅在彝族诗歌全集的命名上，选择了"中国彝族现代诗全集"这几个字，凸显了彝族和"中国"的从属关系。

③ 补充统计的工作主要来自各地政府网站上关于民族历史的宣传文章，以及主流网络搜索引擎。

④ 主要数据参考自王辉斌：《清代描写少数民族竹枝词述论》，《南都学坛》2012 年第 3 期，第 52 页。

山行处更扬尘。焚骸不识藏何处，击鼓招魂葬主人。"① 清代诗人李朝阳在《新平竹枝词》中写道："琴弹月影照山河，吹到葫芦笙韵合。音节古夷都有趣，送郎声调采茶歌。"② 这两首竹枝词，分别讲述了两个彝族地区（贵州大方县和云南新平县）的火葬习俗以及烟盒舞习俗。诗中既描述了彝族的地理生态环境，又介绍了这个民族的生活习俗。

书写边疆风景的传统由古代延续到当代文学之中。20世纪80年代之前，对边地的风景书写包括两种类型：一是由汉族诗人代言，或以他者化的眼光书写，比如诗人公刘；二是少数民族诗人摹写本民族的地理风景，并将"边疆"和"北京"紧密相连，比如藏族诗人伊丹才让、维吾尔族诗人尼米希依提等。

作为当代诗人中的一员，公刘曾经写过这么一首诗："圣人出在北京城/圣人就是毛泽东/他带领几百万红汉人/上山来搭救我们彝人/手抹桌子一般平/彝人汉人骨肉亲/人人都听毛主席的话/建设各民族的大家庭/这一片土地/山是我们的山/河是我们的河/就是一粒沙、一滴水/都只能属于中国！/这是个美丽的地方/它丰富，但曾经贫困/它美妙，但曾经荒凉/拿喜人披了几千年的羊皮/西藏人赶了几千年的马帮……/这就是美丽的丽江/这就是魅人的丽江/等待着开垦的处女地哟/能带给它春天的，只有共产党！"③

这首诗便是公刘的《哀牢彝歌》，公刘是出生于江西的汉族诗人，然而由于50年代特殊的宣传需要，他便根据云南丽江的边地风景，自行替代彝族人写出了这样一首类似于颂歌的抒情诗，不仅歌颂了"红汉人"和"圣人"毛泽东，还加入了"彝汉一家"这个符合中华人民共和国意识形态的主题元素，诗歌中既包含了彝族的第一人称叙事，又强调了中央政府试图确立的多民族共同体的新型认同。段凌宇认为："这首诗……在民歌的曲调、同式中填入的是汉族作者所属的文化与意识形态。短短一首诗，将圣人情结、政策宣传、国体号召、历史进化论统统融入其中，作者不可谓不花心思。"④ 公刘将风景和意识形态巧妙结合的创作手法，与20世纪80年代之后彝族诗人们试图用风景重构本民族共同体想象的做法不谋而合。

藏族诗人伊丹才让对藏地高原风景的书写与意识形态的巧妙结合也是令人赞叹的，他在诗歌《致雪山》中写道："撒满天星辰/铺一地光明/你，坚定

---

① 余上泗：《蛮洞竹枝词一百首》，选自李芳辑：《大定县志·艺文志》（三卷本）。

② 李朝阳：《新平竹枝词》，http://www.stats.yn.gov.cn。

③ 公刘：《边地短歌》，武汉：中南人民文学艺术出版社1954年版，第61–68页。

④ 段凌宇：《现代中国的边地想象——以有关云南的文艺文化文本为例》，首都师范大学博士学位论文，2012年，第53页。

不移/像一尊银铸的巨人/……为了抚育儿女，自己却永世头顶冰天——/你的围裙就是牧人的七色卡垫/你的手臂就是牧人的羊栏/你的乳液就是千江万河的源头/你的怀抱就是兄弟和睦的家园/——啊　雪山/你伟大慈祥/一付慈母的心肝/昭示出我们祖国的温暖/雪山哪/你是卡瓦坚的摇篮。"①

在这样的写作中，风景被无限化用，"七色卡垫""牧人""羊栏""雪山"等带有鲜明的藏族文化特色的符号被叠加起来，植入到"祖国""慈母"的归属意识中。当然，在伊丹才让 20 世纪 80 年代之后的诗歌作品中，曾经扮演"母亲"角色的中国，被悄然替换成了雪域高原这个母性符号，而伊丹才让本人，也完成了向藏族认同的诗性回归。②

维吾尔族诗人铁依甫江·艾里耶夫在 1947 年创作的《为了你，亲爱的祖国》中写道："除了你的怀抱，我的骨骼不愿躺在任何地方，这儿就是我的天堂，此外何需别的圣地？"1962 年，他又写出《祖国，我生命的土壤》一诗。这两首诗尽管内容差别不大，然而"祖国"的指称似乎不太相似，1962 年他书写的是对中国的热爱，而 1947 年书写的似乎就是民族学家安东尼所说的"祖地"（homeland）了。

在 70 年代，另一位维吾尔族诗人穆合默德江·萨迪克的诗作中，大多在赞美祖国大好河山。值得一提的是，他不仅赞美了作为"祖地"的伊犁河、天山，还赞美了昆仑山、黄河、长江等地理符号。在《和天山对唱》中，诗人一问一答，"天山"如是应答："没有阳光，哪会有繁花似锦/没有阳光，哪会有大地如茵/没有阳光，土地不会开花/我的壮丽富饶啊/只能归功于太阳——共产党/党就是给我美好生活的'上帝'/党就是我的太阳。"③ 这样将地理景观扩大化的博爱，符合当时时代的话语背景，而现在的维吾尔族诗歌很少有诗人会提到"长江"。

专就彝族当代诗歌而言，1949—1980 年间，地理景观在诗歌中同样以非主体性的角色出现。第一章提到，此时期云南和贵州的彝族诗人创作了大量歌颂共产党的诗歌，如吴琪拉达《孤儿的歌》和《奴隶解放之歌》，童嘉通的长诗《金色的岩鹰》④，替仆支不的《我握着毛主席的手》《石磨歌》《奴隶的女儿》，阿鲁斯基的《为国争光》《滇池游记》，涅努巴西的《南诏国的

---

① 伊丹才让编：《雪山集》，兰州：甘肃人民出版社 1980 年版。

② 姚新勇：《朝圣之旅：诗歌、民族与文化冲突——转型期藏族汉语诗歌论》，《民族文学研究》2008 年第 2 期。

③ 这两个诗人的资料参考自艾比布拉·阿布都沙拉木：《论新疆少数民族文学传统中的爱国主义》，《新疆社会科学》2007 年第 5 期。

④ 由四川民族出版社于 1977 年出版。

宫灯》，普阳的《红河之歌》等①。

当时，由于凉山地区对汉字的掌握程度不够娴熟，文艺工作组越俎代庖，和"发明"蒙古族舞蹈一样，代替彝族人民唱起了"优美"的歌颂色彩的山歌。当时凉山地区产生了数部以民歌、歌曲集形式公开出版的诗选，绝大部分是由当时的汉族文艺工作者收集、整理、编写的，如高缨（天津籍）编写的《大凉山之歌》②，梁上泉（四川籍，部队文工团）编写的《歌飞大凉山》③，雷显豪（重庆籍）参与编写的《万颗珍珠撒凉山》④，作家出版社编辑、出版的《凉山山上映红光——少数民族跃进歌谣》（文艺作品选·第四辑）⑤。风景恰恰成为这些诗集作品和其他少数民族的颂歌之间的唯一差异。也就是说，地理景观丝毫不具有主体性，不过是颂歌的装饰品而已，于能歌善舞的少数民族人民而言，是种青稞还是种苦荞，是雪域高原还是金沙江，都并不重要，其诗歌内核依然是"边疆—北京—共产党"模式，以及"无产阶级兄弟是一家"的理念。然而，笔者试图列举相关事实，并从不同的角度来看待这一诗歌的标示性意义和背后的复杂与暧昧的异质性。

彝族当代文学史上第一位诗人吴琪拉达，他的代表作《孤儿的歌》便是一个例子：故事发生在凉山地区的"奴隶制"社会，拉仟是一个孤儿，自幼被奴隶主驱遣使唤。"拉仟啊哭啼啼，/走进主人的家里，/给主人当娃子，/一生掉进虎口里。"在这首诗的结尾，当"主人"带着一帮人将出逃的拉仟逼到悬崖边上的时候，悲愤交加的拉仟做出了与主人同归于尽的选择："拉仟猛力扑来，/双手抓住主人的胸口；/跟来的人吓得直发抖，/拉仟抱着主人跳下岩头。/一个炸雷如劈悬崖，/随来的人个个吓呆，/乡亲们悲叹着拉仟，/泪水如雨，叨念他的遗言。/从此阿伙山上，/留下拉仟的怒吼：/'这世间不自由，来世切莫做牛马！'"这首长诗首先具有一个通用性的特质。假设做一个小小的改动，将"娃子"一词置换成"长工"，诗歌维持原样，很容易发现，这首诗歌同样适用于汉族，成为"十七年文学"的典型范式。再假设将"娃子"置换成"农奴"，这又可以当作一篇优美而凄凉的藏族长诗。⑥

这样高度相似的诗歌绝不会出现在当下的少数民族诗歌创作中，究其原

---

① 部分资料参考自芮增瑞：《彝族当代文学》，昆明：云南民族出版社2002年版。
② 由作家出版社于1958年出版。
③ 由人民文学出版社于1976年出版。
④ 由四川民族出版社于1977年出版。
⑤ 由作家出版社于1958年编辑和出版。
⑥ 娃子是凉山"奴隶"社会中"奴隶"的通用名，而"农奴"多是藏族文学中对底层农牧民的指称。

因，20 世纪 80 年代以后，少数民族诗人的民族本位性大大加强，风景的书写由以往的"去民族化"转向为重写民族志的"再民族化"。彝族诗人们也一样，他们似乎重新绘制了历史和地理版图。

吉狄马加的诗歌就是一例，在《黑色狂想曲》里，他写道："啊，古里拉达峡谷中没有名字的河流／请给我你血液的节奏／让我的口腔成为你的声带／大凉山男性的乌抛山／快去拥抱小凉山女性的阿呷居木山／让我的躯体再一次成为你们的胚胎／让我在你腹中发育／让那已经消失的记忆重新膨胀。"① 在这首诗里，无论是题目还是内容，都在最大限度地表达、囊括能够代表族属身份的地理象征物。"黑色""大凉山男性""小凉山女性"在吉狄马加的笔下，作为集体记忆的重生而存在。他试图唤醒"已经消失的记忆"，尽管诗人自己的出生地是在大凉山，但他依然要歌颂小凉山、古里拉达峡谷这些与自己的成长体验并不那么密切的地理环境。安东尼强调，民族主义作为意识形态的核心观念之一是"祖地观念"（homeland），即这个民族历史上"男男女女伟大的先辈们不可缺少的活动场所和重大事件的发生地。先辈们的重大战斗、签订的和约、会盟集会和宗教大会，英雄们的开拓奋进、各路先贤和传奇故事都在这块土地上发生……有哪种民族主义会不对为各路神灵所保佑的，'我们自己的'山川河流、湖泊平原的独特壮美称颂备至"？②

景观化的历史和历史化的景观一起构成了转型期彝族汉语诗歌的基本风貌。在第二章中，除了写实诗歌之外的几种类型的诗歌都会出现这种特定的历史化、神话化的地理景观。在阿索拉毅 2012 年底编选的《中国彝族现代诗全集》中，几乎随处可见这样的诗歌。如阿诺阿布的《哀牢山》："自从不再张弓搭箭／再多的血　再多的呐喊／切分音　颤音　琶音都无济于／我希望走到你身边的时候／哀牢山　我不像她们那样羞涩／也不像他们那样忧伤／既然分开了天和地／既然规定了男和女／哀牢山　等我想清楚／再重新为你命名在此之前／那些信誓旦旦的词　退缩的心／通通不如一个半睡半醒的夜晚。"③

哀牢山不仅仅是一座山的名字，在阿诺阿布的笔下，这座山承载了更加具有神性的历史记忆。云南民族出版社于 1990 年出版了一本《哀牢山彝族神话传说》，此书收录了 16 位哀牢山民间文学研究者编写的 59 篇彝族神话传说，这些传说的发生地均为哀牢山，包括创世史诗、爱情史诗等题材。这些

---

① 发星工作室编：《当代大凉山彝族现代诗选（1980—2000）》，北京：中国文联出版社 2002 年版，第 42 页。

② 安东尼·史密斯著，叶江译：《民族主义：理论、意识形态、历史》（第二版），上海：上海人民出版社 2011 年版，第 35 页。

③ 阿索拉毅主编：《中国彝族现代诗全集》，未出版，2012 年，第 77 页。

都被当下的彝族诗人化用，哀牢山本身也成了重要的风景、地理符号。值得一提的是，正统地理学和人类学对哀牢山的描述："云南哀牢山，位于中国云南省中部的一条山脉，为云岭向南的延伸，是云贵高原和横断山脉的分界线，也是云江和阿墨江的分水岭。哀牢山走向为西北至东南，北起楚雄市，南抵绿春县，全长约500公里，主峰称哀牢山，海拔3166米。南麓红河州元阳一带，世代居住着哈尼族、彝族、苗族、壮族、瑶族等少数民族……"① 由此进入一个有趣的议题，既然是"世代居住"的多民族，为何诗人笔下的哀牢山这一地理景观仅仅承载了彝族的创世神话？显然诗人试图将风景纯洁化、神圣化。姚新勇在谈论藏族作家唯色时指出同样的问题，实际上，与其说地理景观被神圣化地介入，是重归传统，重建那被阻断了的母与子的想象性关系，不如说是对把自己纳入其间的旧有的象征性关系的反射性抵抗。② 如果将时光倒回五十年前，对哀牢山的歌颂就是另外一种象征关系了：既不能忽视和哀牢山相关的其他民族的"无产阶级兄弟姐妹"，也不能忽视哀牢山和首都北京之间的亲密、友好的从属关系，更不能将哀牢山作为景观的主体性存在来抒情。如果这种说法显得略为偏狭，不如举彝族诗人普正光的一首诗为例，《毛主席和各族人民心连心》的开头和末尾写道："金沙江水清又清/各族人民心向北京城/……/毛主席是彝家知心人/咱永跟毛主席向前进！"③ 金沙江，和哀牢山一样，都是中国、西南、彝族人世代居住的地理环境之一，但是作为1973年的诗集中入选的诗歌，这首诗的确提到"各族人民""北京""毛主席""彝家"等词语。从这两首诗歌的差异，应该能够看出社会主义少数民族文学向象征主义少数民族文学的转变。

将历史化景观入诗并重构本民族的传统，并不是彝族诗人的专利，藏族诗人同样为此努力。维子·苏努东主在《西藏一半在天上一半在人间》中如是书写："我贴心的族人们　弯腰磕长头/是谁听见了鹰的翅膀　为生命歌唱/鲜花遍地热烈地绽放　芳香四溢/西藏　孕育在喜玛拉雅的胸怀/西藏　生长在雅鲁藏江的梦里/朝圣者用身躯无数次丈量过的圣地/跪拜和祈祷是人类万寿无疆的语言。"④ "磕长头"的动作本身，在去圣地拉萨的路上就是一个移动的景观。而诗人巧妙地将藏传佛教、民族经验、地理景观以颂歌的方式紧密融合，从而制造出一种幻象：这既是私人经验，又是藏族的集体经验。换

① 引自《哀牢山》，百度百科，http：//baike.baidu.com/view/113997.htm。
② 姚新勇：《文化民族主义视野下的转型期中国少数民族文学》，新北：花木兰文化出版社2016年版。
③ 中央民族学院编：《颂歌声声飞北京——少数民族诗歌选》，北京：人民文学出版社1972年版，第65页。
④ 参考邱婧：《在地理经验与诗歌传统之间——藏族当代汉诗哲学》，《西部》2011年第23期。

言之，个体悄悄退场与隐匿，取而代之的是藏民族想象的共同体的民族经验。在末句，诗人又以"人类"来表达宗教的张力，以期构成一个"纯粹"的诗歌结构。此类抒情诗可以说是"象征主义"的，因为诗人总是从古老的题材中制造（或者是再造）出一个经验现场。

尽管地方性知识在中国当代文学中极为常见，比如，在鲁迅的一系列小说中，"鲁镇"都是事件发生的地点，是江南水乡的一个小镇；而在莫言的一系列作品中，"高密东北乡"是能够承载时代变迁、改朝换代的一个山东村庄；在八百里秦川中，既有"白鹿原"又有"商州"，这样的地理景观在姚新勇看来，完全不具备集结性。从狭义上看，甚至一个景观仅属一人所有，鲁迅的"鲁镇"和苏童的"江南"哪怕是指同一个城市或者地域，都毫无相似之处。"鲁镇"是鲁迅专属的创作地景，后来也很少有人会使用这个符号。

在这个层面来说，"雪域高原"这个地理符号就完全不同了。中国境内外的藏族诗人，一般会将"雪域"的地理景观放到自己的文学作品之中，并且这种集结性和号召性通常较强。不妨在世界文学的版图内将中国少数民族诗歌和第三世界的诗歌相比较，1996 年到 1998 年间，学院派杂志《弗兰卡语言》曾经按照三年间出版的世界诗歌三大选集中的代表诗人数量，在一张世界版图上划定比例。这张地图令人信服地展现了新型诗歌全球化的面貌，包括非洲和印度、加勒比。和欧美诗歌相比，这些地域的诗歌占据了四分之一的篇幅。英语诗歌的地理学于是被重新构建。笔者在拉马贾尼引介的 A. K. 拉马努金、路易斯·班尼特、奥柯特·毕特克的作品中发现，他们的诗歌用英文写作，重构本土历史、地景和传统。在本书的研究对象——少数民族汉语诗歌中，风景、神话与地理学首先受到影响，诗人群也因强大的驱动力和集结性而发展壮大，甚至能够重构中国当代诗歌的版图。

当然，就像隐秘并稍带幽怨的民族主义情绪仅仅存在于爱尔兰民族和叶芝的笔下一样，关于地理景观入诗所导致的驱动力和集结性也仅仅体现在藏族、彝族、维吾尔族等几个民族之中。满族则不是这样，满族和汉族的关系，因清代的统治者身份这一历史原因而变得极为微妙，与此同时，语言的汉化、融合、消逝使得满族人的民族特征、风俗人情或是淡化，或是融合在北方大地（北京和东北部分地区）的民俗之中。满族诗人巴音博罗面对这样的境况，曾经迷茫地寻找方向："我是一个旗人，但是我用汉语写作，我也把汉语作为我的母语。这是一种悲哀还是幸福？当那条名叫女真的河流从我们的血液中汩汩流往华夏的海洋。我时常被这种浩瀚的人文景观所震撼……"[1] 王明锋在

---

① 巴音博罗：《自序：泛舟母语河》，《龙的纪年》，长春：时代文艺出版社 2004 年版。

采访了诗人之后得出这样的推断："巴音博罗意识到自己的民族的文明的凄凉，也必然意识到作为一个少数民族诗人遭遇到的文化、语言、自我认同方面的困惑、焦虑、冲突，既往的历史记忆中清帝国的已经被抽空了空间，丧失了现实中的地域所指。"① 显然，满族诗人无法在诗歌中集结那种作为象征物的风景，因为他们很难找到现实中的地域所指了。

当然，这种再造的民族地理景观与地理版图，并不是一成不变的。比如对于"雪域高原"的想象，在 20 世纪 80 年代凉山彝族诗人的笔下，将"大凉山"或者"大小凉山"这样的地理区域作为自己的"祖地"进行歌颂，而在 21 世纪前后，对"彝族"的认同则不再局限于这样的地理版图，随之拓展为广泛的彝族地区，不仅是云南和贵州的彝族诗人在强调"天下彝家是一家"的理念，包括凉山诗人也开始重新构建彝族的历史地理学版图。"六祖分支"的传说、史诗和神话一再被提起，分支之初六个祖先分别迁移的路线也被诗人和摄影爱好者重新绘制。

例如，彝族诗人的惹木呷（古火）。他在诗中写道："风住的山谷云住的崖/折了翼的雄鹰在河边/雪做的躯体冰做的魂/掉了牙的孤狼守羊圈/你走在山野/看故乡在沉默中一天天老去/最后一个山头留给自己/九层柴火之上你化烟飘向祖地/向阳的花朵背阴的草/回不去的昨天在微笑/苍茫的天地悲凉的歌/看不清的明天如约来/你坐在祖地/看洪水又一次漫过人间/最后一个子孙躲进山洞/升起又一堆充满欲念的篝火。"②

这个重走了彝族祖先分支迁徙路线的青年诗人，笔下的这首诗充满了大量的信息。首先，两次提到"祖地"，也就是安东尼所言的"祖地观念"已经在他心中神圣化。在诗歌的后几句，他似乎在和祖先交流，看到史诗中所讲述过的洪水、山洞和篝火。其次，地理景观占据了诗歌的主要篇幅。山谷、悬崖、雄鹰、羊圈、柴火涵盖了彝族人生活中的地理空间。

诗人试图和祖先对话的意愿如此强烈，在姚新勇看来，"新时期少数民族文学重返本民族文化之根的历程，大致起始于藏族和彝族汉语诗歌写作。就'重返'而言，这首先应该是一个'历史性'或'时间性'的事件，不过正如我们已经分析过的那样，藏彝两族的诗人重返本族群文化之根的行为，主要表现为一种民族文化空间的建构，或者可以说是一种民族文化景观的创造，而非直接的历史重述，历史记忆的作用在这些作品中更多地表现为特定空间景观打上特定的民族文化标志。当然这并不意味着时间或历史的向度之于相

---

① 王明锋：《巴音博罗诗歌的互文性》，暨南大学硕士学位论文，2008 年。
② 古火：《不止之诗》，新浪博客，http：//blog.sina.com.cn/s/blog_5ffc68c30101dx6p.html。

关写作的重要性只是第二位的，其实如果排除了写作者'重返民族历史''重新唤起民族记忆'的自觉，那么富于特定民族文化指向的空间景观的呈现是不可想象的"①。

总而言之，风景在彝族诗人的写作中，承担了太多的象征意味。一方面这样的历史记忆具有景观性，另一方面自然景观也的确给了诗人们以"启蒙"意味，这样的互动关系延续到诗歌创作之中，丰富了转型期彝族汉语诗歌的写作。

第三节　语言的困境

一、伤逝与困惑

母语在全球化语境下的逐渐消逝，始终是萦绕在少数民族文学创作者心头的一种伤痛。绝大多数有关民族学的论著，都会涉及语言问题。除了安德森的《想象的共同体：民族主义的起源与散布》，还有哈钦森在《文化动力学》中提及的爱尔兰人是否将本民族文字纳入基础教育的争论；霍布斯鲍姆也在《民族和民族主义》中提到，威尔士人对待双语的暧昧态度："他们认识到会说英语对威尔士人的生涯来说有多重要，特别是在应付与英格兰人的通商需要时。但这种认识却无损他们对自己古老传统的依恋。即使是那些已经接受古老语言终将消失的人们，他们对古老传统的依恋依然十分强烈。"②

拉马贾尼在《杂糅的缪斯——英语后殖民诗歌》中，提到了由于种种原因和方式丧失母语的诗人在写作中所做的无形抗争："杂糅诗学是一个庞大的充满生气的诗学体系，即英语诗学与长期被大英帝国占领的非洲、印度、加勒比和其他非殖民地的诗学的杂糅。后殖民诗人戏剧性地勾勒英文诗学的轮廓，并灌输以本土的隐喻、韵律、克里奥尔语、流派。"③ 他同时举例，印度诗人拉马努金借用了泰米尔文学中的隐喻压缩并将其置于英语写作中。牙买加诗人路易斯·班尼特借用了大量牙买加克里奥尔语中的音素、单词，譬如"boonoonoonoos"来取代"可爱"，或者用"boogooyagga"来取代"无价值的"，乌干达诗人埃克特从阿克里歌谣中改编了图像式的成语、意象、修辞手

---

① 姚新勇：《文化民族主义视野下的转型期中国少数民族文学》，新北：花木兰文化出版社2016年版。

② 埃里克·霍布斯鲍姆著，李金梅译：《民族与民族主义》，上海：上海人民出版社2006年版，第32页。

③ JAHAN RAMAZANI, The hybrid Muse. Chicago：The University of Chicago Press，2001.

法等，他摒弃了拉维努语言的粗糙并创造了英语诗学中史无前例的语言，如"和蜜蜂的阴茎一样燥热""残暴如同蝎子的刺""像水牛黄蜂的刺一样致命"这样的修辞。

与此同时，后殖民诗人精湛地重塑了殖民者的文学语言形式。渥雷·索因卡将有回响的伊丽莎白式英语嫁接到约鲁巴语法和神话中去。德里克·沃尔科特将希腊的菲罗克忒忒斯化为有后殖民冲突寓意的人物形象。还有，洛娜古·迪森将西方温柔的女性形象（比如佩内洛普和美人鱼）改编到加勒比的历史地理学中。通过这些大杂烩，他们构建了一个多重的世界，后殖民诗人将西方本土化，将本族英语化，然后丰富了英语诗歌的世界版图。

少数民族母语的淡化和消逝，有着不同的方式和原因，对于彝族诗人而言，这并非外在的暴力终止彝语使用，而是由于社会和生存让彝族人不得不渐渐远离自己的母语。俄狄小丰曾经在博客上写过："我是个游离人，抓不住母亲离去的衣襟，也靠不近现实的港口。当我用生硬不熟的母语和族人交流时，我感到多么的悲伤，我想我该完全融入到我所思所想的一切中，但我已经失去寻找切入口的能力；而当我用汉语书写时，我的悲伤更是无比的强烈，因为我竟如此热爱汉语，感到它是引我走向思想平原的道路，却也远离了生养我的那片森林。"[1]

马子秋在《忧伤的母语》中写道："三十年前/我骑着一根竹子/赤脚从草地上跑来/母亲舒展黝黑的笑容/张开双手迎接我/说：嗨！俺惹妞（彝语：我的小儿子）/三十年后/儿子骑着玩具车/从柏油路上飞驰而来/妻子舒展粉白的笑容/张开双手迎接他/说：乖！宝贝儿/一种语言的遗失/不过是两代人之间的距离/仿佛化为油路的草地/消失在时代的狞笑声中/竹子奔向祖先/玩具车开向未来/在这悬崖的断口之下/时光却疾步如飞而去/一种古老的声音/也漂在岁月的河面上/向下流去。"[2]

这首诗直白地表现了"我"的小时候和"我"儿子的小时候，不同的母亲对他们的称呼有所不同。固然，那一句"俺惹妞"是彝族最为传统、常用、温情的语言，但是学者姚新勇指出，"乖，宝贝儿"也未必就是汉族通常的语言，而是一个舶来的词汇。或许这样的分析有些过于敏感（抑或过于汉族中心主义），然而这首诗所代表的"哀怨"情绪却不仅仅存在于马子秋一个人身上，在许多彝族诗人的身上都有所体现。第二章曾经着重分析过俄狄小丰的《汉字进山》和阿克鸠射的《彝语》两首诗，诗中表述了母语和汉语之间的

---

① 俄狄小丰：《我是文化杂种》，http：//blog. sina. com. cn/u/1196705515。
② 阿索拉毅主编：《中国彝族当代诗歌大系》，成都：四川民族出版社 2015 年版。

紧张关系，书写较为直接而尖锐。

然而，在彝族诗歌收集的过程中，我曾经遇到过出自知识分子之口却难以斡旋的话语困境。例如，在青年诗人阿克鸠射的诗歌——《我看见一群赶错列车的彝人》中，他如是写道："夜幕降临的时刻/在一个叫拉布恶咒的火车站/我看见一群来自远山/操着阿都方言母语的族人/老人年轻人男人女人/在赶一列开往成都尔库的 782 次列车/我的父老乡亲/兄弟姐妹 /你们为何要远走高飞/抛弃生你养你的故土。"①

诗歌末尾的两句，沉重而又悲怆，这首诗歌蕴含着丰富的话语指涉：乡村的人涌入城市务工，彝族人离乡，语言不通，对汉字的陌生……然而他们为什么还是要离开故土、远走高飞呢？答案很简单，生存使得他们不得不离开大山。当这样的人们回到家乡时，会是什么样的状况呢？

吉布鹰升在《打工回来的彝人》中写道："过彝年时/我目睹了来来往往的打工者/提着大包小包/操着方言尾巴的普通话/拥挤着车站/如果这不是在凉山/如果不是他们彼此偶尔用彝语交流/我绝不会想到这是我的族人/他们一年的奔波 劳苦 冒险/和离乡的惆怅/使我沉重/而现在/他们回家的欣喜和候车的焦虑/使我好像也是他们的一员/彝族年后/他们又涌向大江南北/在故乡的日子为什么那么短暂与匆忙/好像来不及一句问候/祝福他们/可是说起来为什么忧郁。"②

尽管，从表面上看，以上这两首诗完整地组成了"离乡—还乡"的二元模式，但是与汉族地区简单的"乡土—城市"模式有所不同的是，这样的二元模式因民族问题变得尤为复杂。在彝族知识分子看来，首先，外出务工不仅仅是离乡，而是投入汉族地区的大型城市，"城市（彝语：尔库）"这个地理概念在彝族传统之中并不具备，彝族文化的鲜明特征就是山地文化，并无城市一说，而当代社会，彝族乡村里大量人口的流动和离开，直接导致山地文明陷入迅速消逝的危险境地。其次，母语的消逝和丧失极大地刺痛了知识分子们的心，从"来自远山/操着阿都方言母语"到"操着方言尾巴的普通话"，"如果不是他们彼此偶尔用彝语交流/我绝不会想到这是我的族人"，并不需要太久的时间，母语将会滑向消逝的深渊。

知识分子显然尤其担心这两点能够完全摧毁民族文化的现实困境，然而，一个矛盾就是，保卫语言和文化究竟在什么层面上才是必要和紧迫的？知识分子在对待母语问题上的态度是否过于苛刻？在中国现代社会的大转型期，

---

① 发星编：《〈彝风〉创办 10 年纪念专号（1997—2007）》，民刊。
② 发星编：《〈彝风〉创办 10 年纪念专号（1997—2007）》，民刊。

乡土社会遭到了极大的冲击，原有的生产方式消失殆尽，工业化的洪流几乎
席卷了整个中国，大量农村人进入城市打工，而这样的情形不仅发生在知识
分子们所焦虑的彝族地区，还发生在绝大部分汉族地区。也就是说，彝族民
众首要的生存问题需要通过外出务工来解决，而大规模的人口流动和离乡势
必造成语言文化的丧失。① 生存还是留守自己的母语？这显然是一个悖论，在
阿克鸠射的诗歌末尾，他问："你们为何要远走高飞/抛弃生你养你的故土"，
未免是一句饱含知识分子理想的空话。

2007 年，彝族的主要文化网站之一——彝族人网的论坛上出现了这样一
则消息，② 凉山彝族自治州各区县的高考一般不考彝文，只有报考彝学专业的
学生才可以申请加试彝文。尽管政策如此，但很多中学由于不重视或者人力
不足，并不会举行彝文考试，在填报名卡的时候，即使有学生要求加试彝文，
当地学校也未必会组织考试。然而，一位网名叫"忧伤的小鹰"（本名马黑林
布）的高中生打算报考彝文方向的专业，于是向学校要求加试彝文，在他不
懈地奔走、呼吁之后，峨边彝族自治县在当年同意为有需要的学生加试彝文。
同年 10 月，已经成了彝族大学生的马黑林布和其他同学创办了"中国彝族
网"③，网站延续至今。

诚然，彝族知识分子对待母语有着过多的焦虑，然而，少数民族语言的
消失，是世界上每一个人口较少的族群都正在或者已经经历的事情。哈钦森
在《文化动力学》里提到，1909 年爱尔兰的国家会议上，两位领导人就爱尔
兰民族的界说产生分歧，其中一位领导人是希特，盖尔党的领袖。他是民俗
学家和诗人，后来从事政治宣传，毕生致力于爱尔兰的盖尔传统复兴，而盖
尔传统现仅存于爱尔兰西部的乡村。另一位领导人是德灵顿，他 40 多年来致
力于爱尔兰议会从英国分离出来的斗争，为爱尔兰在现代民族国家中寻求一
席之地。两人的分歧在于爱尔兰语在爱尔兰教育体制中的地位，尤其是这门
语言是否被强制纳入国家大学的入学考试中，德灵顿虽然对爱尔兰语情有独
钟，但不主张纳入考试，对他而言，一个民族完整的表征是民族自治政府；
而希特虽然也是爱尔兰民族自治的支持者，但他认为爱尔兰语是古代盖尔文

---

① 当然，问题远远不如知识分子们设想的那么严重。笔者在网络上得到的消息显示，凉山彝族
自治州的西昌青山机场，用彝语、汉语、英语三种语言播音；去往凉山彝族自治州的高速公路指示牌
用彝汉双语指示。

② 笔者根据这个网帖的碎片化的跟帖梳理而成。引自《对不起，我是彝人》，彝族人网论坛，
http：//bbs. yizuren. com/viewthread. php？ tid ＝45379＆extra ＝ page％3D1＆page ＝2。

③ 中国彝族网，http：//www. yizucn. com。

明的生命线，是对历史族群的合理主张，他希望将爱尔兰语纳入高考。①

二、新老彝文之争

值得一提的是，尽管彝族的知识分子们一再呼吁对母语的挽留和保存，但是两种彝文的存在却时常导致不同地区的彝族人各抒己见，有时甚至以此展开争论。除 1956 年设计的拉丁字母形式的凉山彝族拼音文字方案外，20 世纪 70 年代初，四川省委决定对原有的古代延续下来的彝文进行整理规范，并引入现代标点符号等新成分，确立了彝语拼音，② 从而制定了四川彝文"规范方案"。1980 年，《彝文规范方案》被批准实施。经过民族语言工作者 30 多年的大力推行，在凉山地区已经实现稳定的中小学"规范"彝文的基础教学。凉山彝族自治州现从事双语教育教学工作的专职教师有 953 人，凉山州彝文教材编译室也先后编译出版了 880 多种 7500 万册各类中小学彝文教材、教学参考、教辅及部分中师彝语文教材。③

在规范彝文推行之前，只有毕摩和少数人才识字，这样的历史原因使得凉山地区的彝族人尽管还是存在一定的疑虑，但在接受上相对容易，加之 20 世纪后期彝汉双语教育的推行以及计算机对规范彝文的支持，虽存在争论，但基本使规范彝文在凉山彝族社会树立了权威性。与此相反，云南和贵州的彝族地区由于较早（明清时期）就接受了中央政府的统治，例如，云南省峨山县（属于彝语南部方言区），彝语南部方言区人口约 120 万人，内部语音较为统一，在明清时期曾经形成过相对繁荣的彝文文化圈，清朝乾隆年间在今红河州建水县（临安府）创办过毕摩会考制度，涉及红河、玉溪、普洱等地州市，而且民间彝文文献数量多，种类齐全，内容丰富。④ 因此，20 世纪 70 年代发明于四川的"规范彝文"，到了彝族古代典籍保存最多的云南和贵州地区，却遇到了推广的困境。究其原因有三：

其一，在网上论坛不难发现，云南和贵州的彝族人常常质疑规范彝文是

---

① JOHN HUTCHINSON. The dynamics of cultural nationalism: the Gaelic revival and the creation of the Irish nation state. London: Allen & Unwin Ltd, 1987, p. 206. 笔者翻译并参考了此部分。

② 在搜集新老彝文资料之初，笔者认为加标点符号和音节是对"他者"文化的极大不尊重，有文化霸权的意味，后来查阅资料发现，工作组的这种做法可以理解。因为彝文本身的特殊性："①有些字一字多形；②有些字一字多音或一音多字；③有些字体排列行款不统一；④有些字重义别体过多而有些字音节缺字；⑤没有严格的标点符号辅助别义。"参考自彝学网，http://222.210.17.136/mzwz/news/2/z_2_52259.html。

③ 参考自：《新彝文，镌刻凉山 30 年社会进步》，《凉山日报》，2010 年 8 月 11 日。

④ 部分资料参考自拉苏：《凉山规范彝文的实施成功对全国彝文统一的意义》，规范彝文实施 30 周年研讨会参会论文。

否能纳入本民族的文字之列。也就是说，他们质疑的是"再造"文字的血统问题。其二，在彝族漫长的历史中，彝文在三大彝族地区读音不一，凉山地区内部的区县基本可以实现母语交流，而云南的彝族各区县则很难实现这一点，更不要说和凉山地区的语音差异了。规范彝文是 20 世纪 70 年代根据凉山地区彝族发音加以改造的，其中的音节文字和编排的注音有些并不适合云南和贵州彝族地区使用。其三，书写发展程度不一，字体也不尽相同。有人认为，彝文书写在贵州和凉山的差异明清时期就存在了，明代时贵州彝族人开始接触毛笔等书写工具，彝文书法应运而生，而后开始在贵州和云南东北部彝区兴起，明朝中央政府对彝文的保护也做出很大贡献。而凉山的书写工具发达程度不够，多为自然工具以及鹅毛笔等，所以书法并不流行，还是以符号的原初形式存在，后来的规范彝文也是根据凉山地区的彝族文字研究再造的，因此加大了与贵州、云南古彝文的差异性。云南、贵州的彝族人自然不太容易接受。①

颇有意思的是，尽管现在几种彝文的使用和掌握在各省区不统一，然而，前文所探讨的知识分子对统一、整合历史记忆，重构民族共同体的诉求，却直接导致"提出统一三省区彝族文字"的建议频频出现，甚至这个争议本身也是因"重构"的诉求而发生的。可见，知识分子们急切地需要语言统一来化解作为"彝民族共同体"的尴尬。通过这样的分析可以得出，彝族知识分子内部对待母语的态度具有异质性和暧昧性，既有尖锐、深刻的表达，也有甜蜜的回忆和忧伤。尽管关于彝族诗人之于母语困境的考察暂时告一段落，然而关于母语的讨论、忧伤和阵痛还在彝族诗人群体中不断浮现和绵延。

第四节　记忆与身份之再确认

在安东尼看来，民族的"神圣属性"分为四种：一是被"神"选择的族群；二是依恋一片祖先神圣化的土地；三是共享族群历史、物质、精神、艺术的黄金时期的历史记忆；四是崇拜"光荣的牺牲者"，膜拜他们为民族及其命运的自我英勇献身精神。② 其中第二、第三、第四点都能在彝族诗歌创作中

---

① 此章节完成后曾征询了彝族博士、语言爱好者杨志勇的建议，并按照他的建议进行修改，在此致谢。

② 安东尼·史密斯著，叶江译：《民族主义：理论、意识形态、历史》（第二版），上海：上海人民出版社 2011 年版，第 157 页。

找到对应。对土地的歌颂，对这个族群辉煌时期的歌颂，对牺牲者的歌颂都存在于彝族诗歌创作的过程中。

2013 年初，彝族诗人阿索拉毅组织了一场以"甘嫫阿妞"为题的诗歌比赛，比赛得到诸多诗人的响应并收到了六十余首参赛诗歌。《甘嫫阿妞》是彝族地区广泛流传的史诗，① 大概内容是明代的峨边彝族地区，有一个绝色姑娘名为甘嫫阿妞，汉地派来的封疆大臣治达打算强聘其为妾。姑娘经历了誓死不从、翻墙出逃、被擒入牢之后，最终用五色丝线做成的绳子自缢，捍卫了贞洁与尊严。这个传说发生于明代，与其他上古时期的神话传说相比显得有据可查，然而在语焉不详的史诗和其他史料里，笔者并未查询到那个汉族官吏"治达"的信息——不管这个信息如何模糊，都是一个阳性的、男性的、异族统治者的象征，而"甘嫫阿妞"这个人物，则是一个与之相对立的"牺牲者"形象。在这个层面上，甘嫫阿妞的自我牺牲，不仅是代表女性对男权的反抗，还代表了被统治族群对统治者的反抗。这样的牺牲，对于文化民族主义者来说，是最值得歌颂和发扬的，因此才有了"甘嫫阿妞"同题诗比赛的发起和热潮。

一、《指路经》的历史积淀

对牺牲者的歌颂仅仅是重构族群记忆中的一个环节，并不能体现出彝族知识分子重构族群记忆过程中的特殊之处。因为，更多的诗人和知识分子试图梳理和关注彝族"六组分支"的历史记忆。彝族是一个有独立语言、独立文字的民族，并且有文字的历史记载由来已久。当今的彝族六大方言区，追溯到彝族的历史记载，是由于六个祖先分开而形成的。"六祖"分别迁徙到不同的地域，穆阿怯所属的武氏族和穆阿枯所属的乍氏族在云南各地迁徙与发展；穆阿赛所属的糯氏族和穆阿卧所属的恒氏族向滇东北、四川永宁以及凉山地方迁徙、发展；穆克克所属的布氏族和穆齐齐所属的默氏族向滇东、黔西北方向迁徙与发展。漫长的历史进程中，彝族在西南大地上蔓延生息，最终形成今天的分布与格局。② 这样的历史渊源也奠定了"天下彝家是一家"说法的基础。值得一提的是，神话传说、史诗可以完整无缺地与现代彝族人的家谱对接，这在其他少数民族是较为少见的现象。究其原因在于父子连名的习俗，彝族男人的人名本身既表示其所属宗族，又表示其父子关系，父亲

---

① 史志义、甘映平、白明轩编译：《甘嫫阿妞》，成都：四川民族出版社 1998 年版。

② 王先灿：《十字路口与驿站——论彝族六祖文化》，彝学网，http：//222.210.17.136/mzwz/index.htm。

名字的最后两个字会成为儿子名字的前面两个字。

　　青年彝族诗人的惹木呷在凉山日报社就职（后进入西藏民族大学攻读硕士）时，率先提出重走六祖迁徙之路，有几个方面的原因。首先，他认为彝族古文所写就的史诗，虽然较为详尽，但由于年代久远，迁徙的路线可能不那么精准，也不利于对彝族大众的宣传，作为《凉山日报》的记者、知识分子、诗人，他理应承担起拨开历史迷雾的责任。其次，他认为结合彝族经书《指路经》能够更好地了解当年祖先所走过的路程，因为《指路经》是历来在彝族人死亡时必要举行的仪式上由毕摩主持吟诵的经文，这样亡灵才可以顺利返回他们的"祖地"，也就是祖先曾经分支的地点。再次，如果能够捡起或者根据有关记载重塑这些遗落民间的历史记忆，就能为凉山人文旅游做出自己的贡献。另外，凉山地区社会问题较为严重，比如吸毒等，这样的寻访能够同时关注并如实记录沿线民生现状（包括教育、卫生、经济发展等）。

　　作为记者，的惹木呷有着合适的机会和充分的心理准备。"据《指路经》记载，凉山彝人祖先（古火、曲涅两支）离开孜孜普火（今昭通）自雷波、金阳一带横渡金沙江进入凉山以后，大部分人在今天的洛俄依甘（今美姑大桥）分成东、南、西、北四条路线分流迁徙散居各地，经历史演变，形成今天的格局。"① 在这样的设计下，他选择了回归的路线和方式，按照《指路经》的指引，全程徒步从北线开始回归之路的寻访："从甘罗波波奎出发，经玉田区、疗坪乡、则洛乡、斯觉翻冥牟山进入越西境内，经梅花、白果、新民、中所、南箐等地，翻小相岭进入喜德境内，从瓦吉木梁子到尼波进入昭觉比尔地区，转道越西深锅庄地区进入美姑，过侯古莫、牛牛坝、巴普到美姑大桥。到此，北线寻访告一段落。"②

　　《指路经》在彝族的经文之中，是极为重要的一个系列。在谈到少数民族重构历史记忆的时候，通常会认为虚构的部分超越真实。而这个规则并不完全适用于彝族地区，究其原因，就是代表了史书而存在的《指路经》，当然，后来的彝族诗人们从《指路经》和其他史诗中汲取这些养分，继续开始指向古老的过去吟唱。由此可见，"咏古"不仅仅是因为20世纪80年代以来的诗

---

① 古火的新浪博客：http：//blog. sina. com. cn/s/blog_5ffc68c30101dx6p. html。
② 古火的新浪博客：http：//blog. sina. com. cn/s/blog_5ffc68c30101dx6p. html。

人民族本位性的增强，其本身就是彝族诗歌的一大特色。①

李列认为，《指路经》使得历史记忆的重构有据可循，因为《指路经》就是指导灵魂回归祖界所历阴路的经书。在彝族原始的宗教观念中，亡灵是必须要回归到"俄咪"（即祖界）的，这条回归之路就是当初祖先分支、迁徙之路，因此在艰难险阻的路程中，"既有高山河流，也有城镇平原、神魔鬼怪、愁云惨雾，充满了坎坷艰辛，亡灵在毕摩的指导下，斗妖魔、跨河流、除尘念，一路走，一路看，一程一站，从亡人住地顺利回到祖先居地"②。彝族人在去世后，之所以寄希望于"原路"回归祖界，并且有着明确的目标和路线指认，李列认为，原因是彝族文化强调血缘关系和地缘关系的纯洁性，当然，家支在彝族社会中的重要性也证明了这一点。在丧葬的悲哀气氛中，作为宗教的仪式执行者，毕摩诵经，为亡灵指明回归的方向，就走出了一条彝族祖先的历史之路，也就是说，毕摩每念诵一次《指路经》，就开启了一段历史记忆。而且，在彝族社会，每个家支都有自己的《指路经》，在李列看来，正是这种历史记忆的"重复""编织""诠释"，使得彝族的历史传统不断延续，在经书中"寻根"，在这棵"六祖分支"后经过风风雨雨，枝叶茂盛，伸向四面八方的参天大树下，迁徙各地漂流他乡而顽强生存的各支系，获得了"本是同根生"的意义。

二、从"民间"到"官方"

按照李列对《指路经》的诠释，不难得出一个推论，彝族诗人的家支观念，历史记忆的非虚构性存在，都使得他们会积极努力地重构民族共同体的历史，当然，知识分子的重构也和本章第一节中分析的几个诱因有直接关系。本书第二章曾经对化用经书的当代彝族汉语诗歌做出详尽的分析，巴莫曲布嫫、普驰达岭、俄狄小丰、阿索拉毅等人都曾经在诗歌中化用彝族的古典经书、史诗等。这样的素材哺育了一代又一代的彝族诗人。

值得一提的是，这种对彝族历史记忆的重构虽起源于"民间"知识分子（当然这些知识分子如前面分析的那样，大多是在体制之内的知识分子），然而在"官方"（当地政府机构）也开始出现类似的行动和诉求。比如，2013

---

① 姚新勇在《文化民族主义视野下的转型期中国少数民族文学》中写道，林耀华这样的汉族学者对彝族文化的观察和表达，都是指向未来的；而彝族诗人们总是指向古老的过去，很少有咏叹未来和当下的，于是他得出，这是民族本位性增强的一个结果。实质上，彝族的文学经典均是指向过去的，尤其是强调要回归祖界，彝族没有一神制，信奉原始宗教、万物有灵，而祖先崇拜是极为重要的一个文化现象。

② 李列：《彝族〈指路经〉的文化学阐释》，《民族文学研究》2004年第4期。

年初，四川省民族事务委员会曾发布一则消息："近日，中国彝族千家姓编纂委员会四川编审会在凉山州西昌市召开。原凉山州副州长、凉山彝学会会长巴莫尔哈，原州政协副主席谢宇才，原云南省大理州巍山县县长毕忠武等参加编审会。该书按照'整理中国彝族姓氏形态的主要表现、梳理中国彝族姓氏来源的常见形式、探究彝族姓氏背后的文化内涵'的思路，比较系统地对中国彝族地区现在正在使用的 1000 多个姓氏进行收集整理汇编成册，让彝族地区读者和海内外的彝人及关心彝族地区经济社会发展的人士，对彝族姓氏的来源、人数分布有一个简明认识，使之成为一份系统性研究彝族姓氏文化的重要资料。"[1]

如果这则消息发布于 20 世纪 50 年代，倒也不足为奇。但是主体性的演变颇有意味，对彝族家支——姓氏的整理与历史记忆仿佛是自发的，虽然新闻的发布者是四川省民族事务委员会，然而这看上去更像是彝族的社会精英发起的，而不是主流汉族社会为了帮助"民族兄弟"以及促进中国多民族大家庭"丰富多彩"的文化而发出的呼吁。他们的目的主要在于"彝族地区"的读者，而非汉族读者，他们希望能够激起彝族人对家支、分支等历史记忆的热情接受。

综上所述，彝族知识分子在彝族社会历史舞台中扮演着多重的角色，他们在诗歌之中、诗歌之外都有所作为，这既是彝族文化留存的一大幸事，也能够折射出中国转型期社会背景下少数民族知识分子的担当和话语倾向。

彝族诗人沙玛尔诗在自己的网络空间中配了以下一幅图，并写道："你的脸上写满忧伤，是一幅历经沧桑的油画。我不曾试着读懂这幅画，也不曾试着近看这幅画。突然有一天我试着去读你时，希望你还在我身边，像十多年前一样守护着我。"[2] 这首诗名义是在讲母亲，但是通过他常常发的文字和图片可以看出，其实质上是喻指彝民族本身，承载千年记忆的民族，显然是"历经沧桑"的，然而突然有一天，年青的一代子民们，试图去读懂、重新温习这个族群的历史记忆了。

---

① 引自：《中国彝族千家姓四川编审会在西昌召开》，http：//ls. newssc. org/system/20121204/000845090. html。

② 沙玛尔诗的新浪微博，http：//weibo. com/yizu999？from = profile&wvr = 5&loc = infdomain。

结语：民族、想象与诗歌生产

　　行文至此，在对转型期彝族汉语诗歌的考察告一段落之时，或许重返历史现场显得更加重要。将转型期彝族诗歌置于中国现代和当代文学创作的大背景下来看，这个繁茂的支系不仅透露出旺盛的生命力，还时刻提醒着作为文学研究者的我们：在当代文学中，存在着这样的族群，他们有着不同于中原文明的想象力，却又与主流汉语文学有着千丝万缕的联系。

　　如果将研究的视野拓展到彝族之外，到中国西南地区以外的诸多少数民族地区甚至世界各地，一个问题便由此产生：彝族汉语诗歌的写作大潮，是孤立存在的吗？答案当然是否定的。自吉狄马加开始的转型期彝族汉语诗歌的书写，至今已进行了三十余年。在这三十余年中，不仅仅是彝族的诗歌有着丰富的产量和优秀的诗歌品质，藏族诗歌、蒙古族诗歌、维吾尔族诗歌等少数民族诗歌都展现了不同于"十七年"诗歌的别样风采，这些诗歌和汉族的当代诗歌共同构建了中国当代诗歌版图。三十余年间，少数民族的汉语诗歌写作，大多经历了从高度同一化到自我觉醒的转变、强调民族特征、多元化诗歌创作等发展阶段，而这些阶段都与中国社会思想文化转型密不可分。

　　诗歌和其他文学样式的区别在于其敏感程度和象征性，因此诗歌能更完整地折射出中国社会转型期少数民族写作的迷茫、思考和阵痛。尽管少数民族的诗人们大多用汉语写作，但是他们对母语、对本族文化的赞颂依然存在于诗歌之中。在第二章里，笔者对彝族汉语诗歌分类进行了详细的考察。无论是以吉狄马加、倮伍拉且等人为代表的具有民族寓言色彩的抒情诗，还是以阿库乌雾、牧莎斯加、巴莫曲布嫫等人为代表的带有宗教复魅色彩的抒情诗；无论是写实诗歌的发生还是长诗的兴起；无论是云南、贵州彝族诗人的写作还是四川彝族诗人的创作……都能证明这一点。

　　在彝族当代诗歌先驱者吉狄马加最初的写作中，他模拟着一个孩子的角色，开始重新好奇地审视"祖先"和"民族"，无独有偶，同样的写作方式也出现在藏族诗人伊丹才让的笔下。这样的觉醒方式引人深思。在此之前，高度同一化的诗歌话语大多是赞颂"边疆"人民和"北京"的"心连心"，却从未将自己所在的民族作为自在、自足的空间去描绘、去观察。进入 20 世纪 80 年代，中国社会思想解放也瞬时冲击到了少数民族诗人，他们惊奇地开始将自己置于"多元一体"的多族群环境中去审视自己的民族身份，其中不乏迷茫、惊喜和甜蜜的感情，因此用儿童的视角呼唤、写作是自然而然发生的。此后，大量的少数民族汉语诗人涌现，这时儿童视角的书写随之隐匿，取而代之的是成人视角对本族群社会观察的诗歌写作。觉醒之后的诗人们为自己的民族身份明确定位之后，民族本位性不可避免地在诗歌话语中发声了。

这一点当然不仅仅出现在彝族诗歌之中，在藏族诗歌、维吾尔族诗歌中也多有体现。这种诗歌话语发生在 20 世纪末至今的十余年间，而且发生的范围也不仅仅限于公开出版的纸质媒体，可以看出，民间诗歌刊物、诗歌网站、民族文化网站等媒介同样承载了大部分少数民族汉语诗歌的发表和刊出。与此同时，这些诗歌刊物和文化网站多数是由少数民族的知识分子主持并且维护的，他们中既有诗人、学者、政府工作人员，也有高校学生、自由职业者，这些知识分子的努力也对少数民族文化研究起到了极大的推动作用。

少数民族的文学创作并非处于一个独立、密闭的话语环境之中。首先，政府对民族高等教育的发展给予了极大的推动力，少数民族知识分子大多受过民族高等教育，部分也成为政府工作人员以及高校教师，在他们成长的过程中，少数民族文学创作也被逐渐纳入诸多奖励机制之中，高等教育和评奖机制中对民族身份的过分强调也间接导致了文学作品中民族意识的强化。其次，对民族宗教、文化、诗歌、典籍的文化研究和田野考察也在 20 世纪 80 年代之后兴盛起来，如此多元化的文化生态也间接影响了少数民族汉语诗歌的创作。再次，工业化进程对中国乡土社会的巨大冲击使得少数民族传统乡土社会受到了双重冲击——来自汉语社会以及来自全球化本身的冲击。这样的冲击极大地触动了少数民族知识分子对原乡的追思和对传统文化断裂性的伤痛之情，这种情感也成为少数民族汉语写作的材料基石。最后，旅游经济的发展不可避免地"东方化"了一些少数民族居住地区，不光是游客猎奇的书写，汉族的文学创作者也跻身其中，进行含有少数民族题材的文学创作，这在一定程度上强化和影响了少数民族文学创作者的民族本位性。

当然，有关转型期少数民族汉语诗歌写作的文化生态更加复杂和多元化，远不止以上几点。就诗歌本身而言，当代汉族诗歌发展的几十年间所经历的迷茫和阵痛、高扬与忧郁、象征和反传统，少数民族汉语诗歌也统统经历了，有些是同时经历的，而有些则晚于主流汉族诗歌。彝族汉语诗歌在各个民族的诗歌创作之中是最为典型的一例。

值得一提的是，对诗歌中所体现的民族本位性进行追本溯源，颇有意思。彝族，作为一种指称，这个某种程度上具有统一性、团体性、集结性的共同体，仅仅存在几十年。在此之前的漫长岁月中，彝族仅仅是一个重家支、"家"观念至上的若干个散居族群。由于有着相似的神话传说，人群中也盛传"天下彝家是一家"的话语，然而真正将这些散居的有着不同方言甚至无法用本乡口语交流的彝族人聚集起来，注重共同体的建构，还是在较为晚近的20世纪中期才发生的。转型期彝族汉语诗歌的异彩纷呈，不能仅仅理解为对"文革"和"十七年文学"的绝对悖反，相反，那一时期高扬的意识形态恰恰为民族认同和整合在某种意义上提供了一种民族共同体建构的可能性以及必要的文学土壤。被歌颂的地理空间的位移，并不是一种背道而驰的决绝，而是一种延伸和拓展。

重新回到中国的民族文学写作现场，每个民族的指称都与20世纪中期的民族划分息息相关。假若没有出现那次大规模的民族识别和划分，则很难想象当代少数民族汉语文学作为杂糅的文化精品的发生——当然少数民族的母语文学有更为广阔的发展空间也未可知。想象的共同体，就在这样的语境下日益丰富起来，直至今天。

尽管本书对彝族汉语诗歌的考察告一段落，但本书的研究对象并不处于一个封闭的时空之中，少数民族文学作品依然源源不断地产生，各类文学活动也在此起彼伏地上演着。这种延宕对于暂且结束的此书本身是一个极大的挑战，学者们对少数民族汉语诗歌的研究也将延续下去。

参考文献

境内著作

［1］易谋远：《彝族史要》，北京：社会科学文献出版社 2000 年版。

［2］关纪新、朝戈金：《多重选择的世界：当代少数民族作家文学的理论描述》，北京：中央民族大学出版社 1995 年版。

［3］阿牛木支：《中国当代彝族文学创作论》，哈尔滨：哈尔滨工程大学出版社 2009 年版。

［4］中南民族学院《中国当代少数民族文学史稿》编写组编：《中国当代少数民族文学史稿》，武汉：长江文艺出版社 1986 年版。

［5］发星工作室：《当代大凉山彝族现代诗群论》，《地域诗歌》，香港：银河出版社 2006 年版。

［6］耿占春：《叙事与抒情》，北京：中国社会科学出版社 2005 年版。

［7］阿苏越尔：《我已不再是雨季：留在雪地上的歌谣》，成都：四川民族出版社 1994 年版。

［8］色波主编：《前定的念珠》，成都：四川文艺出版社 2002 年版。

［9］李力主编：《彝族文学史》，成都：四川民族出版社 1994 年版。

［10］姚新勇：《寻找：共同的宿命和碰撞：转型期中国文学多族群及边缘区域文化关系研究》，北京：中国社会科学出版社 2010 年版。

［11］吴琪拉达：《奴隶解放之歌》，北京：作家出版社 1959 年版。

［12］芮增瑞：《彝族当代文学》，昆明：云南民族出版社 2002 年版。

［13］人民文学出版社选编：《我握着毛主席的手——兄弟民族作家诗歌合集》，北京：人民文学出版社 1960 年版。

［14］云南省红河州文联编：《当代彝族作家作品选：诗歌》，昆明：云南民族出版社 2003 年版。

［15］发星工作室编：《当代大凉山彝族现代诗选（1980—2000）》，北

京：中国文联出版社 2002 年版。

[16] 史志义、甘映平、白明轩编译：《甘嫫阿妞》，成都：四川民族出版社 1998 年版。

[17] 罗庆春主编：《彝脉：第二母语的诗性创造》，沈阳：辽宁教育出版社 2011 年版。

[18] 吉狄马加：《吉狄马加的诗》，成都：四川文艺出版社 2004 年版。

[19] 俸伍拉且主编：《凉山当代文学作品选》，成都：四川民族出版社 2009 年版。

[20] 黄建明：《彝族古籍文献概要》，昆明：云南民族出版社 1993 年版。

[21] 俸伍拉且：《诗歌图腾》，成都：四川民族出版社 1997 年版。

[22] 巴莫曲布嫫：《图案的原始：诗集》，成都：四川民族出版社 1992 年版。

[23] 中央民族学院编：《颂歌声声飞北京——少数民族诗歌选》，北京：人民文学出版社 1972 年版。

[24] 巴音博罗：《龙的纪年》，长春：时代文艺出版社 2004 年版。

[25] 伊丹才让编：《雪山集》，兰州：甘肃人民出版社 1980 年版。

[26] 罗曲、曾明、杨甫旺：《彝族文献长诗研究》，北京：中国社会科学出版社 2009 年版。

[27] 黄光学主编：《中国的民族识别》，北京：民族出版社 1995 年版。

[28] 杨黎：《灿烂》，西宁：青海人民出版社 2004 年版。

[29] 季剑青：《北平的大学教育与文学生产：1928—1937》，北京：北京大学出版社 2011 年版。

[30] 公刘：《边地短歌》，武汉：中南人民文学艺术出版社 1954 年版。

[31] 马绍玺：《在他者的视域中——全球化时代的少数民族诗歌》，北京：社会科学文献出版社 2007 年版。

[32] 耿占春主编：《外国精美诗歌读本》，济南：山东友谊出版社 2009 年版。

[33] 耿占春：《沙上的卜辞》，北京：北京航空航天大学出版社 2008 年版。

[34] 王德威、陈思和、许子东：《一九四九以后——当代文学六十年》，上海：上海文艺出版社 2011 年版。

[35] 耿占春：《失去象征的世界：诗歌、经验与修辞》，北京：北京大学出版社 2008 年版。

[36] 夏冠洲、阿扎提·苏里坦、艾光辉主编：《新疆当代多民族文学

史·诗歌卷》，乌鲁木齐：新疆人民出版社 2006 年版。

［37］朱文旭：《彝族原始宗教与文化》，北京：中央民族大学出版社 2002 年版。

［38］马戎编著：《民族社会学导论》，北京：北京大学出版社 2005 年版。

［39］起国庆：《信仰的灵光：彝族原始宗教与毕摩文化》，成都：四川文艺出版社 2003 年版。

［40］姚新勇：《主体的塑造与变迁：中国知青文学新论（1977—1995)》，广州：暨南大学出版社 2000 年版。

［41］欧阳可惺、王敏：《"走出"的批评：当代少数民族文学批评的阐释与实践》，乌鲁木齐：新疆大学出版社 2011 年版。

［42］王昌富编著：《彝族妇女文学概论》，成都：四川民族出版社 2003 年版。

［43］常文昌、唐欣：《纸上的敦煌："新时期"以来中国西部诗歌研究》，北京：中国人民大学出版社；太原：山西教育出版社 2009 年版。

［44］许倬云：《我者与他者：中国历史上的内外分际》，北京：生活·读书·新知三联书店 2010 年版。

［45］穆宏燕：《伊朗现代新诗精选》，北京：华艺出版社 2005 年版。

［46］邵基等著，郭黎译：《阿拉伯现代诗选》，长沙：湖南文艺出版社 2000 年版。

［47］中国社会科学院少数民族文学研究所编：《中国少数民族文学史编写参考资料》，北京：中国社会科学院出版社 1984 年版。

［48］中国少数民族文学学会编：《少数民族文学论集》（第二集），北京：中国民间文艺出版社 1985 年版。

［49］宋恩常编：《中国少数民族宗教初编》，昆明：云南人民出版社 1985 年版。

［50］吴重阳：《中国当代民族文学概观》，北京：中央民族学院出版社 1986 年版。

［51］丁守璞：《历史的足迹——论民族文学与文化》，成都：四川民族出版社 1995 年版。

［52］张声作主编：《宗教与民族》，北京：中国社会科学出版社 1997 年版。

［53］徐其超、罗布江村主编：《族群记忆与多元创造：新时期四川少数民族文学》，成都：四川民族出版社 2001 年版。

［54］李鸿然：《中国当代少数民族文学史论》，昆明：云南教育出版社

2004 年版。

[55] 李云忠：《中国少数民族现代当代文学概论》，沈阳：辽宁民族出版社 2006 年版。

[56] 关纪新主编：《20 世纪中华各民族文学关系研究》，北京：民族出版社 2006 年版。

[57] 玛拉沁夫、吉狄马加主编：《中国少数民族文学经典文库：1949—1999 诗歌卷》，昆明：云南教育出版社 1999 年版。

[58] 罗庆春：《灵与灵的对话：中国少数民族汉语诗论》，香港：天马图书有限公司 2001 年版。

境外著作

[1] 胡戈·弗里德里希著，李双志译：《现代诗歌的结构：19 世纪中期至 20 世纪中期的抒情诗》，南京：译林出版社 2010 年版。

[2] 阿尔弗雷德·格罗塞著，王鲲译：《身份认同的困境》，北京：社会科学文献出版社 2010 年版。

[3] 埃里克·霍布斯鲍姆著，李金梅译：《民族与民族主义》，上海：上海人民出版社 2006 年版。

[4] 顾彼得著，和锊宇译：《彝人首领》，成都：四川文艺出版社 2004 年版。

[5] 安东尼·史密斯著，叶江译：《民族主义：理论、意识形态、历史》（第二版），上海：上海人民出版社 2011 年版。

[6] 帕尔塔·查特吉著，范慕尤、杨曦译：《民族主义思想与殖民地世界：一种衍生的话语》，南京：译林出版社 2007 年版。

[7] 汉斯·昆、瓦尔特·延斯著，李永平译：《诗与宗教》，北京：生活·读书·新知三联书店 2005 年版。

[8] 马克斯·韦伯著，洪天富译：《儒教与道教》，南京：江苏人民出版社 2008 年版。

[9] 阿里夫·德里克著，王宁等译：《跨国资本时代的后殖民批评》，北京：北京大学出版社 2004 年版。

[10] 巴特·穆尔—吉尔伯特著，陈仲丹译：《后殖民理论：语境　实践　政治》，南京：南京大学出版社 2001 年版。

[11] 莫里斯·布朗肖著，顾嘉琛译：《文学空间》，北京：商务印书馆 2003 年版。

［12］麦克斯·缪勒著，金泽译：《宗教的起源与发展》，上海：上海人民出版社 1989 年版。

［13］柄谷行人著，赵京华译：《日本现代文学的起源》，北京：生活·读书·新知三联书店 2003 年版。

［14］亚罗斯拉夫·普实克著，郭建玲译：《抒情与史诗》，上海：上海三联书店 2010 年版。

［15］耶尔·塔米尔著，陶东风译：《自由主义的民族主义》，上海：上海译文出版社 2005 年版。

［16］温迪·J. 达比著，张箭飞、赵红英译：《风景与认同：英国民族与阶级地理》，南京：译林出版社 2011 年版。

［17］埃里克·霍布斯鲍姆、T. 兰杰编，顾杭、庞冠群译：《传统的发明》，南京：译林出版社 2008 年版。

［18］斯蒂夫·芬顿著，劳焕强等译：《族性》，北京：中央民族大学出版社 2009 年版。

［19］爱德华·莫迪默、罗伯特·法恩著，刘泓、黄海慧译：《人民·民族·国家：族性与民族主义的含义》，北京：中央民族大学出版社 2009 年版。

［20］本尼迪克特·安德森著，吴叡人译：《想象的共同体：民族主义的起源与散布》，上海：上海人民出版社 2005 年版。

［21］杜赞奇著，王宪明等译：《从民族国家拯救历史》，南京：江苏人民出版社 2009 年版。

［22］雷蒙·威廉斯著，吴松江、张文定译：《文化与社会》，北京：北京大学出版社 1991 年版。

［23］尤尔根·哈贝马斯著，曹卫东译：《后民族结构》，上海：上海人民出版社 2002 年版。

［24］斯拉沃热·齐泽克著，方杰译：《图绘意识形态》，南京：南京大学出版社 2002 年版。

［25］菲利克斯·格罗斯著，王建娥、魏强译：《公民与国家》，北京：新华出版社 2003 年版。

［26］恩斯特·卡西尔著，甘阳译：《人论》，上海：上海译文出版社 2003 年版。

［27］JOHN HUTCHINSON. The dynamics of cultural nationalism：the Gaelic revival and the creation of the Irish nation state. London：Allen & Unwin Ltd，1987.

［28］BASSO，KEITH H. Wisdom sits in places. Albuquerque：University of

New Mexico Press，1996.

[29] GLADNEY D C. Dislocating China：Muslims，minorities，and other subaltern subjects. Chicago：University of Chicago Press，2004.

[30] BIN Y. Between winds and clouds：the making of Yunnan. New York：Columbia University Press，2008.

境内报纸、期刊、论文

[1] 潘守永、石颖川、张海洋：《林耀华与少数民族研究：中国人类学民族学的典范篇章——为纪念林耀华百年诞辰而作》，《中国民族报》，2010 年 4 月 16 日。

[2] 柳爱江：《彝族青年诗人创作管窥》，《贵州民族大学学报》2009 年第 3 期。

[3] 李亚璇：《十七年彝族作家文学研究》，华东师范大学硕士学位论文，2009 年。

[4] 倮伍拉且、李锐：《大凉山新诗潮的缘起与意义——当代大凉山诗人简论》，《凉山文学》2008 年第 4 期。

[5] 东人达：《彝文古籍与彝族史学理论评述》，《史学史研究》2005 年第 1 期。

[6] 邱婧：《一把悬而未决的钥匙与其他——重读梁小斌的诗歌》，《名作欣赏》2012 年第 28 期。

[7] 姚新勇：《"家园"的重构与突围（上）——转型期彝族现代诗派论之一》，《暨南学报》（哲学社会科学版）2007 年第 5 期。

[8] 姚新勇：《"家园"的重构与突围（下）——转型期彝族现代诗派论之二》，《暨南学报》（哲学社会科学版）2007 年第 6 期。

[9] 姚新勇：《朝圣之旅：诗歌、民族与文化冲突——转型期藏族汉语诗歌论》，《民族文学研究》2008 年第 2 期。

[10] 罗庆春：《灵与灵的对话——倮伍拉且诗歌创作述论》，《西南民族学院学报》（人文社会科学版）1999 年第 6 期。

[11] 普驰达岭：《彝族古地名"玛纳液池"考释》，《民族语文》2001 年第 6 期。

[12] 李列：《彝族〈指路经〉的文化学阐释》，《民族文学研究》2004 年第 4 期。

[13] 王明锋：《巴音博罗诗歌的互文性》，暨南大学硕士学位论文，

2008 年。

　　［14］邱婧：《在地理经验与诗歌传统之间——藏族当代汉诗哲学》，《西部》2011 年第 23 期。

　　［15］艾比布拉·阿布都沙拉木：《论新疆少数民族文学传统中的爱国主义》，《新疆社会科学》2007 年第 5 期。

　　［16］邱婧：《世界的民族诗歌　民族的世界诗歌——聂鲁达与吉狄马加的诗歌比较研究》，《青海社会科学》2011 年第 5 期。

　　［17］拉苏：《凉山规范彝文的实施成功对全国彝文统一的意义》，规范彝文实施 30 周年研讨会参会论文。

　　［18］《俄尼·牧莎斯加：诗歌，始终给予我希望和力量》，《凉山日报》，2012 年 2 月 6 日。

　　［19］姚新勇：《"半个月亮"爬上来：一个汉族诗人和他的兄弟诗胞》，《南方文坛》2011 年第 5 期。

　　［20］吉木狼格：《毕摩来了》，《西部》2011 年第 6 期。

　　［21］肖常鸽：《当代云南彝族汉语诗歌研究》，西南民族大学硕士学位论文，2007 年。

　　［22］《全国少数民族文学创作"骏马奖"评奖条例》，《文艺报·周四版》2008 年第 8 期。

　　［23］马海吃吉：《木帕古体的彝文诗歌集〈鹰魂〉出版》，《凉山日报》，2012 年 4 月 7 日。

　　［24］庄园：《甘肃省第五届少数民族文学奖综述》，《甘肃日报》，2009 年 11 月 20 日。

　　［25］阿诺阿布：《他们将不至于像我们今天一样无话可说》，《大西南月刊》2012 年第 6 期。

　　［26］阿诺阿布：《是时候了》，《大西南月刊》2012 年第 1 期。

　　［27］黄季平：《彝族文学史的建构过程》，《政大民族学报》2008 年第 27 期。

　　［28］胡芳梅：《母语：族群尊严与个人使命——彝族母语作家阿库乌雾专访》，《人民日报》（海外版），2010 年 12 月 12 日。

　　［29］王辉斌：《清代描写少数民族竹枝词述论》，《南都学坛》2012 年第 3 期。

　　［30］段凌宇：《现代中国的边地想象——以有关云南的文艺文化文本为例》，首都师范大学博士学位论文，2012 年。

　　［31］《新彝文，镌刻凉山 30 年社会进步》，《凉山日报》，2010 年 8 月 11 日。

［32］徐贲：《教育场域和民主学堂》，《开放时代》2003 年第 1 期。

［33］孙静：《50 年代内蒙古文艺"民族形式"讨论的考察与分析》，暨南大学硕士学位论文，2012 年。

境外报纸、期刊、论文

［1］GRIMES，BARBARA F. Ethnologue：languages of the world. 5th ed. Dallas：SIL International，2005.

［2］DAYTON D. Big country，subtle voices：three ethnic poets from China's southwest. Sydney：University of Sydney，2006.

民间诗歌刊物

［1］发星编：《21 世纪中国彝族现代诗 23 家》（修订版）。

［2］发星编：《〈彝风〉创办 10 年纪念专号（1997—2007）》，民刊。

［3］阿索拉毅：《中国彝族现代诗人档案》，未出版，2012 年。

［4］发星编：《独立》"专号"，2010 年 1 月。

［5］发星编：《四川民间诗歌运动简史（1963—2005）》，《独立》2006 年卷，民刊。

［6］发星编：《彝风》第 12 期，民刊。

网络文献

［1］伊沙：《永远是诗人——吉狄马加简论》，http：//www. poemlife. com/showart－56710－1268. htm。

［2］阿诺阿布：《文化诗学：对话与潜对话——阿库乌雾访谈录》，中国艺术批评网，http：//www. zgyspp. com/Article/y6/y53/200802/10527－2. html。

［3］发星：《当代大凉山彝族现代诗群论》，http：//www. literature. org. cn/Article. aspx？id＝12526。

［4］朱朝访：《吴琪拉达印象》，http：//blog. sina. com. cn/s/blog_59d58b290100am0p. html。

［5］彝族青年吉木拉惹的新浪微博，http：//weibo. com/u/2091261880？topnav＝1&wvr＝3. 6&topsug＝1。

［6］《毕摩文化·第三乐章》，第四届国际彝学研讨会，http：//iel. cass. cn/yistudies/bmwh/3－6. htm。

［7］王先灿：《十字路口与驿站——论彝族六祖文化》，彝学网，http：//222. 210. 17. 136/mzwz/index. htm。

［8］古火的新浪博客，http：//blog. sina. com. cn/s/blog_5ffc68c30101dx6p. html。

［9］《中国彝族千家姓四川编审会在西昌召开》，http：//ls. newssc. org/system/20121204/000845090. html。

［10］《致凉山彝族自治州州长第二封公开信》，彝族人网，http：//www. yizucn. com/thread－19410－1－1. html。

［11］赵华甫：《幸会吴琪拉达》，http：//mjxlpc. blog. 163. com/blog/static/13105363220091019119358/。

［12］李永俊：《初识吴琪拉达》，http：//hi. baidu. com/gubinlangzi/item/80c2941d2a1bbb15e2f9867f。

［13］阿苏越尔：《成都，那一张渐渐模糊的诗歌地图——20 世纪 80 年代中后期成都高校诗歌回忆》，http：//blog. sina. com. cn/s/blog_4d8f9d6c01000atd. html。

［14］王亚光：《中国少数民族文学蓬勃发展》，新华网，http：//news. xinhuanet. com/local/2007－07/16/content_6383126. htm，2007 年 7 月 16 日。

［15］贵州省民族事务委员会：《首届贵州少数民族文学奖颁奖》，中国民族宗教网，http：//www. mzb. com. cn/html/Home/report/329592－1. htm，2012 年 9 月 13 日。

［16］四川省作家协会办公室：《四川少数民族文学创作优秀作品奖》，四川作家网，http：//www. sczjw. cn/qgwx/201110/2181. html，2011 年 10 月 31 日。

［17］《对不起，我是彝人》，彝族人网论坛，http：//bbs. yizuren. com/viewthread. php？tid＝45379&extra＝page%3D1&page＝2。

［18］北哀牢：《当前互联网大潮中的彝族文化网站简述》，http：//blog. sina. com. cn/s/blog_6216039f0100f0bw. html。

［19］《民族高等教育的发展、成就和经验》，新华网，http：//www. china. com. cn/chinese/PI－c/873834. htm。

参考网站

［1］中穆网：http：//www. 2muslim. com/。

［2］彝族人网：http：//www. yizuren. com/。

［3］中国彝族网：http：//www. yizucn. com。

〔4〕僚人家园：http：//www. rauz. net. cn/bbs/forum. php。

〔5〕三苗网：http：//www. 3miao. net。

〔6〕藏人文化网：http：//www. tibetcul. com/。

〔7〕楚雄彝族自治州人民政府门户网站：http：//www. cxz. gov. cn/。

〔8〕中国民族宗教网：http：//www. mzb. com. cn/。

〔9〕凉山新闻网：http：//www. ls666. com/。

〔10〕中央民族大学哈萨克语言文学系官方网站：http：//kazak. muc. edu. cn/。

〔11〕西南民族大学彝学学院官方网站：http：//yxxy. swun. edu. cn/。

后 记

真正意义上的后记是两次提笔。第一次提笔是在 2013 年夏季，炎热多雨，本书完成之时。在此之前的若干年，出于一种浪漫主义的想象，在这项研究完成的过程中曾无数次幻想过后记的样子。然而真正完成之后却开始局促不安起来，生怕每一个细节出现疏漏。现在，本书在国家出版基金资助下得以出版，自然需要陈述出和此项研究相关的一些事实来。

研究的缘起

2015 年，一本与彝族有关的书悄然成为任何与文艺气息相关的书店里必备的畅销书，即刘绍华的《我的凉山兄弟》。实际上，在人类学圈子里，对凉山这片土地丝毫不会陌生。每年夏季，就我所知，会有大批来自世界各地的人类学家或学生们奔赴凉山地区，开展他们关于人类学、民俗学的田野调查。而我，恰恰不是他们当中的一员。我对凉山这片土地满怀感情却颇为陌生，甚至多少个夜晚在对彝族文学发展史的思考中辗转难眠。

《凉山内外：转型期彝族汉语诗歌论》的书名似乎已经揭示了此书并非仅限于凉山地区的书写观察，而是对彝族诗歌的整体观察和研究。书在而立之年出版，而这三十年的时光中，我与彝族诗歌相遇已经有十年的光阴了。我至今还清晰地记得，在 2008 年的炎热夏季，自己还是在读硕士生，从安徽赴开封看望导师耿占春先生。他是诗歌批评的专家，每次去河南大学专程看望他，总是受益良多，在我日常的诗歌批评训练中，他曾建议我多关注亚非拉美以及中国少数民族的诗歌，以扩展自己阅读诗歌的视野。在谈话中，他问我，是否阅读过彝族的诗歌，由于早年自己读的是英文系本科，并没有机会和能力获得关于彝族的任何知识，我只好坦陈并未阅读过。他拿出阿库乌雾的诗歌给我看，这是我第一次近距离认识彝族诗歌的面貌。

后来，耿占春先生推荐我来到广州成为姚新勇教授的博士。尚未报道入学时，姚教授就通过电邮告知我需要阅读数本英文版的关于民族主义的书籍，而最初选定彝族诗歌研究是在 2011 年的夏天。那时，我刚刚接受了姚老师近乎严苛的"论文训练"，他以一己之力支撑起或许是华南地区唯一的少数民族语言文学博士点，自然希望我们都从事这方面的研究，入学之初，先生就体现出"严师"的姿态：一定要从事少数民族文学的研究。当时我还处于懵懂的阶段，彼时尚不能完全理解老师的苦心，只是作为学生不能忤逆他的要求，自然就只能服从命令，开始着手选择一个民族来做博士论文。后来才知道，这种初入师门的"烦恼"似乎我的汉族师弟师妹们也同样遇到过，也同样以"服从命令"告终。当然，这件小事恰好成为日后我回答诸多学术界朋友"你为何选择研究彝族文学"这一问题的绝妙答案，我很倾向并且乐意将这一切归因于这位严师的教导。

在几个月的纠结之后，我终于选择了彝族诗歌作为自己的研究对象。这个决定更多源于发星编选的《当代大凉山彝族现代诗选（1980—2000）》，在这本封面充满了红、黑、黄色（彝族传统色彩搭配）的诗集里，我读到了很多美好的诗歌，而这一切太符合读硕士期间隐秘而愉悦的诗歌阅读体验。和人类学家不同，我可以毫不讳言自己对凉山展开了神奇的想象，这是怎样的一片土地？怎么会产生如此丰饶的文献长诗与激情的现代诗歌？

在研究的最初阶段，无疑是艰辛的。和大部分现当代文学学科的博士生们不同，我辗转于暨南大学和中山大学之间，学习了若干门在现代学科分类中与文学截然不同的课程：人类学、民族学、社会学、民族史、历史地理学。若干年之后，我依然受益良多。我尽可能查阅每一本与彝族相关的书籍，然而这仅仅是研究的开端。当时，我充分利用网络来进行书斋里的"田野调查"：和一般田野调查无异，我必须要获得从事此项研究所需的最多的资料。读书时没有科研经费的支持，时间上似乎也一直匮乏，于是在博士学位答辩之前竟未去过云贵川的彝族地区。

既然去不了远方的"田野"，我就只能在书斋中大量收集诗歌资料，目标不仅限于凉山地区，也不仅限于彝族诗歌，而是包括藏族诗歌、蒙古族诗歌、南方各民族诗歌等在内的一系列少数民族汉语诗歌。令人感动的是，在收集资料的过程中，师友们给予的帮助极大。耿占春先生将其家中收藏的关于锡伯族、维吾尔族的诗歌悉数送我；作为引路人，姚新勇教授给了我几位活跃的彝族及藏族诗人的联系方式；从此之后，我在"书斋田野"的道路上越走越远。以至于后来"彝族人网"和"藏人文化网"文学频道都出现了关于我论文的专栏。这自然是后话，但是良好田野关系的建立对我的研究助益甚多。在这里必须要感谢两位"报道人"：阿索拉毅与索木东，如果不是二位慷慨提供大量的诗歌资料、引荐更多的诗人朋友相识，我的研究根本无从展开。后来，我分别于 2015 年和 2016 年赴四川峨边和甘肃兰州拜访了两位诗人，在他们真实生活的场域相遇，自然颇多感慨。

事实上，在书稿的整体部分形成之后，更多的田野调查由此展开。2015年，我第一次去了凉山，由于是雨水季节，泥石流频频发生，即使这样，诗人阿克鸠射还是把我从西昌带到了昭觉。一路上，海拔攀升，道路中断时有发生，我一边为何时抵达感到不安和期待，一边欣赏车窗外的陌生天地，诗人倮伍拉且写过一首诗，名为"绕山的游云"，于是我第一次真实地看到了这样的表述如何化为真实的风景。

彝族文学与现实的思考

在博士论文沉淀了两年多之后，2016 年的春节，我在广州家中开始梳理新的研究思路。此前的时间里，我进行了一些相关的调查和进一步的资料收集工作，研究的外部也有了一些新的变化。比如，2015 年 6 月在博士论文的基础上获得国家社科基金的资助，如何推进这项研究是我工作思路的重点；同年 10 月，我与彝族师弟马海伍达赴东莞参加彝族年活动，这时候才得知东莞的彝族人数高达数十万。在政府层面来说，这是广东省或珠三角地区少数民族流动人口的一个典型例证；然而，对于一个人口不足千万的民族来说，这个"流动"的数量已经相当惊人了。而且在彝族的传统当中，至少是 1956年之前，汉人在凉山彝族地区是极有可能被当作奴隶买卖的，彝族人更不愿意离家远行。而现在呢？流动几乎成为这个民族的一种常态。①

事实上，彝族地区进入新闻媒体和公众的视野已经多次，但每次浮现都如同烟花一般瞬间消逝，被遮蔽，然后重新出现。与此同时，很多负面化、污名化的标签铺天盖地地贴在凉山彝族同胞的身影上，比如最常见的"毒品""盗窃""艾滋病"以及"鬻子"。先从最后一个标签谈起，从百年前游历者对凉山的描述，到杨成志、林耀华等严谨治学的人类学学者的论述，再到民俗学社会学对凉山社会的一致看法，种种史料都可以得出，在彝族的传统社会形态中，没有"孤儿"一说，任何失去父母的孩子都有家支来负担他的生活、生产、成长，因此，所谓社会抚养这套听起来属于"文明"和"西方"的话语事实上很早就已在凉山社会实行。然而，问题在于，是何等的社会转型、裂变和痛楚使得一个连孤儿都没有的社会，变得开始盛行"鬻子"了呢？

---

① 在东莞，我还结识了日后联系较多的社会学及人类学家们：中央民族大学的刘东旭老师、社科院的郑信哲老师、广东的温士贤老师等。他们对我的后续研究有所帮助。

而这仅仅是当今凉山彝族地区社会问题的冰山一角。我们如何看待被污名化的凉山？又如何看待如此复杂的社会问题在一个少数民族传统社会的发生与裂变？关于彝族社会问题的研究，人类学和文学是殊途同归的，总之避不开"流动"。

于是，春节期间我写了一篇长文，既是第一次观照彝族文学与现实问题的尝试，也试图为自己下一步的研究提供思路。后来，这篇文章并未公开发表，再后来，华东师范大学的罗岗教授将其发表在保马公众号上，阅读量三千余次。

姚新勇教授曾如是评价彝族的社会问题和文学的关系："如果说凉山彝族传统文化，实际在支撑着已风雨飘摇的凉山彝族社会，但它的一些弊端，又在今天被放得更大。近三十年来，凉山产生了不少优秀的彝族诗人，至少有三代。他们深情、感伤甚至愤怒地为正在逝去的民族文化歌唱，哀婉，招魂。但是一代代凉山诗人缺少实质变化的文化诗情，固然可理解为可贵的坚守，但如何走出一味的传统的诗意想象与沉溺，让自己的诗与歌真正与自己民族的现实，发生有机的关系，恐怕是每一个诗人和评论者所应该深思的吧？……我们都为彝族现代诗歌所感动，为彝民族的现状和未来而忧伤。"

在本书里，我仅以诗歌为例进行考察，彝族诗歌群在当代少数民族文学创作中既是一颗耀眼的明星，又是极为典型的案例。如果重返历史现场，20世纪70年代末80年代初，在汉族文学书写中，宏大叙事被逐渐解构，取而代之的是对个体价值的重视和书写。在少数民族文学创作中，主线则由对社会主义民族大家庭的歌唱转向了对本民族文化传统的歌唱和书写。随着时间的推进，在少数民族文化生态被现代工业化社会的洪流冲击得愈加严重之时，诗歌作为一种最能够直接表达少数民族知识分子情感的文学形式，可为中国社会转型期的社会学观察提供一定的参照。将转型期彝族诗歌置于中国现代和当代文学创作的大背景下来看，这个繁茂的支系不仅透露出旺盛的生命力，还时刻提醒着作为文学研究者的我们：在当代文学中，存在着这样的族群，他们有着不同于中原文明的想象力，却又与主流汉语文学有着千丝万缕的联系。

彝族，作为一种指称，这个某种程度上具有统一性、团体性、集结性的共同体，仅仅才存在了几十年。在此之前的漫长岁月中，彝族仅仅是一个重家支、"家"观念至上的若干个散居族群。由于有着相似的神话传说，人们中也盛传"天下彝家是一家"的话语，然而真正将这些散居的有着不同方言甚至无法用本乡口语交流的彝族人聚集起来，注重共同体的建构，还是在较为晚近的20世纪中期才发生的。

　　彝族诗人和知识分子开始围绕族属认同有意识地建构诗歌史，强调各个彝族地区所共有的山川、河流与图腾象征。例如很多诗集分别被编选者以"大凉山""小凉山"等词语命名，（如《当代大凉山彝族现代诗选（1980—2000）》等），以及诗人们在诗歌中表现的对大小凉山、六祖、黑色、虎、火塘、荞麦、毕摩等在族群内部具有普适性的符号。被歌颂的地理空间的位移，并不是一种背道而驰的决绝，而是一种延伸和拓展。然而，现实和文学想象之间，真的是如此一致吗？并非如此。随着 80 年代中国社会的转型开始，几大彝区也经历着乡土社会分崩离析、彝族人进入城市务工、经济问题导致的社会问题等过程，正在此时，已经完成的对族属身份的认同使得知识分子将"彝族"视为一个有机的整体。

　　2015 年，一部名为"我的诗篇"的纪录片走红，若干个打工诗人的生活被拼接在一起，其中包括凉山彝族诗人吉克阿优。事实上，从 2010 年开始，他便成了我的研究对象之一，我从他那里入手，考察彝族汉语诗歌中对于历史和现代性的双重接受。另外，他和大多数彝族诗人的知识分子身份不同，他来自底层，初中毕业后便去珠三角打工，后转到浙江。他的诗歌创作，也不单单是从现代诗开始，而是以彝族民间歌曲的形式，后来转向非古体诗的五言诗歌，再后来才慢慢走上现代诗歌的道路。他曾和我联系密切，从创办彝族打工诗歌刊物的命名（刊名"飞鹰"是我的建议），到如何提升诗歌品质。后来我去东莞田野调查彝族工人诗歌时，他充当了我的向导。

　　东莞对于彝族来说，意味着现代性。让我们把视线拉到东莞——这既不是《我的凉山兄弟》里着重考察的地方，亦不是凉山诗人群在咏唱中提及的地方。然而在这个岭南的工业城市里，"凉山兄弟"的流动人群最多时可达数十万。在我看来，凉山彝族严密而传统的家支制度完整地在东莞完成了现代转换。在前往东莞彝族年活动的田野调查中，我遇到了几位社会学家，他们也在调查少数民族流动人口在珠三角的状况。据中央民族大学刘东旭提供的数据来看，东莞的常住彝族人口有十万左右，还不包括人口流动高峰期前来东莞的人群。这个群体大多来自四川凉山，在活动现场，数千人用彝语交谈，而他们的身份不是工人便是劳务公司的工头。吉克阿优从浙江的工厂赶来，在大会上作为打工诗人的代表进行发言，私下里他还介入劳务纠纷中，充当调解员的角色。这看似与文学毫无关系，实则是因为他的诗人身份，在珠三角的打工彝族人心目中承担了"知识分子"的角色。

　　媒体曾经常报道东莞彝族童工的事件，并叙述政府如何将童工遣返到老家的全过程。这些事情其实只是整个彝族劳工机制链条上的一环，或者说冰山一角。家支制度在劳务输出中也扮演了一个很重要的角色。在彝族年的庆祝活动上，出资举办活动的人通常是劳务公司的工头，他们举办活动的目的实质上是预定下一年的劳务人员，也就是抢工源。而是否外出务工，是每个家庭纠结的选择，选择哪个劳务公司（因为务工者不懂汉语或者汉语水平较低）又是一番考虑。在这两个阶层之间也有流动，比如经验和资历丰富的工人变成了工头，开办劳务公司等。工厂主、工头、劳工之间的三角关系较为恒定。

在这样的现实中，文学作为怎样的向度存在呢？东莞学者胡磊曾经就凉山彝族女作家阿微木依萝的写作展开讨论。这位彝族女性是从大凉山来到东莞的数十万人之一。她的写作充满了底层写作的所有特征，然而，因族裔身份的特殊性，其写作中又贯穿了彝族的历史传统，这种杂糅的写作充满了异质性。当然，底层写作与知识分子写作有着不同的特征。这点在彝族体现得尤为明显。如果将研究的视野拓展到彝族之外、中国西南地区以外的诸多少数民族地区甚至世界各地，有一个问题由此产生了：彝族汉语写作的矛盾性（现实与文学想象的撕裂和异质性），是孤立存在的吗？答案当然是否定的。在近半个世纪中，彝族、藏族、蒙古族、维吾尔族文学与汉族文学共同构建了中国当代文学的版图。而他们所经历的话语困境，都与全球化和现代性密不可分。

彝族文学创作和其他纬度上的社会学书写还在持续进行着，他们彼此平行，却都指向一个特定的、看似密闭却又遭受冲击的位于中国西南的地域，针对很多学者将其视为"现代性悲剧"的话语，彝族诗人朋友们充满了忧伤，他们敏感地捕捉着故乡的变化，然而又在他者的话语中如芒在身。他们在诗歌中称自己为"诺苏"，与其说是怀旧，不如说是满布伤痕的自述。

致　谢

此书的完成，首先要感谢我的博导姚新勇教授和我的硕导耿占春教授，没有他们的指点，就不会有彝族诗歌这个选题。

其次我要感谢 2010 年至今，持续关照、支持并见证了我此项研究的前辈师长们，比如中国社会科学院民族文学研究所的关纪新、汤晓青、尹虎彬、刘大先、周翔等诸位老师；大连民族大学的李晓峰老师、四川大学的徐新建老师、西南民族大学的罗庆春老师、云南师范大学的马绍玺老师、新疆大学的欧阳可惺老师、新疆社科院的晃正蓉老师、南开大学的刘俐俐老师、贵州民族大学的杜国景老师……感谢他们的帮助与鼓励，让我在研究的起步阶段勇往直前。另外，还需要感谢暨南大学及中山大学给予我知识的诸位老师。

　　我要感谢支撑此书得以完成的诗歌材料的提供者阿索拉毅，以及更多的彝族诗人学者朋友们，他们以各种各样的方式支持我的写作，支持我的田野调查。成都西南民族大学的青年诗人们（拉马伊佐、吉洛打则……），四川作协的鲁娟，北京中国作协的吉狄马加老师，中国社科院的巴莫曲布嫫、普驰达岭两位老师，昭觉的阿克鸠射、吉布鹰升，普格的发星，峨边的贝史根尔，西昌的马海吃吉、麦吉作体，越西的阿苏越尔，会理的吉狄兆林，宁南的俄狄小丰，云南的李骞、郁东、黄玲，贵州的阿诺阿布，广州的彝族朋友拉马文才、马海伍达、马海布吉……此外，特别感谢协助此书修订彝语使用现状部分的彝族博士杨志勇，以及感谢《民族文学》的赵晏彪、石彦伟两位老师，他们为我的后续研究提供了诸多支持。

　　感谢暨南大学出版社编辑武艳飞，她同时也是我的同门，是她建议姚新勇教授和我共同主编了本套丛书，其中包括本书在内。还要感谢其他同门或者同窗的兄弟姐妹们：李炜、汪荣、林琳、孙静、翟崇光、刘亚娟、艾力、司志武、王琴……几位对我写作有过建议和启发；感谢硕士时的两位师兄冯强和王东东，我从他们的诗歌批评中得到很多启发。

　　最后要感谢我的父母和家人，他们多年来无私地支持了我的研究。

2017 年 7 月 6 日于广州天河